Elizabeth Eulberg

Beste Freunde küsst man ~~nicht~~

Aus dem Amerikanischen
von Anne Markus

Arena

FSC
www.fsc.org
MIX
Papier aus verantwortungsvollen Quellen
FSC® C110508

Deutsche Erstausgabe
1. Auflage als Arena Taschenbuch 2015

Published by Arrangement with Elizabeth Eulberg
Die Originalausgabe erschien 2014 unter dem Titel *Better off friends* bei Point, einem Imprint von Scholastic Inc., New York

Dieses Werk wurde vermittelt durch die Literarische Agentur Thomas Schlück GmbH, 30827 Garbsen
Aus dem Amerikanischen von Anne Markus
Umschlaggestaltung Frauke Schneider
Gesamtherstellung: Westermann Druck Zwickau GmbH
ISSN 0518-4002
ISBN 978-3-401-50332-5

www.arena-verlag.de
Mitreden unter *forum.arena-verlag.de*

Für Erin Black, Sheila Marie Everett und Elizabeth Parisi,
denn mit Euch an ihrer Seite kommt die Autorin besser weg

Jungen und Mädchen können Freunde sein.

Exakt darum geht's, Levi.

Damit will ich sagen, dass eine Freundschaft zwischen Jungen und Mädchen möglich ist. Ich hab nie begriffen, was daran die große Sache sein soll. Na ja, okay, wir mussten uns schon mit lauter blöden Fragen herumschlagen.

Ach ja, die Fragen.

Seid ihr zusammen?

Warum denn nicht?

Aber irgendwann hattet ihr doch mal was, richtig?

Oder habt zumindest mit dem Gedanken gespielt?

Macallan, wie konntest du nur Levis Charme widerstehen?

Nein, wir hatten nie was.

Ich weiß nicht ...

Tja, *ich weiß es.* Und wir hatten nie etwas miteinander. Nie.

Na gut. Allerdings muss ich zugeben, dass es nicht immer

ganz einfach gewesen ist. Ein paar Probleme hatten wir schon.

Ein *paar*?

Okay, mehr als ein paar. Aber schau dir an, wie es ausgegangen ist. Ich glaub nicht, dass einer von uns beiden gedacht hätte, dass wir nach meinem ersten Schultag in der siebten Klasse je wieder ein Wort miteinander wechseln würden. Schon allein deshalb nicht, weil du dich ja ziemlich in mich verguckt haben musst.

Denken wir beide an denselben Tag?

Klar doch.

Oh, tut mir leid. Ich glaube, du leidest unter Wahnvorstellungen.

Keine Wahnvorstellungen. Es gibt jede Menge Begriffe, um mich zu beschreiben: *umwerfend, toller Hecht, total heißer Typ*. Kannst du dir aussuchen.

Na schön. Du bist umwerfend. Aber zweifellos mit Wahnvorstellungen.

1.

Ich war wahrscheinlich das allererste Kind, das dem Ende der Sommerferien entgegenfieberte. Zu viel freie Zeit wie in jenen Sommerferien bringt einen ins Grübeln, ganz besonders, wenn man elf Jahre alt ist und von Kummer überwältigt. Ich konnte die siebte Klasse kaum abwarten. Wollte mich auf die Schularbeit stürzen. Mich von der Einsamkeit ablenken. Damals bereute ich, nicht das Angebot meines Dads angenommen zu haben, die Sommerferien bei Moms Eltern in Irland zu verbringen. Aber dort hätte mich alles nur an sie erinnert, so viel war klar. Nicht, dass mir das nicht ohnehin jedes Mal passierte, wenn ich in den Spiegel schaute.

Also war die Schule die einzige Fluchtmöglichkeit, die mir blieb. Als ich erfuhr, dass ich mich vor Unterrichtsbeginn im Schulbüro melden sollte, hatte ich schon Angst, sie würden mich auch dieses Jahr wieder zwingen, die Vertrauenslehrerin zu besuchen. Zusätzlich zu den mitleidigen Blicken meiner Mitschüler und einem wohlmeinenden, aber völlig ignoranten Lehrerkollegium, das mich ständig ermahnte, wie wichtig es sei, »die Erinnerungen an sie wachzuhalten«.

Als ob ich sie je vergessen könnte.

Noch mehr Aufregung konnte ich an jenem Morgen eigentlich nicht gebrauchen. Es war schließlich der erste Tag eines neuen Schuljahrs *danach*.

»Soll ich mitkommen, Macallan?«, fragte Emily, nachdem ich die Vorladung erhalten hatte. Das verkrampfte Lächeln in ihrem Gesicht verriet ihre Besorgnis, die sie vor mir verstecken wollte.

»Nein, schon gut«, antwortete ich. »Ich bin mir sicher, es ist nichts Schlimmes.«

Sie musterte mich kurz, bevor sie meine Haarspange zurechtrückte. »Na gut, wenn du mich brauchst, ich hab die erste Stunde bei Mrs Nelson.«

Ich lächelte sie beruhigend an, ein Lächeln, das ich beibehielt, als ich ins Schulbüro trat.

Direktor Blaska begrüßte mich mit einer Umarmung. »Herzlich willkommen zurück, Macallan! Wie waren die Sommerferien?«

»Super!«, log ich.

Wir starrten uns gegenseitig an und keiner wusste so recht, was er als Nächstes sagen sollte.

»Gut, ich brauche heute deine Hilfe. Wir haben einen neuen Schüler. Darf ich vorstellen – Levi Rodgers aus Los Angeles!«

Ich sah mich um und entdeckte einen Jungen mit langen blonden Haaren, die im Nacken zu einem Pferdeschwanz zusammengebunden waren. Seine Haare waren tatsächlich noch länger als meine. Er strich sich eine lose Strähne hinters Ohr, bevor er seine Hand ausstreckte. »Hey«, sagte er.

Das musste man ihm lassen – wenigstens war er höflich … für einen Surfer-Typen.

Direktor Blaska gab mir Levis Stundenplan. »Könntest du ihm alles zeigen und ihn in seinen Klassenraum begleiten?«

»Gerne.«

Ich lotste Levi in den Flur hinaus und gab ihm die Sparversion der Schultour. Ich war nicht in der Stimmung, das *Was bringt dich hierher*-Spielchen zu spielen.

»Das Gebäude ist im Grunde genommen wie ein T geformt. In diesem Flur befinden sich die Klassenräume für Mathe, Naturwissenschaften und Geschichte.« Ich deutete wie eine Stewardess den Gang hinunter. »Hinter dir sind die Räume für Englisch und Fremdsprachen sowie der Freistundenraum.« Ich lief schneller. »Und dort sind die Turnhalle, die Cafeteria, die Musik- und Kunsträume. Oh, und am Ende eines jeden Flurs befinden sich die Toiletten sowie die Sprudler.«

Seine Augenbrauen schossen in die Höhe. »Was ist denn ein Sprudler?«

Meine erste Reaktion war Fassungslosigkeit. Wie konnte man nicht wissen, was ein Sprudler war?

»Äh, da gibt's Wasser. Zum Trinken.« Ich ging mit ihm hin und drückte auf den Hebel, der das Wasser aus dem Hahn laufen ließ.

»Oh, du meinst einen *Trinkbrunnen.«*

»Ja, Trinkbrunnen, Sprudler – wie auch immer.«

Er lachte. »Den Ausdruck Sprudler hab ich noch nie gehört.«

Als Antwort darauf lief ich nur noch schneller. Er sah

sich im Flur um und mir fiel auf, dass seine Augen hellblau waren, fast grau. »Wie komisch«, fuhr er fort. »Diese ganze Schule würde glatt in die Cafeteria meiner alten Schule passen.« Seine Stimme ging am Satzende nach oben, als würde er eine Frage stellen. »Tja, das ist ganz schön gewöhnungsbedürftig, weißt du?«

Mir war klar, dass ich mich jetzt eigentlich nach seiner alten Schule erkundigen sollte, aber ich wollte so schnell wie möglich in den Unterricht.

Ein paar meiner Freunde kamen, um mich zu begrüßen, sie alle musterten den Neuen. Unsere Schule war ziemlich klein, die meisten von uns kannten sich seit der fünften Klasse, wenn nicht schon seit dem Kindergarten.

Ich warf noch einmal einen verstohlenen Blick auf Levi. Es war schwer zu sagen, ob er gut aussah. Seine Haare waren an einigen Stellen fast weiß, wahrscheinlich von der Sonne ausgebleicht. Zusätzlich betonte die gebräunte Haut seine blonden Haare und hellen Augen – aber das würde nicht lange so bleiben, denn in Wisconsin ließ sich die Sonne ab Ende August kaum noch blicken.

Levi trug ein kariertes Button-down-Hemd zu Cargo Shorts und Flipflops. Als hätte er sich nicht entscheiden können, ob er sich schick oder eher lässig kleiden sollte. Glücklicherweise hatte mir Emily dabei geholfen, mein Outfit für den ersten Schultag auszuwählen: ein leuchtend gelb-weiß gestreiftes Sommerkleid und darüber eine weiße Strickjacke.

Levi sah mich eifrig lächelnd an. »Was für ein Name ist das eigentlich – Macallan? Oder war das McKayla?«

Aus Reflex wollte ich ihn fragen, ob der Name Levi von der Marke der Jeans kam, die seine Mom am Tag seiner Geburt getragen hatte, aber stattdessen mimte ich die nette, verantwortungsbewusste Schülerin, wie es von mir erwartet wurde.

»Das ist ein Familienname«, sagte ich. Was nicht völlig gelogen war – es war tatsächlich ein Familienname, bloß nicht meiner. Obwohl ich es mochte, einen ausgefallenen Namen zu haben, war es mir immer ein bisschen peinlich zuzugeben, dass ich ihn deswegen hatte, weil mein Dad eine gewisse Sorte Whiskey bevorzugte. »Es wird Ma-*cal*-lan ausgesprochen.«

»Alter, das ist echt cool.«

Ich konnte nicht fassen, dass er mich eben *Alter* genannt hatte.

»Ja danke.« Ich beendete den Rundgang vor seinem Klassenraum, in dem er seine erste Stunde, Englisch, hatte. »Na gut, hier wären wir.«

Er sah mich erwartungsvoll an, als sei es meine Aufgabe, ihm einen Platz zu suchen, ihn gut zuzudecken und ihm ein Gutenachtlied zu singen.

»Hi, Macallan!«, begrüßte mich Mr Driver. »Ich dachte, ich hätte dich heute erst später. Oh, Moment, du musst Levi sein.«

»Ja, ich habe ihm die Schule gezeigt. Tja« – ich drehte mich zu Levi – »ich muss weiter in den Unterricht. Viel Glück.«

»Oh, okay«, stammelte er. »Wir sehen uns?«

In dem Moment registrierte ich, dass der Ausdruck in seinem Gesicht Angst war. Er fürchtete sich. Natürlich tat er das. Ich bekam Gewissensbisse, schüttelte sie aber auf dem Weg zu meinem Klassenraum schnell ab.

Ich hatte auch so schon genug Probleme.

In der Sekunde, in der wir uns an jenem Tag beim Mittagessen in die Schlange stellten, kam Emily ohne Umschweife zur Sache.

»Also, wie ist er so, dieser neue Typ?«, fragte sie.

Ich zuckte mit den Schultern. »Keine Ahnung. Ganz okay.«

Sie musterte ein Stück Pizza. »Seine Haare sind unfassbar lang.«

»Er kommt aus Kalifornien«, warf ich ein.

»Was weißt du sonst noch über ihn?« Sie stellte den Teller mit der Pizza zurück und nahm sich stattdessen ein Sandwich mit Hühnchen und einen Salat. Ich folgte ihrem Beispiel.

Ich war so dankbar, dass ich eine Freundin wie Emily hatte. Auch wenn er sich sehr bemühte – in Sachen Frisuren, Klamotten und Make-up konnte mein Dad mir nun wirklich nicht helfen. Wenn es nach ihm gegangen wäre, würde ich jeden Tag Jeans, Turnschuhe und ein *Green Bay Packers*-T-Shirt tragen und zu jeder Mahlzeit Pizza essen.

Und mädchenhafter als Emily ging gar nicht. Mit ihren langen, glänzenden pechschwarzen Haaren und den dunkelbraunen Augen war sie mit Abstand eines der hübschesten Mädchen in unserem Jahrgang. Es besaß auch niemand so coole Klamotten wie sie und ich war froh, dass wir dieselbe Größe hatten, sodass ich mir Sachen von ihr ausleihen konnte, obwohl sie schon viel mehr Oberweite als ich hatte. Aber so hatte ich wenigstens jemanden, zu dem ich gehen konnte, sobald ich einen BH brauchte. Ich mochte mir nicht mal vorstellen, wie peinlich das für meinen Dad wäre. Für uns beide.

»Äh ...« Ich versuchte, mir ins Gedächtnis zu rufen, was ich noch über Levi in Erfahrung gebracht hatte. Jetzt – leider zu spät – hatte ich das Gefühl, ich hätte mir doch ein bisschen mehr Mühe geben sollen.

Danielle gesellte sich zu uns, ihre honigfarbenen Locken wippten, als wir zu den Tischen gingen. »Ist das der Neue?« Sie zeigte auf Levi, der alleine an einem Tisch saß.

»Der ist ja klapperdürr«, sagte Emily.

Danielle lachte. »Ja, oder? Aber keine Sorge, wenn er von den *ButterBurgern* bei *Culver's* nicht zunimmt, dann bestimmt vom frittierten Käse und den Bratwürstchen, die die Leute hier so gerne essen.«

Zu dritt steuerten wir unseren Stammtisch an. Levis Blick folgte uns. Wir kannten das. Normalerweise kommentierten die Leute das immer mit: »Eine Blonde, eine Rothaarige und eine Asiatin kommen in ein ...« Ich aber sah uns so: das Mädchen, neben dem du sitzen möchtest, weil sie so umwerfend lustig ist, das Mädchen, von dem du im Unterricht abschreiben willst, und das Mädchen, dem alle Typen zu Füßen liegen.

Ich lächelte Levi kurz zu, in der Hoffnung, mein abweisendes Verhalten ein bisschen wettzumachen. Er erwiderte mein Lächeln, indem er mir traurig zuwinkte. Ich zögerte eine Sekunde und in diesem Moment registrierte ich Levis dankbaren Gesichtsausdruck. Er rechnete damit, dass ich mich zu ihm setzen oder ihn wenigstens an unseren Tisch einladen würde. Wieder zögerte ich. Ich hatte keine Ahnung, wie ich mich verhalten sollte. Einerseits wollte ich nicht den Babysitter spielen, andererseits wusste ich, wie es war, alleine zu sein. Und Angst zu haben.

»Leute, ich fühle mich furchtbar. Kann er mit bei uns am Tisch sitzen?«

Als niemand etwas dagegen einzuwenden hatte, ging ich zu Levi rüber. »Hey, wie war dein Vormittag?«, fragte ich und bemühte mich, dabei zu lächeln und mich zur Abwechslung mal gastfreundlich zu benehmen.

»Ganz gut.« Der Ton seiner Stimme ließ auf das Gegenteil schließen.

»Möchtest du dich zu uns setzen?« Ich zeigte auf unseren Tisch.

»Danke.« Er atmete tief aus.

Schon bald wandte sich die Aufmerksamkeit dem allgemeinen *Ich weiß, was du* wirklich *in den Sommerferien gemacht hast*-Gerede zu. Levi saß neben mir und stocherte unbehaglich in seinem Essen herum. Er stellte seinen Rucksack auf den Tisch und mir fiel ein Button ins Auge, der daran festgesteckt war.

»Das ist doch nicht etwa …« Ich brach ab. Wie hoch war die Wahrscheinlichkeit, dass es das war, was ich dachte? Das wäre ein zu großer Zufall gewesen.

Levi bemerkte meinen Blick auf den KEEP CALM AND BLIMEY ON-Button. »Oh, es gibt da so eine verrückte Serie auf BBC …«, fing er an zu erklären.

Ich schaffte es kaum, meine Aufregung in Zaum zu halten. »*Buggy and Floyd*. Ich liebe diese Serie!«

Sein Gesicht leuchtete auf. »Unfassbar – kein Mensch kennt *Buggy and Floyd*. Das ist ja total abgefahren!«

Es *war* total abgefahren.

Buggy and Floyd handelte von den verrückten Eskapaden von Theodore »Buggy« Bugsy und seinem Cousin und Zimmergenossen Floyd. In so ziemlich jeder Folge geriet Buggy in irgendwelche haarsträubenden Schwierigkeiten, aus denen Floyd ihn dann retten musste. Und Floyd schimpfte ununterbrochen über die aktuelle Situation, in der sie sich befanden, über Buggy und über die Gesellschaft im Allgemeinen.

Ich spürte, wie sich auf meinen Lippen ein Lächeln ausbreitete. »Die Familie meiner Mom lebt in Irland und ich hab die Serie gesehen, als ich dort vor ein paar Jahren im Sommer zu Besuch war. Ich hab die DVDs zu Hause.«

»Ich auch! Der Dad meines Kumpels ist Chef der Marktforschungsabteilung einer Filmproduktionsgesellschaft und der hat schon überlegt, die Serie für den US-Markt zu adaptieren.«

Ich stöhnte auf. Ich hasste es, wenn eine total perfekte Serie aus England für die USA umgeschrieben wurde. Manchmal ließ sich britischer Humor eben nicht übersetzen und letzten Endes würde das Ganze einfach nur dümmer werden.

»Sie würden die Serie völlig ruinieren«, sagten Levi und ich wie aus einem Mund. Für eine Sekunde waren wir beide verblüfft, bevor wir in Gelächter ausbrachen.

»Lieblingsfolge?« Er beugte sich vor und sah jetzt schon viel entspannter aus.

»Oh, da gibt es viele. Die, in der Floyds Schwester kurz vor ihrer Entbindung steht …«

»Himmelkreuzdonnerwetter, keine Ahnung, wo ich heißes Wasser herbekommen soll, es sei denn, eine Tasse Tee tut es auch.« Levi traf mit seinem Cockney-Akzent genau ins Schwarze.

»Richtig!« Ich knallte meine Hand auf die Tischplatte.

»Was geht bei euch denn ab?« Emily sah uns beide neugierig an.

»Du kennst doch diese britische Serie, von der ich wollte, dass du sie anschaust?«

»Diese Serie?« Emily sah mich kopfschüttelnd an, wie sie es immer tat, wenn sie sich über meine kleinen Schrullen amüsierte. Sie drehte sich zu Levi. »Und *die* kennst du?«

Er lachte. »Ja, die ist *total* witzig.«

»Aha.« Emily legte ihre Nase kraus. »Wie süß, dass ihr diese ungewöhnliche Vorliebe teilt.«

»Un-*gewöhnlich?«*, johlte Levi. »Ich bin zwar nicht die Königin von England, aber *gewöhnlich* bin ich ja wohl auch nicht.«

Das war ein weiteres Zitat aus der Serie.

»Eine *ganz gewöhnliche* Nervensäge – das bist du!«, beendeten wir beide den Satz.

Emily starrte uns an, als seien wir Außerirdische. Danielle schien sich zu amüsieren.

Wir unterhielten uns noch ein bisschen über unsere Sommerferien und nach der Pause half ich Levi, sich zu orientieren, wo er als Nächstes hinmusste. Als er diesmal »Bis später« sagte, fand ich den Gedanken nicht mehr so abschreckend. Es war eigentlich ganz cool, dass Levi jemand war, der nicht auf dieselben Dinge stand wie alle anderen.

Emily lachte, als wir unsere Tabletts auf das Fließband stellten. »Scheint ja ganz, als ob du und dein neuer Schatz euch viel zu sagen hättet.«

»Hör auf damit! Du weißt, dass er nicht mein Schatz ist.«

»*Mir* ist das klar, aber auch alle anderen in der Cafeteria haben euer kleines Techtelmechtel mitbekommen.«

Vermutlich hatte sie recht. Die anderen tuschelten bestimmt schon über unsere ein bisschen zu lebhafte Unterhaltung. Aber das machte mir wirklich nichts aus. Es wäre mal eine willkommene Abwechslung von all den Dingen, über die die anderen im letzten Jahr hinter meinem Rücken geflüstert hatten.

Nach der Schule wartete Onkel Adam bereits auf mich, um mich nach Hause zu fahren. Er war vor Freude immer ganz aus dem Häuschen, wenn er mich sah, obwohl er mich erst heute Morgen hier abgesetzt hatte.

»Wie war der erste Schultag?«, fragte er, während er mich fest in die Arme schloss.

»Gut!«, versicherte ich ihm.

»Großartig.« Er nahm mir meinen Rucksack ab und wir gingen zu seinem Auto.

Levi stieg gerade in einen SUV, vermutlich war die Frau neben ihm seine Mom. Er sagte irgendetwas zu ihr und daraufhin kam sie zu uns herüber. Nach einigem Zögern folgte er ihr. Mein Magen zog sich zusammen. Wenn jemand Adam zum ersten Mal begegnete, ging ich immer intuitiv in Verteidigungshaltung.

Onkel Adam ist ein wunderbarer Mensch und alle in der Stadt haben ihn furchtbar gern. Er ist nett, aufgeschlossen und stets hilfsbereit. Aber er hat einen angeborenen Sprachfehler, und wenn er spricht, lallt er ein bisschen. Ich bin mir nicht sicher, wie man das nennt, aber sein Kehlkopf schließt sich nicht richtig, sodass es manchmal nicht ganz leicht ist, ihn zu verstehen.

Als ich klein war und fragte, was Onkel Adam denn fehle, erklärte mir meine Mom, dass ihm nichts *fehle,* er würde nur wegen eines Geburtsfehlers anders sprechen als wir. Ich nahm ihre Worte für bare Münze. Dann, vor zwei Jahren, auf dem Nachhauseweg aus dem Park, fragten mich ein paar Jungen, wie es meinem »Spasti-Onkel« gehen würde. Ich brüllte sie an: »Er ist kein Spasti, er spricht bloß komisch.« Tränenüberströmt kam ich nach Hause und erzählte meinem Dad, was passiert war. Damals erklärte er mir dann, dass mein Onkel geistig behindert sei. Meine Eltern waren davon ausgegangen, ich wüsste das bereits. Aber wie sollte ich das wissen?

Er fährt Auto, geht zur Arbeit und lebt in seinem eigenen Haus (gegenüber von uns auf der anderen Straßenseite). Und sein Leben unterscheidet sich gar nicht so sehr von unserem.

Ich hielt die Luft an, als Levis Mom sich bei Adam und mir vorstellte. Ich hatte Angst, dass sie sich wie einige andere falsch verhielt.

»Hi, Macallan, ich bin Levis Mutter. Vielen Dank, dass du Levi heute so einen netten Empfang bereitet hast. Ein Umzug durchs halbe Land und ein Neubeginn an einer fremden Schule sind nicht ganz einfach.« Sie hatte dieselben langen Haare wie Levi, aber ihre waren nicht im Nacken, sondern oben auf dem Kopf zusammengebunden. Sie trug Yogahosen und einen Kapuzenpullover – vermutlich war sie auf dem Rückweg aus dem Fitnessstudio. Selbst ohne Make-up sah sie atemberaubend gut aus.

»Mom«, stöhnte Levi und es bestanden keine Zweifel, dass er versuchte, sie davon abzuhalten, seine gesamte Lebensgeschichte zu erzählen.

Sie wandte sich an Adam: »Und Sie müssen Macallans Vater sein.«

Onkel Adam packte ihre Hand und ich sah, wie sie unter seinem festen Griff leicht zusammenzuckte. »Onkel.«

»Das ist mein Onkel Adam«, sagte ich.

»Wie schön, Sie kennenzulernen.« Sie schenkte ihm ein warmes Lächeln, während Levi seine Hand schüttelte. Ich versuchte auszumachen, ob Levi zögerte, aber das tat er nicht. Wahrscheinlich konzentrierte er sich nur darauf, wie er seine Mom möglichst schnell zurück ins Auto bringen konnte.

Ich plapperte nervös los. »Ja, mein Dad muss manchmal Überstunden machen, obwohl er Chef seiner eigenen Baufirma ist – deshalb kommt Adam ab und zu aus dem Baumarkt rüber, um mich nach Hause zu fahren«, erklärte ich.

»Also, wenn wir dich irgendwann mal mit nach Hause

nehmen sollen oder du nach der Schule bei uns bleiben möchtest, bis dein Dad oder dein Onkel Feierabend haben, bist du herzlich willkommen.«

Für ein paar Sekunden lang war ich sprachlos. Hier im Mittleren Westen war man zwar normalerweise recht höflich, aber diese Frau hatte mich gerade erst kennengelernt und lud mich schon zu sich nach Hause ein! Und sie tat es aus reiner Nettigkeit und nicht, weil sie von dem Unfall wusste.

»Wunderbar! Mittwochs ist es immer schwierig«, sagte Onkel Adam, bevor ich ihn daran hindern konnte. Normalerweise arbeitete er von sieben Uhr morgens bis zwei Uhr nachmittags und konnte mich problemlos von der Schule abholen. Außer mittwochs, wenn er Spätschicht hatte. Letztes Jahr hatte ich deswegen die Zeit in der Bibliothek überbrückt oder war mit Emily oder Danielle nach ihren zahlreichen Sportkursen oder Arbeitsgemeinschaften nach Hause gefahren.

Levis Mom fackelte nicht lange. »Warum kommst du am Mittwoch nicht mit zu uns? Natürlich nur, wenn du möchtest.«

Ich schielte zu Levi rüber, der mich ansah. Sein Mund wiederholte ihre Worte: *Nur, wenn du möchtest.*

»Gerne!«, sagte Onkel Adam zu.

»Ich gebe Ihnen meine Telefonnummer. Wenn Macallans Vater irgendwelche Bedenken hat, kann er mich anrufen, okay?«

Levi zeigte auf den Button an seinem Rucksack und zog seine Augenbrauen in die Höhe. Ich stellte mir vor, wie wir uns zusammen *Buggy and Floyd* anschauten.

Ich möchte, gab ich ihm stumm zu verstehen.

Die beiden Erwachsenen tauschten Telefonnummern aus. Mein negatives Ich versuchte, mir einzureden, dass Levis Mom den Vorschlag nur deswegen gemacht hatte, weil sie meinem Onkel nicht zutraute, sich um mich zu kümmern. Mein positives Ich hielt dagegen, dass sie ein netter Mensch war und sich für ihren Sohn Freunde wünschte.

Oder vielleicht hat sie ja Mitleid mit dir, sagte mein negatives Ich. *Sie weiß es doch gar nicht,* warf mein positives Ich ein. Sie war nicht mit den wildfremden Menschen zu vergleichen, die plötzlich auftauchten, mir eine Schulter zum Ausweinen anboten oder ein Eintopfgericht vorbeibrachten, das meine Mutter nie im Leben für mich gekocht hätte.

Onkel Adam und ich stiegen in sein Auto. Er achtete immer darauf, dass ich mich angeschnallt hatte, bevor er den Zündschlüssel drehte.

»Alles in Ordnung?« Er musterte mich kritisch.

»Ja«, sagte ich, auch wenn ich nicht wusste, was ich von dem, was eben passiert war, halten sollte. Ich mochte keine unvorhergesehenen Änderungen. Davon hatte ich in meinem Leben schon mehr gehabt, als mir lieb war.

Adam sah furchtbar traurig aus. »Deine Mutter fand es schön, dich von der Schule abzuholen.«

Ich nickte. Immer, wenn sie erwähnt wurde, war das so ziemlich die einzige Antwort, zu der ich in der Lage war.

Eine Träne rollte ihm über die Wange. »Du siehst ihr so ähnlich.«

Daran hatte ich mich bereits gewöhnt. Ich mochte den Gedanken, dass ich wie meine Mutter aussah. Ich hatte ihre großen haselnussbraunen Augen, ihr herzförmiges Gesicht und ihre welligen kastanienbraunen Haare geerbt, die im Sommer einen rötlichen Schimmer bekamen.

Aber eben auch ihr Spiegelbild – eine lebende Erinnerung an das, was wir alle verloren hatten.

Ich schloss die Augen, holte tief Luft und tröstete mich mit dem Versprechen: *In einer Viertelstunde kannst du deine Mathehausaufgaben machen. In einer Viertelstunde bekommst du eine Atempause. Du musst nur die nächste Viertelstunde überstehen und dann wird alles gut.*

Glaubst du wirklich, dass meine Mom dir aus Mitleid eine Mitfahrgelegenheit angeboten hat?

Nicht mehr. Jetzt weiß ich ja, dass deine Mom der Inbegriff von Vollkommenheit ist.

Wie die Mutter, so der Sohn.

Ach bitte.

Aber du musst zugeben, dass du mich beim Mittagessen aus reinem Mitleid zu euch an den Tisch eingeladen hast.

Stimmt absolut.

Siehst du, eigentlich hättest du jetzt lügen und sagen sollen, dass du mit mir zusammensitzen wolltest, weil du mich cooler als cool fandest.

Du willst also, dass ich lüge?

Äh, *ja*. Freunde belügen sich gegenseitig, um den anderen glücklich zu machen. Wusstest du das nicht?

Hab ich dir schon gesagt, dass du heute richtig süß aussiehst?

Danke, ich ... *Moment*.

2.

Zuerst passte es mir überhaupt nicht, als meine Eltern mir eröffneten, dass wir nach Wisconsin ziehen würden. Wieso musste ich meine Freunde und mein Leben komplett aufgeben, nur weil mein Dad befördert worden war? Warum konnten wir nicht in Santa Monica bleiben, einem Ort mit genialem Wetter und den coolsten Wellen überhaupt?

Aber dann wurde mir klar, dass ich dort noch mal neu starten konnte. Ich war immer eifersüchtig gewesen, wenn ein Neuer an unsere Schule kam. Alle Aufmerksamkeit galt ausschließlich ihm. Ihn umgab ein Geheimnis. Er war ein unbeschriebenes Blatt. Ein Umzug wäre also vielleicht gar nicht so schlecht. Ich wäre der Fremde aus einem fremden Land. Welches Mädchen konnte dem widerstehen?

Dann war ich da.

Erst hatte ich mich gefreut und war ein bisschen nervös gewesen, als mich der Schuldirektor Macallan vorstellte, denn sie war echt hübsch. Aber dann gab sie mir in etwa 2,5 Sekunden zu verstehen, dass sie nicht das geringste Interesse an mir hatte. Im Ernst, man hätte ihr ein Glas Milch in die Hand drücken können und sie wäre in weniger als einer Minute zu Eis erstarrt. *So* kalt war sie.

Ich fand mich also mit dem Gedanken ab, dass wir nie wieder miteinander ein Wort wechseln würden, und hielt mich an die Jungs in der Schule. Jungs waren sowieso viel entspannter als Mädchen.

Kurz vor der Mittagspause ging ich auf eine Gruppe von Jungen zu, stellte mich vor und gab mich so cool und lässig wie möglich. Aber ich bin ziemlich sicher, dass meine Verzweiflung eine Meile gegen den Wind zu spüren war. Ich konnte sofort das Alpha-Männchen des Jahrgangs ausmachen, Keith, eine wahre Bestie von Kerl. Ständig hatte er drei oder vier andere Typen um sich versammelt und alle trugen T-Shirts mit dem Logo irgendeines Wisconsin-Teams. Keith hatte einen Kapuzenpullover mit *Badgers*-Logo an, dazu trug er Shorts. Er war etwa ein Meter achtzig groß und überragte alle, die meisten Lehrer eingeschlossen. Dünn war er nicht, aber auch nicht dick, sondern einfach bloß groß und kräftig.

Er musterte mich, als ich auf ihn zukam, und bevor ich eine Chance hatte, mich vorzustellen, sagte er: »Was bist du denn für einer?« Ich machte ein bisschen Small Talk und fühlte mich wie bei einem Vorstellungsgespräch.

Dann beging ich einen fatalen Fehler. Ich hätte es besser wissen sollen.

Ich gab zu, dass ich ein *Chicago Bears*-Fan war.

Ich bin ziemlich sicher, dass ich tatsächlich jemanden fauchen gehört habe. Was soll's, dachte ich, dann würden sie mich halt damit aufziehen, wie das bei Jungs so üblich ist. Das jedenfalls hatte ich erwartet, mir sogar erhofft. Denn wenn Jungs mit dir herumalbern, bist du schon so gut wie drin.

Doch nachdem ich mir mein Essen geholt hatte und loszog, um mir einen Platz zu suchen, ignorierten sie mich. Sie waren alle viel zu sehr damit beschäftigt, sich gegenseitig auf den neusten Stand zu bringen, um mitzukriegen, dass da ein Neuer gottverlassen in der Gegend herumstand. Anstatt dieser geheimnisvolle Fremde zu sein, den alle kennenlernen wollten, fühlte ich mich wie ein Aussätziger oder so. Jeder hatte mir erzählt, wie wahnsinnig nett die Leute in Wisconsin wären, aber so kamen sie mir nicht vor. Ich fühlte mich eher wie ein Eindringling, der ihnen ins Gehege gekommen war. Ich hatte meinen ersten Tag erst halb überstanden und mir ging es schon richtig schlecht.

Dann erschien Macallan auf der Bildfläche.

Sie rettete mich vor der öffentlichen Demütigung, an meinem ersten Schultag alleine essen zu müssen. Von da an saß ich immer mit ihr und ihren Freundinnen zusammen.

Zuerst wusste ich nicht recht, was ich davon halten sollte, dass Macallan jetzt jeden Mittwoch nach der Schule mit zu uns kam. In der Sekunde, in der wir zu Hause waren, machte sie sich an die Hausaufgaben. Und dann lernte sie, bis ihr Dad sie abholte. Ihr Gesicht leuchtete nur auf, wenn ich *Buggy and Floyd* in den DVD-Player schob. Nach ein paar Wochen fingen wir an, uns ein bisschen miteinander zu unterhalten.

Sie war echt cool. Richtig, richtig cool, auch wenn sie manchmal sehr abweisend sein konnte.

An einem Mittwoch, ungefähr nach einem Monat, musste sie länger als sonst bei uns bleiben. Mom kam aus dem Supermarkt zurück und sagte: »Macallan, Süße, dein Dad hat mich eben angerufen. Bei ihm wird es heute später. Du musst also bei uns essen. Ich hoffe, du magst Gemüsepfanne.«

Macallan musterte meine Mom von unserem Platz am Esszimmertisch aus, während sie in die Küche ging und anfing, ihren Einkauf auszupacken. Ich bemühte mich, mir das Lachen zu verkneifen, als sich Macallans Gesicht in Falten legte. Sie machte das immer, wenn sie über etwas nachdachte, egal ob über meine Mom oder über Mathe. Es saß hinreißend aus.

»Hey.« Ich versuchte, Macallans Aufmerksamkeit wieder auf mich zu lenken. »Hast du Lust auf ein Computerspiel?«

»Ich will die Gliederung für meinen Englischaufsatz fertig schreiben.« Sie fing an, sich in ihrem Heft Notizen zu machen.

Ich nahm mir das zerfledderte Buch, das sie gerade las. *»Miss Lulu Bett?«* Ich lachte. »Du schreibst dein Autorenporträt über jemanden, der ein Buch mit dem Titel *Miss Lulu Bett* geschrieben hat?«

Macallan streckte ihre Hand nach dem Buch aus. »Kannst du damit bitte vorsichtig sein? Ich habe es mir aus der Bücherei ausgeliehen. Es ist selten.«

Ich überreichte ihr das Buch mit beiden Händen und einer leichten Verbeugung.

»Und nur zu deiner Information, die Autorin, Zona Gale, wurde in Wisconsin geboren und war die erste Frau, die je den Pulitzer-Preis in der Kategorie Theater gewonnen hat. Es würde dich nicht umbringen, ein bisschen mehr über die Geschichte der Gegend zu wissen, in der du jetzt lebst.«

»Ah ja.« Das war gewöhnlich meine Antwort, wenn Macallan mal wieder versuchte, mich über so ziemlich alles zu belehren. In der Schule war ich ganz gut, meine Noten waren akzeptabel, aber ein ultimativer Musterschüler wie sie war ich nicht. Macallans Blick blieb auf ihr Heft gerichtet. »Über wen willst du denn dein Porträt schreiben? Dr. Seuss?«

»Ich *mag* ›Grünes Ei mit Speck‹, du nicht?«

Sie zog eine Grimasse. »Manchmal weiß ich nicht, warum ich mir überhaupt noch Mühe gebe.«

Sie tat so, als ob sie weiterarbeitete, aber ich konnte erkennen, wie ihre Mundwinkel anfingen zu zucken.

Vorsichtig nahm ich mir wieder das Buch. »Vielleicht sollte ich das mal lesen. Leidet Lulu wohl an einer Schlafstörung?«

Macallan stöhnte. »Mrs Rodgers, brauchen Sie Hilfe beim Kochen?«

Mom steckte ihren Kopf durch den Türrahmen. »Danke, aber ich glaube, ich hab alles im Griff.«

Macallan stand dennoch auf und ging in die Küche. »Sind Sie sicher?«

»Na gut, wenn du willst, kannst du mir beim Gemüseschneiden helfen.« Mom sah sie lächelnd an.

Ich dachte, *na super, bedeutete das jetzt etwa, dass ich auch helfen muss?* Macallan war gut darin, mich wie einen Faulpelz aussehen zu lassen.

Mom holte ein paar grüne und rote Paprikaschoten, Zucchini und Pilze aus dem Einkaufsbeutel und gab Macallan ein Schneidebrett und ein Messer. Macallan ließ ihren Blick zwischen dem Messer und dem Gemüse hin und her wandern, als müsste sie eine knifflige Matheaufgabe lösen. Sie legte das Messer an die Paprikaschote, probierte es mal so, mal so. Irgendwann sah sie zu mir hoch, wahrscheinlich hoffte sie auf meine Hilfe. Als ob ich wüsste, wie man kocht! Letztes Jahr hätte ich bei meinem Versuch, in der Mikrowelle Popcorn zu machen, beinahe das ganze Haus abgefackelt. Es hatte über eine Woche lang nach verbranntem Popcorn gerochen. Seitdem war ich vorsichtshalber aus der Küche verbannt worden.

»Gibt es eine bestimmte Art, wie ich die Paprika schneiden soll?«, fragte sie Mom.

Mom machte den Mund auf und dann schien buchstäblich eine Glühbirne über ihrem Kopf aufzuleuchten. Sie stellte sich neben Macallan und zeigte ihr, wie man das Gemüse schnitt. Macallans grüne Augen folgten jedem ihrer Handgriffe aufmerksam, als würde sie dafür benotet werden.

»Danke«, sagte sie leise, als sie fertig waren. »Bei uns zu Hause wird nicht viel gekocht. Nicht mehr.« In diesem Moment kapierte ich, warum Macallan sich so zu Mom hingezogen fühlte. Es war Emily gewesen, die mir von dem Autounfall erzählt hatte – mit mir hatte Macallan über ihre Mom kaum gesprochen. Und ich wusste nicht, ob ich es ihr gegenüber erwähnen sollte. Na ja, wie sollte man sich in so einer Situation auch verhalten? Himmelkreuzdonnerwetter, wenn ich das bloß wüsste.

Obwohl ich mich schnell mit Macallan und den Mädels angefreundet hatte, hatte ich trotzdem das Gefühl, dass noch ein paar Kumpel in meinem Leben fehlten.

»Ey, was geht ab, Kalifornien?« Keith kam Anfang November nach der Stunde auf mich zu. »Wie läuft's, Bro?« Bro sprach er allerdings wie *Brah* aus. Ich wusste, dass er sich über meine Sprechweise lustig machte, aber hatte er sich mal selbst gehört? Alle hier sprachen mit diesem näselnden Akzent und betonten die Vokale zu stark. Ich fand's saukomisch. »Hab dich in Sport auf der Laufbahn beim Sprint gesehen. Du bist ziemlich schnell.«

»Danke, Mann.«

Ich überlegte, ob ich damit angeben sollte, dass ich noch

schneller lief, wenn es nicht so kalt war. Auch wenn der Schnee des ersten Schneesturms des Schuljahres (schon *vor* Halloween) mittlerweile geschmolzen war, herrschten draußen immer noch Temperaturen unter dem Gefrierpunkt.

Ein Teil von mir hatte Keith und seine Leute bereits abgeschrieben ... und trotzdem freute ich mich insgeheim ein bisschen, als Keith fortfuhr: »Na ja, vielleicht könntest du ja irgendwann mal bei uns mitspielen. Als Passempfänger oder so. Spielt ihr in La-La-Land überhaupt Football?« Er lachte dröhnend.

Ich entschied mich sofort, den Ball zurückzuspielen. »Keine Ahnung, Mann. Jemals von dem total unbedeutenden *Rose Bowl* gehört? Wohl eher nicht, die *Badgers* haben ihn ja seit Jahren nicht mehr gewonnen.«

»Autsch.« Aber Keith sah beeindruckt aus.

Ich war im männlichen Schlagabtausch ein bisschen außer Übung. Damals in Kalifornien hatten meine Freunde und ich Stunden damit verbracht, uns gegenseitig hochzunehmen, über unsere Familien herzuziehen, über die Mädchen, auf die wir standen, das ganze Zeug halt. Je gelungener die Verarsche, desto größer das Gelächter. Wir hatten daraus regelrecht eine Kunst gemacht.

»Okay, Kalifornien.« Keith nickte. »Ich schätze mal, wir sehen uns. Lass dir von diesen Tussis nicht die Haare flechten oder die Nägel lackieren. Echte Männer spielen Football.«

»Ja, absolut.« Wir machten dieses peinliche Handschlagdings, bei dem ich mir mehr denn je wie ein Mitläufer vorkam. Aber hey, wenigstens sprach er mit mir. Das war schon mal ein Anfang.

Ich wusste sofort, dass Macallan keine gute Laune hatte, als die Schule vorbei war. Mom steckte in einem Meeting fest, das länger als geplant dauerte, und deshalb mussten wir die zwanzig Minuten nach Hause laufen. Auf dem Weg wechselte sie kaum ein Wort mit mir und wollte auch keinen Zwischenstopp im Riverside Park machen. Wenn wir zu Fuß zu mir nach Hause gingen, legten wir normalerweise jedes Mal im Park eine Pause ein und alberten herum. Selbst wenn es draußen kalt war. Aber nicht an diesem Tag.

»Alles in Ordnung bei dir?«, fragte ich sie irgendwann, hauptsächlich, weil das Schweigen echt unangenehm war.

Sie antwortete bloß: »Ja, nein … mir geht's nicht gut.«

Ich sah, wie sie sich den Bauch hielt. Ich hoffte, sie würde nicht kotzen.

Als wir zu Hause waren, saß sie einfach nur da. Sie sprach nicht, sie wollte kein Fernsehen gucken, sie wollte nichts essen. Sie unternahm nicht mal den Versuch, ihre Bücher aufzuschlagen und zu lernen. Und da wusste ich, dass die Lage ernst war.

Ich spielte auf der Konsole ein paar Spiele und sie schaute mir vom Sofa aus schweigend zu. »Mann, ich sag dir …« Ich warf ihr einen Blick zu und stellte fest, dass sie verdammt schlecht aussah. Ich kam zu dem Schluss, dass es nur noch eins gab, was sie zum Lächeln bringen konnte. »Oi!«, rief ich in meinem allerbesten Cockney-Englisch. »Jetzt bleib nicht auf deinem Hintern sitzen, sondern hilf mir endlich … *ein Baby zu entbinden?*« Dann tat ich so, als würde ich in Ohnmacht fallen. Eine klassische Buggy-Darbietung.

Sie stand abrupt auf und ging zur Toilette.

Das war eben das Problem, wenn man mit Mädchen befreundet war. Sie konnten kompliziert sein. Hey, sollte ich jetzt erraten, was ihr fehlte? Konnte sie mir nicht irgendeinen Hinweis geben?

Nachdem ich noch ein bisschen weitergespielt hatte, fiel mir irgendwann auf, dass sie schon ganz schön lange im Badezimmer war. *Igitt!* Aber was, wenn sie mit dem Kopf gegen das Waschbecken geknallt war oder so? Ich wollte sie ja nicht stören, aber sie hatte tatsächlich gesagt, dass es ihr nicht so gut ging.

Vorsichtig näherte ich mich der Toilettentür. »Äh, Macallan?«

»Verschwinde!«

»Äh, brauchst du ...«

»ICH HAB GESAGT, VERSCHWINDE!«

Ich war mir ziemlich sicher, dass sie irgendetwas an die Tür pfefferte. Oder gegen die Tür hämmerte. Jedenfalls wurde es laut und ganz offensichtlich war sie nicht besonders glücklich.

Ich hatte keine Ahnung, was ich tun sollte. Meine Kumpel zu Hause hatten sich nie im Klo eingeschlossen.

Gott sei Dank kam Mom ein paar Minuten später nach Hause. Sie warf mir sofort einen fragenden Blick zu, als sie mich auf die Toilettentür starren sah.

»Mom, ich weiß nicht, was los ist. Sie hat sich dadrinnen eingesperrt. Ich glaube, sie weint. Ich schwöre, dass ich nichts getan habe.«

Moms Augen wurden groß. »Geh und spiel Computer.«

Normalerweise ritt Mom ständig darauf herum, dass ich nicht so oft zocken sollte. Ich ging zurück ins Wohnzimmer, bevor sie es sich anders überlegen konnte.

Nach einer Weile, die mir wie eine Ewigkeit erschien, kam Mom aus dem Badezimmer.

»Was hat ...«

Sie schnitt mir das Wort ab. »Hör zu, du verlierst über die Sache kein Wort, weder zu Macallan noch zu sonst irgendjemandem in der Schule. Hast du mich verstanden?« Ich war es nicht gewohnt, dass sie mir gegenüber so einen strengen Ton anschlug. »Ich möchte, dass du jetzt auf dein Zimmer gehst ...«

»Was?«, protestierte ich. »Aber ich hab doch gar nichts ...«

Mom schnippte mit ihren Fingern. *Na super.* Jetzt war Mom auch noch sauer auf mich.

Sie senkte ihre Stimme. »Ich muss mit Macallans Dad ein Gespräch unter vier Augen führen, sobald er kommt. Also ab mit dir in dein Zimmer und ich will kein Wort mehr darüber hören.«

Sie verschränkte die Arme und ich wusste, dass mir keine andere Wahl blieb, als zu tun, was sie sagte.

Völlig verwirrt ging ich in mein Zimmer. Aber eine Sache wusste ich genau. Mädchen würde ich nie verstehen.

Ach so!

Was?

Endlich ist mir klar geworden, was an jenem Tag mit dir los war.

Da bist du *eben gerade* erst draufgekommen?

Ja, vermutlich ...

Wir werden darüber nicht sprechen.

Kaum zu glauben, dass ich nie kapiert hab, dass du ...

Welchen Teil von »Wir werden darüber nicht sprechen« begreifst du nicht?

Glaubst du etwa, dass *ich* darüber sprechen will?

Warum *sprichst du* dann darüber?

Äh, egal.

Wir sollten mal lieber schnell ein Männerthema diskutieren, damit du auf deiner Macho-Punkteskala wieder nach oben rutschst.

Ja. Äh, ich mag Fleisch.

Mädels.

Football.

Feuer.

Bratwürstchen.

Pediküren.

Okay, du hast mir versprochen, dass du das nie mehr erwähnen würdest. Ich hatte eine Blase, ich habe bloß ...

Ausreden, nichts als Ausreden.

Du bist ein Biest.

Und deswegen liebst du mich.

Ja, weil ich einen Hang zum Masochismus habe. Und hundert Prozent ein echter Mann bin.

Hör auf zu lachen.

Ich meine das ernst – hör auf zu lachen.

Macallan, *so* lustig ist das nicht.

3.

Was wäre, wenn ich mir die Haare abschneiden lassen würde?«

Levi hatte eine ganz simple Frage gestellt, aber er hatte ja keine Ahnung, was eine Was-wäre-wenn-Frage bei mir auslöste. Es war ein Spiel, das ich ständig mit mir selbst spielte. Ich hatte es etliche Male in den Sommerferien gespielt, bevor ich in die achte Klasse kam.

Was wäre, wenn nicht ich diejenige gewesen wäre, die Levi an seinem ersten Schultag durch die Schule geführt hätte?

Was wäre, wenn mir nicht sein KEEP CALM AND BLIMEY ON-Button ins Auge gefallen wäre, woraufhin ich überhaupt erst mit ihm gesprochen hatte?

Was wäre, wenn Onkel Adam Levis Mom gegenüber das Mittwochnachmittagsproblem gar nicht erwähnt hätte?

Was wäre, wenn Levis Mom nicht immer zur Stelle wäre, wenn ich sie brauchte?

Aber das ist es ja mit dem Was-wäre-wenn-Spiel – man kennt nie die Antwort auf eine Frage. Und vielleicht ist das auch besser so. Denn die Was-wäre-wenn-Fragen, die unter der Oberfläche lauern, sind noch viel schlimmer.

Was wäre, wenn du an jenem Tag nicht dein Biobuch vergessen hättest?

Was wäre, wenn es nicht geregnet hätte?

Was wäre, wenn der andere Fahrer nicht am Steuer eine SMS getippt hätte?

Was wäre, wenn Mom nur drei Sekunden gewartet hätte, bevor sie an jenem Tag losfuhr?

Was wäre …?

»Äh, Macallan?« Levi wedelte mit seiner Hand vor meinem Gesicht herum. »Was hältst du davon?« Er zog das Haargummi aus seinem Pferdeschwanz und seine Haare fielen mehrere Zentimeter über seine Schulter. »Ich hab irgendwie das Gefühl, dass ich für die Achte einen Neustart gebrauchen könnte.«

Ich zuckte mit den Schultern. »Könnte ganz gut aussehen.«

»Selbst bei mir zu Hause haben sich ein paar meiner Kumpel endlich die Haare abschneiden lassen.«

Bei mir zu Hause.

Mir war aufgefallen, dass Levi Kalifornien immer noch als sein »Zuhause« bezeichnete, obwohl er nun schon seit fast einem Jahr hier lebte und seine Eltern nicht planten, wieder zurückzuziehen. Als könnte er nicht akzeptieren, dass Wisconsin jetzt sein Zuhause war.

»Und?«, fragte Levi.

An dieser Stelle merkte ich erst, dass wir vor dem Friseurladen des Einkaufszentrums gelandet waren.

»Jetzt?«

Er zögerte ein paar Sekunden. »Warum nicht?«

Zwanzig Minuten später saß er auf einem Sessel, seine Haare wieder im gewohnten Pferdeschwanz. Die Friseurin zog das Haargummi heraus und arbeitete sich mit Schere und Kamm von rechts nach links durch. Es dauerte nur wenige Sekunden, dann fielen die Haare zu Boden.

Levis Hände wanderten instinktiv zum Nacken. »Krass.« Seine Stimme klang ein bisschen abwesend, als konnte er es selbst kaum fassen.

Dann drückte mir die Friseurin seine Haare in die Hand. Ich betrachtete sie und fragte mich, wie lange es wohl gedauert hatte, sie wachsen zu lassen. Ich dachte an dieses komplett andere Leben, das Levi geführt hatte, bevor ich ihn kennenlernte. Was ein echter Neustart bedeutete, das wurde mir jetzt erst bewusst.

Irgendwie hatte auch ich das Gefühl gehabt, nach dem Unfall einen Neubeginn machen zu müssen. Aber ich wachte immer noch im selben Bett auf, ging in dieselbe Schule und hatte dieselben Freunde. Und ein Stück weit war es beruhigend, aufzuwachen und zu wissen, dass man zu Hause war. Hoffentlich würde auch Levi irgendwann das hier als sein Zuhause betrachten.

Ich schaute fasziniert zu, wie immer mehr von Levis Haaren auf den Boden um den Stuhl herum fielen. Die Friseurin sprach nicht viel und konzentrierte sich auf den Stufenschnitt. Als sie fertig war, drehte sie Levis Sessel in meine Richtung, sodass er mir gegenübersaß. Ich erkannte ihn kaum wieder. Auf dem Oberkopf waren seine Haare jetzt nur noch etwa zweieinhalb Zentimeter lang und wirkten dunkler. Wahrscheinlich, weil sein »neueres« Haar nicht gerade viel Sonne gesehen hatte.

»Was meinst du?«, fragte Levi mit großen Augen.

»Mir gefällt es.« Seine Frisur gefiel mir wirklich, auch wenn es die gleiche war, die die meisten Jungs an unserer Schule trugen.

»Wirklich?« Er starrte sich im Spiegel an. »Magst du sie wirklich?«

»Ja.« Ich ging zu ihm und konnte nicht anders, als ihm mit meiner Hand durch die Haare zu streichen. »Es ist so kurz. Steht dir aber gut.«

Levi überlief ein Schauer, als ich ihn berührte.

Wahrscheinlich war er es nicht gewohnt, jemanden so dicht an seinem Nacken zu spüren.

Er sprang aus dem Sessel. »Lass uns was unternehmen.«

»Äh, ich dachte, das *täten* wir schon. Wir sind im Einkaufszentrum.«

Er stöhnte. »Du weißt genau, dass ich etwas anderes damit meine. Lass uns Minigolf spielen gehen oder in den Park oder sonst was machen.«

Ich warf einen Blick auf meine Uhr. »Ich kann nicht. Ich muss für heute Abend alles vorbereiten.«

Er ließ seine Schultern sinken und gab sich geschlagen. »Na gut. Aber Mom hat wirklich darauf bestanden, etwas mitzubringen. Und wenn ich ihr sage, dass das nicht nötig ist, bin ich schuld.«

»Ich möchte aber nicht, dass sie etwas mitbringt. Heute Abend koche ich für euch. Das ist mein Dankeschön an deine Familie für alles, was ihr für mich getan habt.

Und wir feiern, dass die Schule nächste Woche wieder anfängt.«

Er schüttelte den Kopf. »Du bist der einzige Mensch, der sich auf den ersten Schultag freut. Hatten wir nicht großartige Sommerferien?«

Der Sommer war wirklich großartig gewesen. Trotzdem sehnte ich mich nach dem Schulalltag.

Ich brauchte immer noch die Ablenkung.

Ich wusste, dass Dad mir nur helfen wollte, aber ich hatte alles auf die Minute genau geplant. Während der Sommerferien hatte ich ein paar Kochkurse belegt und war schon viel besser geworden. Während die Lasagne im Ofen garte, bereitete ich den Salat zu.

»Bist du sicher, dass du keine Hilfe brauchst?«, fragte er zum siebten Mal.

»Im Ernst, Dad, ich hab alles im Griff. Bitte geh und mach etwas, irgendetwas. Schau Fernseh mit Adam.«

Er lachte in sich hinein. »Du klingst genau wie deine Mutter.« Es war das erste Mal, dass er Mom erwähnte, ohne dabei traurig zu werden. Stattdessen lachte er. Natürlich lachte er mich *aus,* ich hatte allerdings keine Zeit, mich darüber aufzuregen. Das Knoblauchbaguette musste auf den Grill.

Glücklicherweise rettete mich die Klingel und Dad ging zur Tür, um Levi und seine Eltern hereinzulassen. Die Bruchstücke der Begrüßung drangen bis zu mir.

»Das duftet ja umwerfend!«, begrüßte mich Mrs Rodgers in der Küche. »Ich will dir keinesfalls im Weg stehen; ich wollte bloß sagen, dass alles ganz köstlich riecht.«

Dad kam ihr mit einer Flasche Wein in der Hand hinterher, höchstwahrscheinlich ein Gastgeschenk von Levis Eltern. Dann sah ich Levi und hätte ihn mit seinem neuen Haarschnitt beinahe nicht wiedererkannt. Es dauerte einen Moment, bis ich mitbekam, dass er einen Blumenstrauß in der Hand hielt. Sein Dad stand direkt hinter ihm und gab ihm ein Handzeichen.

»Ach ja«, reagierte Levi auf den Wink. »Äh, für die Köchin.« Er reichte mir die Blumen und seine Wangen röteten sich vor Verlegenheit.

»Danke!« Ich schnappte mir hastig den Strauß.

Levis Dad zwinkerte Mrs Rodgers zu, bevor er mich umarmte. Ich fühlte mich richtig geehrt, dass Dr. Rodgers gekommen war. Er machte so viele Überstunden, dass er es normalerweise nicht einmal schaffte, pünktlich zum Dinner in sein eigenes Haus zu kommen.

Ich scheuchte sie alle aus der Küche, damit ich das Essen fertig machen konnte. Ich konnte gar nicht anders, ich musste lächeln, als ihre Stimmen und ihr Gelächter zu mir in die Küche drangen. Es war schön, dass wieder fröhlicher Lärm das Haus erfüllte. Hin und wieder hörte ich Onkel Adam stöhnen und wusste, dass Levi sich mit ihm über die anstehende Football-Saison unterhielt. Man hätte meinen können, Levi hätte inzwischen gelernt, seine Verbundenheit zu den *Bears* in dieser Gegend für sich zu behalten.

Der Timer am Herd piepte, als ich den Salat auf den Tisch im Esszimmer stellte. Hier hatten wir seit meinem zehnten Geburtstag nicht mehr gegessen. Schon seit einer ganzen Weile hatte es keinen Grund mehr zum Feiern gegeben oder dafür, das gute Geschirr aus dem Schrank zu holen.

Ich warf einen letzten prüfenden Blick über den Tisch und überzeugte mich davon, dass alles an seinem Platz stand, bevor ich zum Essen rief. Ich merkte, wie mir vor Stolz die Brust anschwoll, als sie hineinkamen und ihre Überraschung zeigten.

Sobald alle angefangen hatten, sich über ihre Teller herzumachen, wurde es still am Tisch, bis auf ein gelegentliches Lob für den Salat. Anschließend servierte ich die Lasagne und das Knoblauchbaguette und danach holte ich den Schokoladenkuchen, den ich zum Nachtisch gebacken hatte. »Es gibt auch noch Kuchen!« Mrs Rodgers klopfte sich auf ihren nicht vorhandenen Bauch. »Da bin ich aber froh, dass ich mich morgen früh im Studio gleich für zwei Spinning-Kurse hintereinander eingetragen habe!«

»Oh«, sagte ich, »der Kuchen ist nur eine Backmischung. Bis jetzt hab ich's noch nicht geschafft, Backkurse zu belegen.«

Ihre Augen wurden groß. »Süße, das hier ist alles ganz fabelhaft. Ich werde das Gefühl nicht los, dass ich mich gewaltig anstrengen muss, wenn du das nächste Mal zu uns zum Essen kommst.«

Ich wäre gerne aufgestanden und hätte sie umarmt. Erst jetzt, als wir alle gemeinsam um den Tisch saßen, wurde mir klar, wie sehr mir diese Momente gefehlt hatten. Ich hatte ganz vergessen, wie es war, wenn man als Familie zusammen aß. Dad und ich hatten uns angewöhnt, entweder Sandwiches zu machen oder einen Lieferservice kommen zu lassen. Und der Fernseher musste während der Mahlzeiten laufen, um das Schweigen zu übertönen. Denn schweigen kann manchmal sehr viel lauter sein als jedes Wort.

In dem Moment wusste ich, dass diesem ersten gemeinsamen Familienessen viele weitere folgen würden. Ich hatte vor, die Abendessen mit unserer neuen, wachsenden Familie zur Tradition zu machen. Klar, wir waren mit den Rodgers nicht verwandt, aber eine Familie muss nicht unbedingt auf Blutsverwandtschaft basieren. Ich denke, der Begriff Familie ist mehr Einstellungssache.

»Ach ja, jetzt fällt's mir wieder ein.« Dad hob seinen Zeigefinger. »Ich wollte noch über das Schuljahr sprechen. Eigentlich wäre es völlig okay, wenn Sie Macallan mittwochs nach der Schule hier absetzen. Während der Sommerferien hat sie in der Nachbarschaft als Babysitterin gearbeitet und war oft allein zu Hause. Sie muss also gar nicht mehr mit zu Ihnen gehen.«

Levi und ich tauschten Blicke. Ich war mir sicher, dass wir beide dasselbe dachten, wenigstens hoffte ich es. Mir gefiel es bei ihm zu Hause und ich fand es schön, mit ihm und seiner Mom zusammen zu sein. Ich hatte keine Lust, nach der Schule in ein menschenleeres Haus zu kommen, das gleichzeitig voller Erinnerungen war.

»Ich glaube, ich bin ein bisschen überfürsorglich gewesen«, fuhr mein Dad fort. »Kaum zu fassen, aber unser kleines Mädchen ist fast schon in der Highschool.« Dad heftete seinen Blick auf eine Stelle direkt hinter mir an der Wand. Ich brauchte mich nicht umzudrehen. Ich wusste, was da hing: ein Foto meiner Eltern an ihrem

Hochzeitstag bei ihrem ersten Tanz. Dad musste irgendetwas Lustiges gesagt haben, denn sowohl er als auch meine Mom lachten.

»Aber wir haben Macallan wirklich gerne bei uns«, sagte Mrs Rodgers. Mir ging es sofort besser. »Nicht wahr, Levi?«

Ich ertappte mich dabei, wie ich die Luft anhielt. Ich wusste, dass Levi sich auch mit Jungs anfreunden wollte, hoffte aber, dass er sich trotzdem noch weiter mit mir treffen wollte. Wir sprachen über Dinge, über die ich mit meinen Freundinnen nicht reden konnte. Es tat gut, nicht ständig über Jungs quatschen zu müssen oder über die Klamottenfrage des nächsten Tages. Levi und ich unterhielten uns über echte Dinge. Und er brachte mich öfter zum Lachen, als es irgendjemand in den letzten Jahren geschafft hatte.

Levi sah meinem Dad in die Augen. »Ohne Macallan wäre es nicht dasselbe, Mr Dietz.«

Ich war so erleichtert über seine Antwort, dass meine Augen anfingen zu brennen. Ich stand auf und fing an, den Tisch abzuräumen. Levi tat es mir nach. Als wir die Teller auf der Küchenanrichte abstellten, sah er mich mit diesem schiefen Lächeln an, das so typisch für ihn war.

»Alter, das war knapp. Himmelkreuzdonnerwetter, wenn ich nur wüsste, was ich ohne dich anfangen sollte.«

Mir ging es genauso.

Als wir unsere Stundenpläne für die achte Klasse bekamen, stellten wir fest, dass das Unvorstellbare eingetroffen war.

Emily, Levi, Danielle und ich würden die Mittagspause nicht mehr gemeinsam verbringen können. Der einzige Lichtblick war, dass unsere Gruppe in zwei Hälften geteilt worden war, keiner von uns musste also allein essen. Emily und Levi aßen in der ersten Pause, während Danielle und ich in die zweite verbannt worden waren.

Emily war diejenige, die über die Mittagspausenkatastrophe am aufgebrachtesten war, was mich überraschte. Ihr war es schon immer leichtgefallen, irgendwo Anschluss zu finden und ein Gespräch mit einem Wildfremden anzufangen. Aber die achte Klasse schien ihr Sorgen zu machen, was eigentlich gar nicht zu ihr passte. Die ganzen Sommerferien über hatte sie erzählt, dass wir dieses Schuljahr voll auskosten müssten, weil keiner von uns wüsste, wie es nächstes Jahr sein würde, wenn wir auf die Highschool kämen. Ein Großteil dieser Angst rührte wohl daher, dass Emilys große Schwester vom »It-Girl auf *total* letztes Jahrhundert« abgesunken war (Zitat Emily), sobald sie auf der South Lake High war.

Während der Geschichtsstunde ertappte ich mich dabei, dass ich wegen Levi extrem nervös wurde. Würde Emily mit ihm zusammen essen? Oder ignorierte sie ihn einfach, um bei irgendwelchen Freundinnen vom Cheerleading oder neben Troy, ihrem neusten Schwarm, zu sitzen?

Meine Sorgen lösten sich in nichts auf, als ich aus dem Klassenzimmer kam und Emily und Levi lachend zusammen über den Flur gehen sah.

»Hey!«, begrüßte mich Emily. »Halte dich beim Lunch von den Sandwiches fern – die sind völlig zermatscht.«

Emily zwinkerte Levi zu. Ich spürte einen leichten Stich der Eifersucht, der mir sofort albern vorkam. Ich wollte doch, dass Levi und Emily sich gut verstanden.

Emily bot mir an, mich zu meinem Schließfach zu begleiten, nachdem wir uns von Levi verabschiedet hatten. Wenigstens würde ich ihn später in Englisch sehen.

Sie hakte sich bei mir unter. »Du hast mir gar nicht erzählt, dass Levi sich die Haare abgeschnitten hat. Er sieht total süß aus!«

»Oh«, war alles, was mir dazu einfiel.

»Also …« Sie ließ das Wort im Raum stehen. Mir war klar, was jetzt kommen würde.

Ich beschloss, ihr zuvorzukommen. »Wie läuft's mit Troy?«, fragte ich.

Zu Beginn eines jeden Schuljahres hatte Emily einen neuen Schwarm. Es war immer das Gleiche: Emily verkündete, dass sie sich verliebt hatte, ließ durchblicken, in wen, der Typ lud sie auf ein Date ein, sie gingen zusammen aus und dann suchte sie sich einen neuen. Anfangs der achten Klasse hatte sie bereits acht Freunde hinter sich. Ich zog sie immer damit auf, dass ihr bis zur Prom die Jungen ausgehen würden, aber sie schwor, dass sie bis dahin bei den College-Studenten angelangt sein würde. Daran hatte ich keine Zweifel.

»Ach, Troy. Keine Ahnung.« Sie warf mir einen Blick zu, der deutlich machte, dass sie es *genau* wusste. »Levi ist mir immer noch ein totales Rätsel. Kannst du ihn mal für mich um ein Date bitten?«

Mir war der Appetit aufs Mittagessen vergangen. Wollte ich wirklich, dass meine beste Freundin meinen – na ja, Levi war auch einer meiner besten Freunde geworden. Blitzartig spielte sich vor meinem inneren Auge ab, wie ich als Vermittlerin und Schiedsrichterin zwischen den beiden fungieren würde.

Aber dann kam mir der Gedanke, dass es auch Vorteile hatte, wenn meine beiden besten Freunde zusammen wären. Manchmal hatte ich das Gefühl, mich entscheiden zu müssen, mit wem der beiden ich mich verabreden wollte. Jetzt konnten wir uns alle zusammen treffen.

»Klar«, bot ich ihr an.

Was sollte schon groß passieren?

Ich glaube, ich rechne dir deine positive Einstellung gar nicht hoch genug an.

Ja, ich bin die Königin der Optimisten.

Na ja, so würde ich das nun auch wieder nicht sagen.

Das war ironisch gemeint.

Im Ernst?

Ich wäre ja lieber vorsichtig, als einfach davon auszugehen, dass sich schon alles von selber regeln wird.

Das nennt man lässig.

Oder unrealistisch. Aber was immer dir besser passt.

Genau. Was immer mir besser passt.

4.

Hätte ich gewusst, dass ein Besuch beim Friseur mich zum Weiberhelden machen würde, hätte ich mir schon in der Sekunde, in der wir in Wisconsin ankamen, den Kopf rasieren lassen.

Ich merkte sofort, dass Emily sich an unserem ersten Schultag nach den Sommerferien anders benahm. Ich vermutete, es lag daran, dass Macallan nicht dabei war. Doch dann fing sie mit diesem Kram an, den Mädchen machen, um zu zeigen, dass sie an einem interessiert sind. Sie warf ihren Kopf zurück, obwohl die Bemerkung, die ich gemacht hatte, gar nicht *so* lustig gewesen war. Dann berührte sie immer wieder meinen Arm und blickte mir in die Augen. Erst dachte ich, dass sie vielleicht über die Sommerferien den Verstand verloren hätte. Doch dann dämmerte es mir: Emily flirtete.

Nicht, dass noch nie ein Mädchen mit mir geflirtet hätte. Zu Hause hatte ich ein paar Freundinnen gehabt. Aber seit ich hier gelandet war, hatte mir noch kein Mädchen *auf diese Art* Beachtung geschenkt.

Ich war mir nicht sicher, ob ich Macallan von Emily erzählen konnte. Mir war schon klar, dass Macallan und ich nur befreundet waren, aber die anderen redeten von uns immer, als seien wir ein Paar. Und dann rümpfte Macallan normalerweise die Nase oder ließ irgendetwas vom Stapel, was deutlich machte, dass sich ihr beim bloßen Gedanken der Magen umdrehte. Was schon ein bisschen heftig war, aber ich konnte sie verstehen.

Und als Macallan mir dann erzählte, dass Emily sich für mich interessierte und mir sogar dabei half, mich mit ihr zu verabreden, war die Sache irgendwie besiegelt.

Zwischen Macallan und mir würde sich nie etwas in der Art anbahnen. Wir waren bloß Freunde. So sah sie mich eben. Und vielleicht waren wir besser dran, wenn wir nur Freunde blieben.

Was cool war. Gerade, weil sie meine beste Freundin war.

Ich beschloss, nach der Schule eine kleine Extraüberraschung zu arrangieren. Ich bat Mom, uns nicht abzuholen, um mit Macallan allein zu sein.

»Wo gehen wir hin?«, fragte sie, als ich anstatt nach rechts nach links abbog.

»Das ist eine Überraschung.« Ich griff nach ihrem Ellenbogen und führte sie die Straße hinunter.

»Okay.« Es klang, als würde sie mir nicht ganz vertrauen. »Habt ihr euch schon entschieden, was ihr Freitagabend machen wollt?«

»Will wer wissen?« Ich ertappte mich dabei, dass ich das diese Woche ziemlich häufig fragte. Jedes Mal, wenn Macallan sich nach meinem bevorstehenden Date mit Emily erkundigte, war ich mir nicht sicher, ob sie bloß neugierig war oder ob sie mich für Emily ausspionierte.

»Ich. Ich wollte wissen, ob du irgendwelche Ratschläge brauchst.«

»Oh.« Ich kam mir wie ein Idiot vor, weil ich so paranoid war. »Ich dachte mir, wir gehen irgendwo essen und schauen uns dann einen Film an. Ist das zu langweilig?«

»Klingt super. So viele Möglichkeiten haben wir ja nicht in dieser Gegend.«

»Ja, ist bei uns zu Hause auch so.«

Macallans Schultern verspannten sich. Ich wollte sie schon fragen, ob ich irgendetwas Falsches gesagt hätte, aber wir hatten gerade unser Ziel erreicht.

»Schau mal!« Ich zeigte nach oben auf die Leuchtreklametafel von *Culver's*.

Ihre Augen wurden groß. »Yes! Du wusstest, dass *Vanille-Karamell* meine Lieblingssorte ist.«

»Klar doch. Als wir heute Morgen hier vorbeigefahren sind und ich sah, dass das heute die Eiscreme des Tages ist, *wusste* ich, dass wir herkommen mussten. Komm, ich lade dich ein.«

Macallan lächelte, als wir das Restaurant betraten und uns in die Schlange einreihten. »Also, wenn du mir das Eis spendierst, dann nehme ich vier Kugeln.«

»Hab ich nicht anders erwartet. Ich glaube, ich bestelle mir auch noch einen Double-ButterBurger. Muss ein bisschen Speck auf die Rippen bekommen.« Ich klopfte auf meinen Bauch. Ich wollte nächstes Schuljahr in der Highschool bei ein paar Mannschaften anfragen, aber ich war immer noch der dünnste Junge in unserem Jahrgang. »Man sollte meinen, dass ich bei all dem frittierten Fast Food in dieser Stadt und deinen Kochkünsten inzwischen ein paar Pfunde zugenommen haben sollte.«

»Was für ein Drama.« Sie schüttelte den Kopf. »Wahrscheinlich solltest du das Emily gegenüber lieber nicht erwähnen. Sie ist zwar zierlich, aber das heißt nicht, dass sie keine Probleme mit ihrem Gewicht hat.«

»Das ist so lächerlich. Ich hab noch nie kapiert, wieso Mädchen ein dermaßen verzerrtes Bild von ihrem Aussehen haben können. Emilys Körper ist, äh ...« Das war der Teil, bei dem es brenzlig wurde, wenn dein bester Freund ein Mädchen war. »Total scharf«, wie bei meinen Kumpeln zu Hause, konnte ich nicht wirklich sagen. »Sie ist doch nicht dick. Nicht einmal andeutungsweise. Und du auch nicht. Ihr seid beide, äh, irgendwie, äh, total ... okay.«

Macallan verschränkte ihre Arme vor der Brust. Am besten sollte ich den Mund halten. Ich wusste, dass ich sie verunsichert hatte. Macallan hatte vor Kurzem angefangen an ... äh, bestimmten Stellen zuzunehmen. Es war mir nicht entgangen, dass ihre T-Shirts jetzt anders saßen.

Ich war auch nur ein Junge und deshalb menschlich.

Sehr, sehr menschlich.

Ich schüttelte meinen Kopf, um Macallans Bild in ihrem lila T-Shirt mit dem V-Ausschnitt zu vertreiben. Glücklicherweise waren wir jetzt an der Reihe und konnten bestellen. Nachdem wir unsere Eisbecher bekommen hatten, setzten wir uns an einen Tisch.

»Also, noch irgendwelche Gesprächsthemen, die ich am Freitag vermeiden sollte?«, fragte ich, während sich Macallan glücklich über ihr Vanilleeis mit Karamell und Pekannüssen hermachte.

Sie nickte. »Am besten sprichst du lieber nicht über das nächste Schuljahr – in Sachen Highschool hat sie einen Hau.«

Ich versuchte, mir alles zu merken, was sie mir über Emilys

Schwester und so erzählte. Anscheinend gab es eine Menge Themen, bei denen ich vorsichtig sein musste. Anders als bei Macallan, mit der ich so ziemlich über alles reden konnte.

Na ja, außer über momentane Wachstumsschübe.

»Ja, ich weiß, sie ...«

Ich unterbrach mich, als Macallans Blick an irgendetwas in der gegenüberliegenden Ecke hängen blieb. Ich sah, wie sich ein paar Jugendliche über einen Angestellten, der im hinteren Bereich die Tische abräumte, lustig machten. Sie zeigten auf ihn und lachten ihn aus. Warum, war mir nicht ganz klar, bis er sich umdrehte und ich sah, dass er vermutlich das Downsyndrom hatte.

»Machen diese Jungs ...«

Sie schnitt mir das Wort ab. »Die spinnen wohl. Er sollte sich mit solchen Typen nicht herumschlagen müssen.« Ihre Wangen liefen hochrot an.

»Soll ich den Geschäftsführer holen?«, bot ich an.

Aber Macallan hatte etwas anderes vor. Sie stand auf und marschierte zu den Jungs rüber. Ich zögerte kurz, fand aber, dass ich an ihrer Seite sein sollte, falls sie Unterstützung brauchte.

»Gibt's hier irgendein Problem?«, sagte sie zu den drei Typen, die wahrscheinlich um die sechzehn oder siebzehn waren.

»Ach, ist das etwa deine Freundin?«, fragte einer von ihnen.

Ich hatte mich schon daran gewöhnt, dass diese Frage normalerweise auf mich gemünzt war, aber stattdessen galt sie dem Angestellten, der versuchte, den Tisch neben ihnen abzuwischen.

»Hoppla!« Ein anderer Typ ließ seinen Colabecher auf den Fußboden fallen. »Sieh zu, dass du das aufwischt, Spasti.«

»HAST DU SIE NOCH ALLE?« Macallans Stimme dröhnte durchs Restaurant. Sogar ein paar Menschen in der Schlange drehten sich in unsere Richtung, um zu sehen, was los war.

»Ich rede nicht mit dir.« Der Typ lachte.

Macallan baute sich vor dem Tisch auf. »Tja, jetzt aber schon.«

Die Typen grinsten und sagten etwas, was ich nicht verstehen konnte. Da knallte Macallan die Faust auf den Tisch. Der Kerl, der anscheinend der Anführer war, zuckte leicht zusammen.

»Was ist euer Problem?«, fragte Macallan und zitterte am ganzen Körper. »Er arbeitet doch bloß, kümmert sich um seinen eigenen Kram und putzt Vollidioten wie euch hinterher. Er trägt seinen Teil zur Gesellschaft bei, was man von euch nicht gerade behaupten kann. Wer von euch verschwendet in diesem Szenario also den Platz?«

Ein Manager kam heran. »Ist alles hier in Ordnung?«

Die Typen murmelten, dass alles bestens wäre, aber Macallan ließ sie nicht so leicht davonkommen. »Nein, ist es nicht. Diese *Herren* hier« – sie sagte das Wort mit totaler Verachtung – »haben Ihren Angestellten belästigt, der seine Arbeit übrigens ausgezeichnet macht, wenn ich das hinzufügen darf.«

»Ja«, sagte der Manager, der aussah, als wäre er ungefähr im gleichen Alter wie die Krawallmacher: »Hank ist eine unserer besten Kräfte. Hank, du kannst jetzt Pause machen.«

Hank nahm sein Handtuch und die Tabletts vom Tisch und ging.

Der Manager wartete, bis der Mann außer Hörweite war, bevor er sich wieder dem Tisch zuwandte. »Ich fürchte, ich muss die Herren bitten, das Restaurant zu verlassen.«

Sie lachten. »Wir wollten sowieso gerade gehen.«

Als sie aufstanden, streifte mich einer von ihnen im Vorbeigehen und sagte: »Du musst mal lernen, deiner Freundin einen Maulkorb zu verpassen.«

Ich war die ganze Zeit über wie erstarrt gewesen. Macallan hatte sich diesen drei Typen gegenüber behauptet und ich hatte wie ein Idiot danebengestanden.

Macallan unterhielt sich ein bisschen mit dem Manager, bevor er sich bei ihr dafür bedankte, dass sie eingeschritten war. »Richtig toll, was du da gemacht hast. Ist zwar sehr bedauerlich, so was kommt jedoch leider vor.«

»Sollte es aber nicht«, sagte Macallan kalt.

Als wir wieder an unserem Tisch saßen, fragte ich: »Alles klar bei dir?«

»Nein. Ich hasse solche Menschen. Sie halten sich ja für so viel besser als Hank. Und wahrscheinlich auch für besser als dich oder mich. Mich macht der Gedanke total fertig, dass diese Arschlöcher durch die Gegend laufen und niemals von irgendjemandem kritisiert werden. Ich kann dir schriftlich geben, dass Adam an einem einzigen Tag sehr viel mehr arbeitet als die in ihrem ganzen Leben.«

Ich hatte Macallan noch nie so aufgebracht gesehen. Ich wusste, dass sie bei so was keinen Spaß verstand, aber mir war nicht klar gewesen, wie sehr sie das auf die Palme bringen konnte.

»Da hast du recht«, sagte ich. »Ich bin wirklich stolz auf dich. Und jetzt weiß ich auch, dass man sich lieber nicht mit dir anlegt. Das war einfach nur großartig.«

Ein Lächeln breitete sich über ihrem Gesicht aus. »Tut mir leid. Ich kann nicht anders.«

»Nein, ich meine das ernst. Das war unglaublich. Ich hätte nie geglaubt, dass du so auf jemanden losgehen kannst. Wieder was gelernt.«

»Vermutlich nur, wenn jemand gemobbt wird.«

»Lass uns hier verschwinden. Ich finde, das sollten wir mit einem *Buggy and Floyd*-Marathon feiern.«

»Und noch einem Eis.«

Das war wieder die vertraute Macallan.

»Als könnte ich dir das jetzt abschlagen.«

Sie lachte, als wir uns erneut in die Schlange stellten. Ich gab ihr einen Stoß in die Seite. »Ich sag's dir, bei uns zu Hause ist kein Mädchen so cool wie du.«

Macallan erstarrte. Sofort sah ich mich um, ob die Typen wiedergekommen waren.

»Weißt du« – sie drehte sich zu mir – »ich verstehe ja, dass du deine ersten zwölf Lebensjahre in Kalifornien verbracht hast, aber jetzt ist *das hier* dein neues Zuhause.«

Mir war nicht klar, warum sie plötzlich so verärgert war.

»Ich weiß nicht ...«

Sie unterbrach mich. »Die ganze Zeit sagst du immer ›bei uns zu Hause‹«.

»Ich weiß ...«

Sie ließ die Schultern hängen und sagte mit übertrieben tiefer Stimme: »Klar, meine Kumpel *bei uns zu Hause, bei uns zu Hause* haben wir dies und jenes gemacht, *bei uns zu Hause* war das immer so und *bei uns zu Hause* ist es supertoll.« Ich glaube, sie äffte mich nach. Aber ich sprach ja wohl auf keinen Fall mit so einem übertriebenen kalifornischen Akzent. Das hoffte ich wenigstens. Sie durchbohrte mich mit ihrem Blick. »*Das hier* ist dein neues Zuhause.«

Sie trat vor und bestellte sich ihr zweites Eis. Und ich ließ mir das, was sie eben gesagt hatte, durch den Kopf gehen.

Vielleicht lebte ich ja noch in der Vergangenheit. Vielleicht war mir nicht klar, dass das hier für immer war. Vielleicht wurde es mal Zeit, in der Gegenwart zu leben, meine neue Schule und meine neuen Klassenkameraden zu akzeptieren. Vielleicht hatte ich mir nicht genug Mühe gegeben.

Ich musste mich mit der Tatsache abfinden, dass ich jetzt ein Junge aus Wisconsin war.

Ich hörte auf, alles als vorübergehend zu betrachten, ganz besonders die Schule. Ich würde einen Weg finden müssen, mich dort wohlzufühlen und mit den Jungs klarzukommen.

Aber erst musste ich noch diese Kleinigkeit hinter mich bringen, mein Date mit Emily. Emily und ich saßen uns gegenüber, genauso wie wir es jeden Tag beim Mittagessen in der Schule taten. Aber das hier war anders. Nicht nur, weil wir vor dem Kino in eine Pizzeria gegangen waren. Das hier war ein Date. Und es war nicht irgendein Date, es war ein Date mit dem heißesten Mädchen an der Schule *und* Macallans bester Freundin. Es war ein Riesending.

Schon in der Schule war Emily hübsch, aber an diesem Abend hatte sie alle Register gezogen. Ich wusste beinahe nicht, was ich tun sollte, als ich mich mit ihr im Einkaufszentrum traf. Sie trug ein Kleid mit Blumen und in ihre Frisur hatte sie eine dieser Glitzerhaarspangen gesteckt. Und jedes Mal, wenn sie mich anlächelte, wurde mir ein bisschen übel. Nicht *mir-ist-übel-und-ich-muss-mich-gleich-übergeben*, sondern *mir-ist-vor-lauter-Aufregung-ganz-übel.*

Während wir auf unsere Pizza warteten, lächelte Emily

mich an und ich nahm einen extra großen Schluck von meiner Cola. Offenbar erwartete sie irgendetwas Witziges, etwas über unsere übliche Schultag-Analyse hinaus.

»Also ...« Sie wickelte sich eine Haarsträhne, die sich gelöst hatte, um ihren Finger.

»Also ...«, war meine geistreiche Antwort.

Sie streckte ihre andere Hand zu mir aus. »Ich bin ja so froh, dass wir hier sind.«

»Ich auch.«

Gott. Ich schwör's, ich wusste, wie man sich mit Mädchen unterhält. Mit Macallan unterhielt ich mich ständig. Aber ich begann, mir Sorgen zu machen, dass ich all meinen Gesprächsstoff mit Emily bereits in der Schule aufgebraucht hatte.

»Ich überlege, eine Halloween-Party zu geben«, sagte Emily und spielte weiter mit ihrer Haarsträhne. Offensichtlich war ich nicht der Einzige hier, der ein bisschen nervös war.

»Das könnte lustig werden.«

Sie nickte. »Ja, ganz besonders, weil ich plane, all die Jungs, Keith und Troy und so, einzuladen.«

»Troy ist cool.« Und der einzige Junge, der mich tatsächlich grüßte.

»Ja, ich hab das Gefühl, dass es dir nicht schaden würde, mal ein bisschen mehr mit den Jungs zu unternehmen.«

Ich hasste den Gedanken, dass es für jeden so klar ersichtlich war, dass ich hier nicht »einer der Jungs« war.

Ich schluckte meinen Stolz, der immer mehr dahinschwand, hinunter. »Danke.«

»Keine Ursache. Selbst ich muss immer darauf achten, beliebt zu bleiben.«

Das überraschte mich. Emily war eins der angesagtesten Mädchen an der Schule.

Sie fuhr fort: »Ganz besonders bei Keith. Seit unserer Kindheit war er derjenige mit dem größten Freundeskreis. Alle wollten zu seinen Geburtstagspartys eingeladen werden. Daran wird sich auch nichts ändern. Er wird nächstes Jahr bestimmt keine Probleme haben klarzukommen. Aber die neue Schule ist so riesig. Ich hab Angst, dort unterzugehen.« Ihre Stimme wurde leise und sie sank ein bisschen in ihrem Stuhl zurück. Normalerweise war Emily immer so überschwänglich und strahlend, aber jetzt erhielt ich einen Blick unter die glatte Oberfläche. »Ich glaube, ich mache mir zu viele Gedanken. Mir gefällt der kleine Kreis, den wir jetzt haben. Und ich hab das Gefühl, dass sich schon, seit du hergezogen bist, jede Menge geändert hat. Na ja, ich sehe Macallan viel weniger.« Emily machte ein erschrockenes Gesicht, als wüsste sie, dass ihr das nicht hätte herausrutschen dürfen.

Bevor ich ihr versichern konnte, dass ich ihr Macallan nicht hatte wegnehmen wollen, fing sie sich wieder und warf schnell ein: »Nicht, dass ich ...« Sie suchte nach Worten. »Ich finde es toll, dass du hier bist. Ich hoffe nicht, du denkst, dass es das ist.«

»Nein, verstehe ich absolut.«

»Wie auch immer ...« Sie richtete sich auf und ich wusste, dass unsere Unterhaltung wieder an der Oberfläche angelangt war. »Einen Menschen kenne ich jedenfalls, der keine Schwierigkeiten haben wird, nächstes Jahr auf Keiths Radar zu bleiben.« Sie zog flirtend ihre Augenbrauen in die Höhe.

Ich hatte keine Ahnung, wen sie damit meinte. Ganz bestimmt nicht mich.

»Macallan. Er war mal total verknallt in sie. Ist er wahrscheinlich immer noch.«

Ich war mir ziemlich sicher, dass mir fast die Augen aus dem Kopf fielen.

Emily lachte. »Findest du es so schockierend, dass sich ein Junge für Macallan interessieren könnte?«

»Nein, überhaupt nicht.« Tatsächlich fand ich es sogar merkwürdig, dass sie sich nie wirklich mit mir über Jungs unterhielt. Vermutlich war das ein Thema, das ihren Freundinnen vorbehalten blieb.

»Ja, das war in der sechsten Klasse. Aber sie interessierte sich nicht für Keith oder sonst jemanden, nachdem ihre Mom ...«

Emilys angefangener Satz hing wie eine dunkle Wolke über uns. Ich war dem Thema Macallans Mom immer ausgewichen. Ich wusste, dass ich sagen musste, wie leid es mir tat, wenn das Gespräch auf sie kommen würde. Aber das Thema kam zwischen uns nie auf. Macallan redete mit mir immer über ihren Dad, ihren Onkel und die Schule – aber über ihre Mom sprach sie so gut wie nie.

»Ich weiß nicht, wie sie es schafft, damit so gut klarzukommen.« Ich fand es nicht nur verblüffend, dass diese Worte aus meinem Mund gekommen waren, sondern auch, wie leise meine Stimme geklungen hatte.

Emily senkte ihren Kopf ein bisschen. »Es war schrecklich. Es war so schrecklich. Ich wünschte, du hättest Macallan kennenlernen können, als ihre Mom noch da war. Sie war ein völlig anderer Mensch. Sie hat immer gelächelt und gelacht. Nicht, dass sie jetzt nur vor sich hin brütet, aber das war ... ganz schön heftig.«

Ich war mir sicher, dass »ganz schön heftig« noch milde ausgedrückt war.

»Aber ich muss sagen, dass es ihr in letzter Zeit viel besser geht. Wenn sie von ihren Kochkursen spricht oder von neuen Rezepten, die sie gerade ausprobiert, zum Beispiel. Und ich weiß nicht, ob dir eigentlich klar ist, wie sehr deine Mom ihr geholfen hat.«

Ich nickte. Es war ziemlich offensichtlich, dass Macallan meine Mom vergötterte. Dadurch wurde mir erst bewusst, wie glücklich ich mich schätzen konnte, dass ich sie hatte. Dass ich meine beiden Eltern hatte, auch wenn es mich nervte, wie viel Zeit mein Dad im Krankenhaus verbrachte.

»Oh!« Emily fing an, in ihrem Stuhl auf und ab zu hüpfen. »Ich hab's! Ich glaube, ich frag Macallan, ob sie für die Halloween-Party was kocht. Wäre das nicht toll?«

»Ja, die Idee gefällt ihr bestimmt.« Ich musste an all die Gerichte denken, die Macallan bisher gekocht hatte. »Glaubst du, du könntest sie bitten, diese Sandwichs mit geschnetzeltem Schweinefleisch zu machen?«

»Geht klar.« Emily strahlte.

Wir verpassten den Film um sieben und den danach auch. Emily und ich redeten und redeten. Wir beide spürten, wie die Stimmung zwischen uns immer leichter wurde. Nur beim Abschied wurde ich noch ein letztes Mal nervös. Weil ich sie küssen wollte. Nicht nur, weil sie süß war, sondern auch, weil ich mich zum ersten Mal, seit ich hierhergezogen war, auf etwas freuen konnte, was nichts mit Macallan zu tun hatte.

Ich küsste sie also. Und sie küsste mich zurück.

Ich würde nie wieder Gelegenheiten ungenützt an mir vorübergehen lassen.

Hat ein Junge eine neue Freundin, läuft das normalerweise darauf hinaus, dass er weniger Zeit mit seinen Freunden verbringt. Aber mit Emily war genau das Gegenteil der Fall.

Ehe ich mich versah, fing ich an, mich mit Keith und Troy zu verabreden. Wir gingen alle zusammen ins Einkaufszentrum, um uns Kostüme für Emilys Halloween-Party zu besorgen. Am Schluss holten wir uns noch eine Pizza und unterhielten uns über Sport. So viel Bro-Zeit hatte ich nicht mehr gehabt, seit ich aus Kalifornien weggezogen war. Ich wurde sogar ganz aufgeregt, als Keith mich verspottete, weil ich mich so oft mit Macallan traf, ohne sie anzubaggern. Dass er mich damit hochnahm, war für mich ein Kompliment. Es bedeutete, dass ich dazugehörte.

»Hab ich dir schon gesagt, dass du der allerbeste Freund bist?« Emily kniff mich in die Wange, als ich am Abend der Party die letzten künstlichen Spinnweben bei ihr im Wohnzimmer aufhängte.

»Heute noch nicht.« Ich zwinkerte ihr zu.

Sie lachte, bevor sie einen letzten prüfenden Blick durchs Zimmer warf, ehe die Gäste eintrafen. Wir hatten die Möbel zur Seite gerückt, damit wir genug Platz zum Herumstehen und fürs Tanzen hatten. An der Wand hatten wir einen Tisch aufgebaut, auf dem eine Schüssel mit »grünem Schleim« (eigentlich bloß grün gefärbter Fruchtpunsch) und Kartoffelchips, Salzstangen und Süßigkeiten standen und außerdem noch jede Menge Platz für Macallans Essen war.

Macallan hatte sich wie immer selbst übertroffen. Es gab »Mumien«-Minipizzas (für die Augen hatte sie schwarze Oliven genommen), gefüllte Eier, aus denen rote Paprika wie Hörner stakten, sodass sie wie Teufel aussahen, Törtchen, die mit Lakritz verziert waren. Und natürlich ihre für mich so berühmten Sandwichs mit geschnetzeltem Schweinefleisch.

»Das alles sieht fantastisch aus, Macallan!« Emily umarmte sie.

Unsere Gruppe hatte sich als Motto *Grease* ausgesucht. Die Mädchen gingen als *Pink Ladies* und die Jungen waren die *T-Birds*. Emily, ganz in Schwarz, trug ein *Sandy*-Kostüm mit Lederjacke zu roten Pumps. Ihre normalerweise glatten Haare hatte sie in Locken gelegt und toupiert, bis sie nicht mehr wiederzuerkennen waren. Wenn Emily Sandy darstellte, machte mich das vermutlich zu Danny. Die Jungs hatten es leicht; wir brauchten uns bloß weiße T-Shirts zu besorgen und *T-Birds* draufschreiben. Einige von uns hatten Lederjacken an – ich hatte mir die alte Motorradjacke meines Dads ausgeliehen, aus den Zeiten, in denen er noch ein Motorrad hatte. Mom hatte ihn gezwungen, es zu verkaufen, als sie mit mir schwanger war. Die Mädchen hatten sich rosa T-Shirts besorgt und in blasenförmigen Buchstaben *Pink Ladies* draufgeschrieben. Dazu trugen sie Glockenröcke mit aufgebügeltem Pudelemblem zu passenden rosa Haarreifen und Föhnwellen-Frisuren.

Mr Dietz, Adam und Emilys Eltern blieben in der Küche, während die Party im Wohnzimmer und Esszimmer stattfand. Die meisten Jungen, die nicht zu unserer Gruppe gehörten, hatten sich als Football-Spieler verkleidet oder als Cowboys; im letzteren Fall bedeutete das bloß ein kariertes Hemd und ein Cowboyhut. Es waren die Mädchen, die alles gegeben hatten: Schönheitsköniginnen, katholische Schulmädchen, im Grunde genommen alles, was ein Kostüm verlangte, und dazu jede Menge Make-up.

Nicht, dass ich mich beschwerte.

»Hey, Kalifornien!«, brüllte mir Keith von seiner Spielkonsole vor dem Fernseher aus zu. »Du bist dran.«

Er warf mir eine Fernbedienung zu und ich ließ mich neben ihn fallen. Etwa eine Stunde lang zockten wir. Ab und zu machte er mir das Leben schwer, indem er sich über meinen Akzent lustig machte, mein Outfit (was genau dasselbe war wie seins), meine Haare (die ich seit zwei Monaten kurz trug, aber Keith schien das nicht aufgefallen zu sein) und über so ziemlich alles, was ich von mir gab. Aber ich schluckte es. Das war nun mal die Art, wie Keith mit seinen Freunden umging.

»Alter, nächstes Wochenende. Bei mir zu Hause. Bist du dabei?«, fragte Keith, als ich es endlich geschafft hatte, ihn bei einem Box-Game zu schlagen.

Ich hatte keine Ahnung, was nächstes Wochenende war oder was er bei sich zu Hause vorhatte, aber ich sagte zu.

Ich hatte eine Freundin, eine fabelhafte beste Freundin und endlich gehörte ich auch bei den Jungs dazu.

Es ging bergauf.

Glaub ja nicht, dass mich das nicht gekränkt hätte, als du so versessen darauf warst, dich mit den Jungs zu treffen.

Alter, du weißt genau, dass ich das nicht so gemeint habe.

Alter?! Das klingt ja so, als hätte ich dich gezwungen, mit meinen Puppen Kaffeekränzchen zu machen und mir die Haare zu flechten.

Du hast aber angefangen, jede Menge Zeit in der Küche zu verbringen.

Komisch. Ich kann mich nicht erinnern, irgendwelche Beschwerden von dir gehört zu haben, als du das ganze Essen, das ich gekocht habe, gefuttert hast.

Das liegt daran, weil du die beste Köchin im gesamten Staat Wisconsin bist. Wenn nicht sogar der gesamten kulinarischen Welt.

Mit Schmeicheleien erreicht man alles.

Wusste ich doch.

5.

Dass meine beiden besten Freunde zusammen waren, war nicht so schlimm, wie ich es mir vorgestellt hatte.

Es war viel, viel schlimmer.

Der erste Monat war ein bisschen komisch. Wenn ich mich mit einem von ihnen traf, musste ich aufpassen, was ich über den anderen sagte. Dann versuchten sie, mir Informationen zu entlocken. Manchmal musste ich Vermittlerin spielen. Bei vielen ihrer ersten Verabredungen war ich sogar das dritte Rad am Wagen.

Einmal ging ich mir im Kino vor dem Film Popcorn holen, nur um bei meiner Rückkehr Zeuge zu werden, wie sie sich küssten (oder um genauer zu sein, sich gegenseitig das Gesicht abschleckten). Ich erstarrte, wusste nicht, wie ich reagieren sollte. Für den Bruchteil einer Sekunde überlegte ich, ob ich mich umdrehen und mit dem Kopf gegen die Wand hämmern sollte – in der Hoffnung, dabei mein Gedächtnis zu verlieren. Stattdessen räusperte ich mich auffällig laut und langsam lösten sie sich voneinander. Glücklicherweise ging gerade das Licht aus, als ich mich auf meinen Platz setzte, wir konnten also jeden Blickkontakt vermeiden. Ich war mir nicht sicher, wem von uns das Ganze peinlicher sein musste.

Als der November kam, waren Levi und Emily unzertrennlich geworden. Ständig hielten sie Händchen und ich schwöre, dass ich sie einmal dabei erwischte, wie sie in einer kurzen Unterrichtspause die Nasen aneinanderrieben.

Ich gab mir ungeheure Mühe, nicht verbittert zu sein. Nicht, dass ich unbedingt einen Freund haben wollte, aber dass ich einen leichten Stich verspürte, wenn sie mich nicht dabeihaben wollten, konnte ich nicht ändern. Anstatt unentbehrlich zu sein, stand ich ihnen im Weg. Jedes Mal, wenn ich einen der beiden fragte, ob wir etwas unternehmen wollten, hatten sie schon etwas anderes vor. Zusammen. Und ich war nicht mit eingeplant.

Manchmal hoffte ich sogar, sie würden Schluss machen. Aber dann dachte ich mir, dass das alles nur noch schlimmer machen würde. Was, wenn ich gezwungen wäre, mich für eine Seite zu entscheiden?

Es war aussichtslos, dass alles wieder so wie früher werden würde. Also traf ich mich stattdessen öfter mit Danielle. »Mittlerweile ist es ziemlich ernst zwischen den beiden, oder?«, fragte mich Danielle, als wir beide in der Woche vor den Weihnachtsferien in der Schlange vor dem Kinoschalter warteten.

»Stimmt.« Mir stand es inzwischen bis zum Hals, die Sprecherin für das glückliche Paar zu sein.

Danielle zögerte einen Moment. »Glaubst du …« Sie sah sich um, um sich zu vergewissern, dass niemand in der Nähe war, den wir kannten. »Findest du nicht auch, dass Emily sich irgendwie mehr und mehr von uns entfernt? Ich meine, klar, sie will Zeit mit ihrem Freund verbringen. Aber so rar hat sie sich noch nie gemacht. Ist ein bisschen heftig, oder?«

Ja, fand ich auch. Und für mich konnte man das gleich mal zwei nehmen. Der einzige Grund, warum Levi und ich uns immer noch mittwochs trafen, war der, dass Emily an dem Tag Cheerleader-Training hatte.

»Es ist in der Tat ein bisschen heftig.« Nur vor Danielle konnte ich das zugeben.

»Obwohl, um ehrlich zu sein, wirst du mich wahrscheinlich an dieses Gespräch erinnern müssen, wenn ich auch endlich mal einen Freund habe«, sagte sie trocken.

Ich versuchte, verständnisvoll zu nicken, obwohl das nicht gerade mein Thema Nummer eins war.

»Wenn man vom Teufel spricht.« Ich folgte Danielles Blick zur Getränketheke, vor der Levi und Emily Arm in Arm standen. Sie schmiegte sich an seine Seite und lachte über irgendetwas, das er gerade sagte.

Ich mochte Levi wirklich, ich schwör's, das tat ich. Aber er war einfach nicht so lustig, wie Emily ständig tat.

Ich stöhnte. »Glaubst du, die wollen in denselben Film wie wir?«

In einer schrecklichen Vision sah ich mich schon statt der neuen Liebeskomödie mit Paul Grohl die *Emily und Levi*-Knutschstunde anschauen.

Danielle hatte anscheinend meine Gedanken gelesen. »Vielleicht können wir uns an den beiden vorbeischleichen und uns weiter vorn hinsetzen?«

»Gute Idee.« Wir schnappten uns unsere Tickets und liefen mit gesenkten Köpfen in Richtung Kinosaal. Ich spürte mein Herz schneller schlagen.

»Hey!« Ich blieb wie angewurzelt stehen, als ich Emilys Stimme erkannte. Für den Bruchteil einer Sekunde zog ich in Erwägung, so zu tun, als hätte ich sie nicht gehört, aber Danielle war schon auf dem Weg zu ihnen.

»Hey!«, rief sie freudestrahlend. »Was macht ihr denn hier?«

Ich notierte mir in Gedanken, Danielle zu ermutigen, der Theater-AG beizutreten.

Emily lachte. »Uns einen Film anschauen, du Dummerchen!«

»Ach, wirklich? Ihr seid nicht nur wegen des Popcorns hergekommen?«, konterte Danielle.

»Wir gehen in *Der Rächer von Salem*.« Emily tat so, als liefe ihr eine Gänsehaut über den Rücken. »Zum Glück habe ich ja ihn hier zum Festhalten.« Sie strahlte Levi an.

In den vielen Jahren, die ich sie schon kannte, hatte Emily sich stets geweigert, Horrorfilme anzuschauen. Nicht mal die kitschigen und die von der So-schlecht-dass-sie-schon-wieder-lustig-sind-Sorte. Aber vermutlich war ihr für ÖLBK (öffentliche Liebesbekundungen) mit Levi jede Ausrede recht.

»Cool«, sagte Danielle und man merkte ihr an, dass sie das Gegenteil meinte. »Na gut, ich muss mal kurz für kleine Mädchen, bevor ich mir neunzig Minuten einen wildromantischen und anbetungswürdigen Paul Gröhl gebe.«

»Ich komme mit!« Emily griff nach Danielles Arm und ging in Richtung Toiletten.

»Hey!« Levi nahm mich auch mal wahr.

»Hey.« Ich beschloss, nicht so zu tun, als wäre das hier alles völlig normal.

»Hör mal«, fing er an. »Vielleicht könnten wir am Mittwoch irgendwo etwas essen gehen und dann einkaufen? Ich brauche wirklich einen Ratschlag, was ich meiner Mom zu Weihnachten schenken soll.«

Ich ließ die Eiszapfen, die um mich herum wuchsen, ein bisschen antauen. Immerhin gab er sich Mühe. Und er bat mich um Hilfe bei dem Geschenk für seine Mom, weil er wusste, dass ich sie besser kannte. Ich kannte *ihn* besser. Vielleicht war ich ein bisschen zu streng gewesen. Ich wurde ja nicht ersetzt. Denn das war es doch, was ich in Wahrheit befürchtete.

Wie albern! Levi würde mich niemals ersetzen.

Als Emily und Danielle zurückkamen, hatten wir uns verabredet.

»Bist du so weit?« Emily griff nach Levis Hand.

»Ja.« Levi zwinkerte mir zu. »Viel Spaß!«

»Euch auch«, antwortete ich. Und ich meinte es so.

Levi und Emily waren nicht das Problem. Meine Einstellung war es. Ganz offensichtlich stimmte etwas mit mir nicht, dass ich mich sofort bedroht fühlte, wenn meine beiden besten Freunde mir nicht hundert Prozent Aufmerksamkeit schenkten.

Und da wusste ich, was mein guter Vorsatz für das neue Jahr sein würde: Ich musste aufhören, mich so abhängig zu machen.

Nachdem ich diesen Vorsatz gefasst hatte, lächelte ich, wenn ich Levi und Emily zusammen sah. Irgendwo hatte ich mal gelesen, dass es einen automatisch glücklicher macht, wenn man über etwas lächelt.

Also lächelte ich, wann immer Levi oder Emily auf den anderen zu sprechen kamen.

Bald kam mein Lächeln ganz automatisch.

Levi und ich bummelten mit den Händen voller Einkaufstüten durch das Einkaufszentrum. »Ich hab also zu Emily gesagt« – LÄCHELN – »dass ich mich hier immer noch nicht an das Wetter gewöhnen kann. Ich weiß, alle behaupten, der letzte Winter sei ganz besonders brutal gewesen, aber ich glaube, dieses Jahr ist es noch schlimmer. Also echt, Temperaturen jenseits von minus zwanzig Grad? Wie kann es so kalt sein, dass die Temperatur an sich eigentlich längst nicht mehr existiert? Ich meine, wir sprechen hier von weit weniger als null! Wenigstens hat Emily mir versprochen, mich warm zu halten.«

LÄCHELN! Was sollte ich auch sonst machen? Ich musste in meiner Rolle bleiben – ein glücklicheres Ich – damit er sich weiter mit mir traf.

Levi wertete mein Schweigen als Einladung fortzufahren. »Okay, pass auf, ich hab ein bisschen gehofft, dass du mir auch mit dem Geschenk für Emily helfen könntest?«

LÄCHELN!

»Großartig!«, antwortete Levi.

Auch wenn ich kein Wort gesagt hatte, mein dämliches Grinsen ließ es so aussehen, als könnte ich mir nichts Schöneres vorstellen.

Levi lotste mich zu einem Juwelier. »Du bist echt lässig. Ich war mir nicht sicher, ob es komisch wäre, dich zu fragen. Aber wer kennt Emily besser als du?«

Damit hatte er recht. Ich verstand nicht, warum mich das alles so aus der Fassung brachte. Er war nach wie vor derselbe Levi. Außerdem war es doch nur eine Frage der Zeit gewesen, bis einer von uns einen Partner hatte. Und in gewisser Weise hielt es die anderen davon ab, uns für ein Paar zu halten.

»Natürlich helfe ich dir beim Aussuchen«, sagte ich. »Woran hast du denn gedacht?«

»Na ja, ich bin letzte Woche mit meiner Mom hier gewesen und hab diese Kette gesehen und wollte deine Meinung dazu hören.« Er führte mich zu einem Schaukasten mit verschiedenen Ketten in Gold und Silber. Er zeigte auf eine in der Mitte. »Diese, aber mit einem E.«

Mein Herz bebte, als ich sah, welche er meinte. Es war eine Silberkette mit einem kleinen runden Anhänger, in den der Buchstabe P eingraviert war.

Ich trat ein paar Schritte zurück und hatte das Gefühl, als schwanke der Boden unter meinen Füßen. Levi fragte mich, ob es mir gut ginge, das hörte ich noch, aber danach verschwamm alles um mich herum.

»Ich kriege keine Luft, ich muss …« Ich taumelte aus dem Laden und setzte mich schnell auf den Fußboden in der Nähe eines Brunnens. Ich legte meinen Kopf zwischen die Knie und versuchte, meinen Atem zu beruhigen.

»Macallan, was hast du?« Levis Stimme überschlug sich. »Bitte sprich mit mir.«

Ich fing an zu schluchzen und bekam keine Luft mehr. Ich musste durchatmen. Ich musste mich beruhigen und durchatmen.

Aber ich konnte nicht.

So war das immer. Immer, wenn ich dachte, dass es mir besser ging, brachte mich wieder etwas zum Einstürzen. Und es passierte immer wieder und gerade dann, wenn ich es nicht mehr erwartet hatte.

»Macallan?« Levi zog sein Handy heraus. »Mr Dietz, ich bin hier mit Macallan und ich weiß nicht, was mit ihr los ist. Ich glaube, sie hat so etwas wie eine Panikattacke.«

Nicht mein Vater, dachte ich. *Bitte zieh da nicht meinen Dad mit rein.*

Irgendwie konnte ich die Kraft aufbringen, meine Hand auszustrecken und Levis Bein zu berühren.

»Moment, sie möchte etwas.« Levi kniete sich neben mich. »Dein Dad will mit dir sprechen.«

Levi presste das Handy an mein Ohr.

»Calley, Süße, was hast du?« Die Stimme meines Vaters klang so angstvoll. Ich hasste es, dass ich ihm das hier antat. »Bitte sprich mit mir.«

»Es … war …« Ich versuchte, mich zu beruhigen, aber die Stimme meines Dads machte es nur schlimmer. Ich holte tief Luft. »Erzähl ihm von der Kette.«

Das war alles, was ich herausbringen konnte, aber es genügte Dad, um zu verstehen.

Ich schaute Levi an, während mein Vater mit ihm sprach. Sein Gesicht wurde blass.

»Das tut mir so leid. Das wusste ich nicht.« Seine Stimme klang sehr leise und tief. »Das wusste ich nicht.« Ich konnte nicht ausmachen, ob er sich bei Dad oder bei mir entschuldigte. Wahrscheinlich bei uns beiden.

Natürlich konnte er es nicht wissen. Wie auch? Wie sollte er auch ahnen, dass meine Mom eine ganz ähnliche Kette mit dem Buchstaben M gehabt hatte? Mein Dad hatte sie ihr an dem Tag geschenkt, als sie mich nach der Geburt aus dem Krankenhaus nach Hause brachten. Wie sollte Levi gewusst haben, dass meine Mom sie tagaus, tagein getragen hatte? Wie sollte er gewusst haben, dass sie sie getragen hatte, als sie starb? Dass sie damit begraben worden war?

Levi beendete das Gespräch und setzte sich neben mich. Er legte seinen Arm um mich und ich lehnte mich an seine Schulter. »Dein Dad kommt sofort. Es tut mir ja so leid, Macallan. Es tut mir so leid, dass ich es nicht wusste. Es tut mir so leid, dass ich dich an so viel Schmerz erinnert habe. Es tut mir so leid, dass ich keine Ahnung habe, wie ich dir bei diesem großen Teil deines Lebens helfen soll. Wenn das überhaupt geht. Es tut mir so leid, dass ich im Moment nicht genau weiß, was ich sagen soll.«

Er schwieg für eine Sekunde, aber dass er einfach nur hier war, hier in meiner Nähe, war alles, was ich brauchte. »Ich weiß, in der letzten Zeit hab ich mich wie ein Idiot benommen und war nie für dich da. Und das tut mir auch leid. Ich weiß, dass ich nicht viel weiß, aber eines mit Sicherheit: Ich werde für dich da sein. Was immer du brauchst, wann immer du es brauchst, du kannst dich auf mich verlassen, okay? Daran wird sich nie etwas ändern. Nie. Das ist dir klar, oder?«

Nein. Bis zu jenem Moment war mir das nicht wirklich klar gewesen. Und obwohl die Erinnerung an meine Mutter mir das Herz zerriss, ließ ich zu, dass Levi half, es wieder zu heilen.

Ich begriff, dass es an der Zeit war, Levi jemanden vorzustellen.

Dick eingemummelt kämpften wir uns den Hügel hoch. Auf der Fahrt hierher hatte Levi geschwiegen. Ich war mir nicht sicher gewesen, wie er reagieren würde, aber ich wusste, dass ich mich ihm mehr öffnen musste.

Wir näherten uns unserem Ziel, Levi ein paar Schritte hinter mir, mit gesenktem Kopf.

»Levi, ich möchte dir meine Mom vorstellen.« Ich stand neben ihrem grauen Marmorgrabstein. »Mom, das ist Levi. Ich hab dir schon von ihm erzählt.« Ich fegte ein bisschen vom Schnee zur Seite, der den Grabstein bedeckte.

»Hi«, sagte Levi leise.

»Komm, setz dich.« Ich holte eine Decke heraus und legte sie auf den kalten Boden. »Ich wollte mit dir hierherkommen, um dir ein bisschen über meine Mom zu erzählen.« Meine Stimme fing an zu zittern. Vor diesem Moment hatte ich Angst gehabt. Es fiel mir unglaublich schwer, über Mom zu reden, ohne traurig zu werden. Aber die Psychologin, mit der ich mich nach Moms Tod getroffen hatte, hatte mir versichert, dass es wichtig sei, über sie zu sprechen. Meine Erinnerungen mit anderen zu teilen.

Ich wünschte, Levi hätte meine Mom kennenlernen können. Sie hätte ihn bestimmt gemocht.

»Sie …«, fing ich an und spürte, wie mir die Tränen kamen.

»Ist schon gut«, sagte Levi. »Du musst nicht, wenn das zu schwer für dich ist.«

»Ich möchte aber.«

»Darf ich den Anfang machen?«, fragte er. »Äh, Mrs Dietz, ich heiße Levi. Ich bin sicher, dass Macallan Ihnen schon alles über mich erzählt hat. Und, tja, nichts davon ist wahr – es sei denn, sie hat Ihnen erzählt, dass ich ein Kerl zum Niederknien bin.«

Ein kleiner, dankbarer Lacher entschlüpfte meiner Kehle.

»Ja, ich hab Macallan am ersten Schultag kennengelernt und Sie hätten mal erleben sollen, wie nett sie zu mir war. Ich habe Fotos von Ihnen im Haus gesehen, ich weiß also, woher Macallan das gute Aussehen hat. Und äh, sie ist eine unfassbar gute Schülerin. Ein bisschen nervt das, um ehrlich zu sein.« Er warf mir einen besorgten Blick zu. »Ist das in Ordnung?«

Mir gefiel es, dass er sich mit Mom unterhielt, als wäre sie hier. »Ja, toll.«

»Okay, also gut, als wir uns zum ersten Mal trafen, dachte ich, sie würde mich hassen. Verstehen Sie, ich hatte damals noch lange Haare und ich bin mir ziemlich sicher, sie hielt mich für einen Hippie oder so. Aber dann entdeckte sie, dass ich auch diese Fernsehserie mag, *Buggy and Floyd.*« Er sah vom Boden auf. »Weiß sie, wovon die Rede ist?«

Ich nickte. Es machte mich glücklich, dass er von Mom in der Gegenwart sprach.

»Ja, und von da an hat es bei uns irgendwie geklickt. Sie ist wirklich der einzige Mensch gewesen, der sich fast ein Bein ausgerissen hat, damit ich mich hier wie zu Hause fühle. Also danke, Mrs Dietz, dass sie Ihre Tochter so großgezogen haben, wie Sie es getan haben. Sie ist wunderbar und ich weiß, das ist Ihnen zu verdanken. Ich wünschte, ich hätte Sie kennenlernen können, aber in gewisser Weise hab ich das wohl auch. Durch Macallan. Und bloß, damit Sie's wissen: Ich gebe mein Bestes, sie zu beschützen. Und für sie da zu sein. Selbst wenn ihr Geschmack in Sachen Football-Mannschaften einfach *jenseitig* ist.«

»Hey!«, ich schlug nach ihm. »Mom ist ein *großer Packers*-Fan. Er macht nur Spaß, Mom.«

Levi legte seine behandschuhte Hand um meine. »Ist das okay, darüber Scherze zu machen?«

»Sie macht ständig Scherze.«

»Was mag sie sonst noch?«

Und mehr war gar nicht nötig. Die ganze nächste Stunde erzählte ich Levi alles über meine Mom. Alles, woran ich mich erinnern konnte. Ich musste über so vieles davon lachen. Und nicht eine Träne fiel. Ich sehnte mich immer noch nach ihr, aber über sie zu sprechen bedeutete, sie in mir lebendig zu halten.

Ich hatte keine Zweifel daran, dass Mom von oben auf uns herabsah und lächelte.

Danach änderte sich alles.

Vielleicht ist *ändern* nicht das richtige Wort. Aber Levi und ich standen uns näher als je zuvor.

Seit meinem Zusammenbruch im Einkaufszentrum und dem Besuch bei meiner Mom tat Levi alles auch nur Erdenkliche, damit wir genug Zeit miteinander verbrachten.

Nicht, dass Levi meinetwegen Emily abgeschoben hätte. Er wusste, dass es nicht darum ging, sich für eine von uns zu entscheiden. Er handelte einfach bewusster. Traf seine Entscheidungen bewusster. Achtete darauf, mit wem er seine Zeit verbrachte.

Obwohl wir uns ständig SMS schickten, rief er mich mindestens einmal pro Tag an, als er über die Weihnachtsferien in Kalifornien war.

»Ich weiß, dass dich diese Nachricht glücklich machen wird«, sagte er, als er am Silvesterabend anrief. »Alle beschweren sich hier, wie oft ich von *zu Hause* rede.«

»Kann es sein, dass wir hier einen klassischen Fall von ›Auf der anderen Seite ist das Gras immer grüner‹ haben?«, fragte ich.

Er lachte. »Wahrscheinlich. Aber hauptsächlich wollen die Jungs mehr Fotos von der heißesten Braut des Jahrhunderts sehen.«

»Ich hoffe für dich, dass du von mir sprichst.«

»Na klar. Auch dann, wenn besagte Braut ihre rauschende Party ohne mich feiert.«

»Hey, ich bin nicht diejenige, die beschlossen hat, die Feiertage über dreitausend Kilometer entfernt zu verbringen. Und so *rauschend* wird die Party gar nicht sein, wenn alle Eltern dabei sind.«

Mein Dad hatte sich überlegt, dass es lustig wäre, eine Silvesterparty zu geben. Also lud er ein paar seiner Freunde mit ihren Kindern ein und ich sollte meine Freunde mit deren Eltern einladen. Mein erster Gedanke war, dass niemand mit seinen Eltern zusammen auf eine Party gehen wollte, aber vermutlich war das der einzige Weg für uns alle, das neue Jahr angemessen einzuläuten.

Ich musste das Gespräch mit Levi beenden, um mit den Vorbereitungen zu beginnen. Emily und Danielle kamen früher, um mir beim Kochen zu helfen. Es gab Makkaroni-Auflauf, *Fettuccine Alfredo* mit Hühnchen, Spaghetti mit Truthahnfleischbällchen, Knoblauchbaguette und gemischten Salat.

Zum Glück waren wir Nicht-Erwachsene ins Untergeschoss verbannt worden, sodass wir wenigstens unter uns waren. Ich hatte ein bisschen Mitleid mit Trisha und Ian – den Kindern von Freunden meines Dads – denn sie kannten uns nicht wirklich. Trisha war aus Minneapolis hierhergezogen und Ian war ein Jahr älter als wir. Als ich hörte, dass er dabei sein würde, dachte ich sofort, er wäre sauer, mit Jüngeren auf einer Party festzusitzen. Aber er kam lächelnd nach unten und stellte sich allen vor. Trisha blieb in einer Ecke sitzen und sah in der ersten Stunde mit Emilys kleiner Schwester und Danielles Bruder fern.

»Ich wünschte, Levi wäre hier«, schmollte Emily. »Wen soll ich denn jetzt um Mitternacht küssen?«

»Mich jedenfalls nicht.« Danielle lachte. »Ich werde alles geben und versuchen, mir diesen Jungen aus der Neunten zu angeln. Ganz schön heißer Typ. Mal sehen, ob ich mit meiner bestechenden Persönlichkeit bei ihm landen kann.« Damit lief sie zu Ian und setzte sich neben ihn.

»Du glaubst doch nicht, dass Levi heute Abend etwas mit einem Mädchen hat?«, fragte mich Emily.

»Nein, er trifft sich mit seinen Bros«, versicherte ich ihr. Seit Levi abgereist war, musste ich das jeden Tag tun. Ich wusste, dass man sich auf ihn verlassen konnte. Er ging nicht fremd.

»Was gibt's, Leute?« Troy kam mit einem Teller voller Kartoffelchips zu uns rüber. »Habt ihr Lust auf ein paar Spiele?«

Emily lächelte ihn an. »Oh ja! Spiele!«

Sie dirigierte Troy zum Tisch hinüber, wo wir ein paar traditionelle Brettspiele bereitgestellt hatten.

Emilys Schwester schnappte sich ein Schachspiel und schleppte es auf die andere Seite des Zimmers zu Danielles Bruder. Dort schlugen die beiden ihr Lager auf.

»Ach so, die fühlen sich wohl zu cool, um sich mit ihren älteren Geschwistern abzugeben.« Emily lachte. »Ich erinnere mich, als ich in der Fünften war, da dachte ich auch, ich wäre total cool.«

Troy sah vom Monopolyspiel auf, das er gerade begutachtete. »Na ja – ich finde, du bist jetzt total cool.«

Emily warf ihren Kopf zurück und kicherte übertrieben, wie immer, wenn Jungs in der Nähe waren.

Troy kratzte sich am Kopf, sodass seine welligen braunen Haare zerwuschelten. Sein Lächeln war so breit und mir fiel zum ersten Mal auf, dass er in seiner rechten Wange ein Grübchen hatte.

Aus irgendeinem Grund hatte ich jedoch das Gefühl,

dass das Emily nicht zum ersten Mal auffiel. Immerhin war sie in ihn verliebt gewesen, bevor sie mit Levi zusammenkam.

»Ach du.« Emily gab ihm einen leichten Klaps auf die Hand. Dann drehte sie nervös ihre langen Haare in einen Knoten und ließ sie wieder fallen. Irgendwann richtete sie ihre Aufmerksamkeit wieder auf mich. »Willst du mal rumfragen, ob noch irgendjemand mitspielen will oder …«

Erst dachte ich, sie würde versuchen, mich loszuwerden. Aber dann wurde mir klar, dass ich Gespenster sah. Emily wollte nur wissen, ob noch jemand mitspielte, und als gute Gastgeberin war das meine Aufgabe. Ich ging hinüber zu der Sofagruppe, auf der Danielle, Ian und Trisha saßen. »Habt ihr Lust auf ein Spiel oder einen Film? Es sind noch zwei Stunden bis Mitternacht. Ich kann auch von oben noch mehr zu essen holen.«

»Ein Film wäre cool«, antwortete Trisha.

»Okay. Sucht euch einen aus.«

Danielle gesellte sich zu Trisha, die die DVD-Sammlung durchstöberte.

Ian stand auf. »Ich glaube, ich hole uns noch was zu essen.«

Ich begleitete ihn nach oben. Wir hörten, wie das Lachen der Eltern das Wohnzimmer füllte. Dem Anschein nach war ihre Party weitaus *rauschender* als unsere. »Kaum zu glauben, dass du das ganze Essen gekocht hast«, sagte Ian, als wir in die Küche kamen. Er nahm sich eine große Portion von dem Auflauf. »Das ist so lecker.«

»Danke.« Ich schob noch ein Knoblauchbaguette in den Ofen. »Mir macht das wirklich Spaß.«

»So viel kann ich dir jetzt schon versprechen – den Fraß in der Cafeteria wirst du nächstes Jahr ganz und gar nicht mögen.«

Ich überlegte, ihn nach der Highschool zu fragen, aber ich wollte nicht so … kindisch rüberkommen. »Vermutlich muss ich dann wohl anfangen, mir mein Mittagessen mitzubringen«, war die einzige Antwort, die mir einfiel.

Er schob sich eine große Gabel Pasta in den Mund. Seine dunklen Haare fielen ihm für einen Moment in die Augen, bevor er sie zur Seite warf.

»Ja, und wenn du Rat brauchst, welche Kurse du nächstes Jahr belegen solltest oder welchen Lehrern du lieber aus dem Weg gehst, frag einfach.« Er lächelte mich breit an, ein bisschen Tomatensoße auf der Lippe.

»Danke.« Mir wurde bewusst, dass ich nicht gerade viel zu unserem Gespräch beitrug. Anscheinend hatte ich vergessen, wie man sich mit Jungen unterhielt, die nicht Levi waren. Nicht, dass ich mich nie mit Jungs unterhalten hätte; es war bloß so, dass ich sonst nie gezwungen war, nur um des Small Talks willen Small Talk zu machen.

Ian half mir, das Baguette aufzuschneiden, und wir brachten etwas davon ins Wohnzimmer zu den Erwachsenen, die in eine lebhafte politische Diskussion verwickelt waren. Als wir wieder in den Keller kamen, schauten sich Danielle und Trisha *Sixteen Candles* an.

»Den Film hab ich noch nie gesehen«, sagte Ian und ließ sich neben mir auf das Sofa fallen.

»Ein Klassiker«, sagte Trisha. »Meine Mom war völlig davon besessen, als sie in meinem Alter war.«

Ich sah mich im Zimmer um. »Wo sind Emily und Troy denn hin?«

Danielle nahm sich ein Stück Knoblauchbaguette von Ians Teller. »Habt ihr die nicht gesehen? Sie sind hochgegangen und wollten irgendetwas holen.«

»Oh.« Wir mussten sie verpasst haben, als wir in der Küche waren.

Wir vier lehnten uns zurück und schauten *Sixteen Candles* und kommentierten ab und zu die Mode und die Frisuren.

»Du solltest mal dieses unfassbare Foto von meiner Mom sehen.« Danielle lachte. »Sie hatte so eine krasse Frisur mit Kräusellöckchen und ihr Pony stand mindestens einen halben Meter ab. Sie schwört, dass das damals angesagt war, aber ich kann mir nicht vorstellen, auf welchem Planeten so eine Frisur nicht als Wischmopp durchgegangen wäre.«

»Wenigstens kommt aus der Zeit ganz anständige Musik«, warf Ian ein.

»Ja«, stimmte ich ihm zu, als ich den Film ausmachte. Ich warf einen Blick auf die Uhr. »Noch eine Viertelstunde bis Mitternacht!«

Wir schalteten den Fernseher ein, um uns die Feier auf dem Times Square anzuschauen. Erst vor zwei Jahren hatte ich begriffen, dass das keine Liveübertragung war, sondern dass die Übertragung für unsere Zeitzone um eine Stunde nach hinten verschoben wurde. Davor war ich immer davon ausgegangen, die Leute auf dem Times

Square würden die Feier für jede Zeitzone der USA wiederholen, und fand es absolut cool, dass sie viermal ins neue Jahr tanzen durften.

»Okay, mal ganz im Ernst. Wo sind Emily und Troy?«, fragte Danielle.

Die beiden hatte ich fast vergessen. »Wahrscheinlich gefangen in irgendeinem Erwachsenengespräch. Ich geh sie retten.«

Ich lief nach oben, fand sie aber weder in der Küche noch im Wohnzimmer. Ich schaute in der Toilette nach. Fehlanzeige. Im ersten Stock sah ich, dass meine Zimmertür geschlossen war.

Nie wäre ich auf den Gedanken gekommen, ich hätte anklopfen sollen. Warum auch – es war ja mein eigenes Zimmer.

»Hey, Em ... seid ihr ...« Schockgefroren blieb ich stehen.

Emily und Troy küssten sich auf meinem Bett.

Beide schossen in die Höhe. »Oh, hey, wir, äh ...« Emily biss sich auf die Lippe, wahrscheinlich versuchte sie, sich gerade eine Lüge einfallen zu lassen, die ich ihr abnehmen würde. Und ich wünschte mir verzweifelt, etwas zu hören, das mich davon überzeugen würde, ich wäre nicht gerade Zeuge geworden, wie meine beste Freundin meinen besten Freund betrogen hatte.

Troy sagte das Klügste, was man in einer Situation wie dieser nur sagen konnte: »Ich geh dann mal nach unten.«

Nachdem er verschwunden war, herrschte Stille zwischen Emily und mir. Nur das Gelächter der ahnungslosen Erwachsenen war von unten zu hören.

Irgendwann brach Emily das Schweigen. »Ich weiß.«

»Ich *weiß?*«

»Das war dumm von mir, aber es ist … es ist Silvester! Ich bin auf einer Party. Was ist so falsch daran, dass ich mich ein bisschen amüsieren will?« Sie ließ sich auf mein Bett fallen und legte ihren Kopf in die Hände. »Du darfst Levi nichts sagen.«

Mir fiel keine Antwort ein. Ich war fassungslos, wie schnell der Abend gekippt war.

Schließlich sah sie mich an. »Kannst du bitte etwas sagen? Irgendetwas?«

Ich hatte Angst, den Mund aufzumachen. Ich wusste nicht, was rauskommen würde. Aber irgendwann hielt ich es nicht mehr aus. »Wie konntest du bloß?«

Emily schüttelte den Kopf. »Ich hab keine Ahnung. Ich meine, du weißt ja, dass ich mal in Troy verliebt war. Und beim Spielen haben wir geflirtet – ich finde ihn süß.«

»Du hast einen Freund! Und muss ich dich wirklich daran erinnern, dass er mein bester Freund ist?«

»Ich dachte, *ich* wäre deine beste Freundin.«

»Ihr beide seid es.« Aber in diesem Moment fühlte ich mich ganz sicher Levi näher.

»Levi ist toll. Aber er ist nicht hier.« Emily ließ sich auf meinem Bett nach hinten sinken, ihre Füße baumelten über den Rand. So hatten wir oft dagelegen. Das kannte ich. Aber dieses furchtbare emotionale Dilemma, in dem ich mich gerade befand, war für mich neu. Etwas, das ich definitiv nicht noch mal erleben wollte.

»Und das erklärt es?«, fragte ich.

»Nein, tut es nicht.« Ihre Antwort erleichterte mich. »Ich bin durcheinander, das ist alles.«

»Weswegen?«

»Wegen allem.« Tränen traten in ihre Augen. »Ich hab solche Angst vor dem nächsten Schuljahr. Ich glaube nicht, dass dir klar ist, wie sehr sich alles ändern wird. Alles wird sich ändern. Hat es bereits.«

Ich setzte mich neben sie aufs Bett und wir beide starrten nach oben auf die Sterne an meiner Decke, die im Dunkeln leuchteten. »Emily, du musst aufhören, dir solche Gedanken zu machen. Du bist nicht deine Schwester.«

»Du weißt, was mit ihr passiert ist. Du hast es selbst mitbekommen. Cassie hatte so viele Freundinnen, als sie in unserem Alter war. Dann ist sie auf diese riesige Schule gekommen und untergegangen. In der neunten Klasse ist sie jeden Tag von der Schule direkt nach Hause gegangen, ist in ihrem Zimmer verschwunden und hat geweint.«

»Aber deine Schwester ist sehr viel stiller als du. Du bist offener. Du würdest nie untergehen. Und du hast ja mich.« Ich wollte noch hinzufügen, dass ihr Versuch, mit der gesamten männlichen Schülerschaft unserer Schule gleichzeitig zu flirten, die Sache auch nicht gerade besser machte, aber ich wusste, dass es nicht der richtige Zeitpunkt dafür war. Ich musste sie bestärken. »Nicht alles wird sich ändern.«

»Unsere Gruppe wird auseinandergerissen. Ich war immer deine einzige beste Freundin und glaub ja nicht, dass mich das nicht verletzt hätte, als du mehr Zeit mit Levi verbracht hast.«

Ich konnte nicht fassen, dass sie versuchte, mir die Schuld in die Schuhe zu schieben. Ja, ich verbrachte viel Zeit mit Levi. Aber *sie* war diejenige, die Verabredungen mit mir absagte, damit sie öfter mit ihm zusammen sein konnte.

»Und ich mache mir Sorgen um dich, Macallan. Wirklich. Levi ist toll. Aber wenn er auf die Highschool kommt, glaubst du, dass es ihm dann reicht, sich nur mit dir zu treffen? Er wird jede Menge Freunde haben und ich möchte nicht, dass du dann alleine dastehst.«

»Ich bin nicht davon ausgegangen, dass ich alleine dastehe.« Meine Kehle schnürte sich zu. »Ich dachte eigentlich auch, du wärst meine beste Freundin.« Ich drehte meinen Kopf gerade noch rechtzeitig, um zu sehen, wie sie zusammenzuckte.

»Ich *bin* deine beste Freundin. Aber manchmal frage ich mich, auf welcher Seite du eigentlich stehst.«

Ich blieb regungslos auf meinem Bett sitzen, wiederholte Emilys Worte im Kopf. Die Situation war doch völlig absurd – verlangte sie wirklich von mir, dass ich eine noch absurdere Entscheidung treffen sollte? Mein Magen fing an, sich zu verknoten. War ich überhaupt in der Lage, mich zwischen den beiden zu entscheiden? Solange ich zurückdenken konnte, kannte ich Emily. Sie hatte mir immer geholfen, wenn ich mal Mädchen-Rat brauchte. In der absolut schrecklichsten Zeit meines Lebens war sie für mich da gewesen.

Vielleicht hatte Emily recht. Vielleicht hatte ich sie tatsächlich vernachlässigt, als Levi hierhergezogen war. Aber entschuldigte das, was sie jetzt von mir verlangte?

Levi und seine Familie hatten mir unfassbar viel bedeutet in den letzten achtzehn Monaten. Ein Leben ohne ihn konnte ich mir nicht vorstellen. Aber mit Emily ging es mir genauso. Das hier war genau die Situation, vor der ich Angst gehabt hatte, als die beiden zusammengekommen waren. Was würde passieren, wenn sie Schluss machten?

Ich bemühte mich, meiner Stimme einen gelassenen Klang zu geben. »Stellst du mir etwa ein Ultimatum? Dass ich mich für dich entscheiden soll?«

»Ich weiß gar nicht mehr, was ich sage.« Emily setzte sich auf. »Ich bin total durcheinander. Es tut mir so leid. Ich fühle mich schrecklich. Ich möchte mich nicht zwischen dich und Levi stellen, aber ich möchte auch nicht, dass sich Levi zwischen uns stellt.«

Ja, dachte ich, *da bist du einen Kuss zu spät draufgekommen.*

In dem Moment hörte ich unten alle rückwärtszählen. Während die anderen glücklich das neue Jahr einläuteten, versuchte ich, eine Lösung zu finden, wie ich die beiden wichtigsten Freundschaften in meinem Leben retten konnte.

»FROHES NEUES JAHR!«, tönte der Chor von unten herauf.

»Hey!« Emily umarmte mich, als ich aufstand. »Frohes neues Jahr, Macallan! Können wir einen Neubeginn machen? Ich verspreche dir, dass ich mir überlegen werde, was ich Levi sage. Du musst dir keine Sorgen machen. Das ist mein Problem, nicht deins.«

Mir blieb nichts anderes übrig, als zu hoffen, dass sie recht hatte.

Emily sprang vom Bett und klatschte in die Hände. »Komm, Macallan! Es ist Neujahr, ein neuer Start, ein Neubeginn! Alles ist möglich.«

Ich spürte, wie Angst mich einschnürte. Denn es war tatsächlich alles möglich. Aber die letzten zehn Minuten hatten mir bewusst gemacht, dass das nicht unbedingt etwas Gutes bedeuten musste.

Neustarts werden überbewertet.

Ich weiß. Ich werde nie kapieren, warum alle dem ersten Januar so viel Bedeutung beimessen. Es gibt dreihundertvierundsechzig andere Tage im Jahr, an denen du dich ändern kannst.

Oder an denen du neu starten kannst.

Oder mit einer Diät anfangen.

Du darfst auf keinen Fall anfangen, mit fettarmen Zutaten zu kochen.

Klar.

Oder, du weißt schon, irgendetwas je wieder vor mir verheimlichen.

Tja, und du darfst nie wieder den Bundesstaat Wisconsin verlassen.

Japp. Das scheint nur gerecht zu sein.

Ich kann nicht alles unter Kontrolle haben.

Wenn du doch bloß die Welt regieren könntest.

Endlich mal jemand, der's kapiert! Ich *sollte* die Welt regieren. Wäre das Leben dann nicht so viel besser?

Klar doch. Erstes neues Gesetz als Königin der Welt?

Die *Chicago Bears* zu verbieten.

Bei nochmaligem Nachdenken ...

Hey, das ist meine Welt. Ich darf bestimmen, wie es mir passt. Wie wär's wenn ich dich als Standard nehme, an dem alle Jungs bemessen werden?

Als wenn du das je tun würdest.

Stimmt. Frage: Wie viele Sonnen gibt es in deiner Welt?

6.

Die Sekunde, in der wir in Milwaukee aufsetzten, stürzte ich praktisch aus dem Flugzeug.

Komisch. Ich hatte mir in den letzten achtzehn Monaten nichts sehnlicher gewünscht, als wieder in Kalifornien zu sein, aber sobald ich dort war, wurde mir klar, was ich an Wisconsin hatte. Klar war es toll, wieder meine alten Kumpel zu treffen. Aber mir fehlten meine Mädels: Macallan und Emily. Vermutlich hielten mich die meisten für einen Spieler, weil ich gleich zwei Mädchen hatte. Aber für mich bedeuteten sie jeweils etwas ganz anderes.

Macallan war so etwas wie meine bessere Hälfte. Das Yin zu meinem Yang. Hm, das klang jetzt viel zweideutiger, als beabsichtigt.

Und Emily war eine Freundin zum Niederknien. Sie strahlte diese positive Energie aus. Man merkte, wie glücklich sie in meiner Nähe war. Welcher Junge wünscht sich das nicht?

Obwohl ich an dieser Stelle etwas beichten muss: Ich hatte Emily angelogen. Ich hatte ihr gesagt, dass ich erst am Samstagabend wiederkommen würde, in Wirklichkeit landete mein Flugzeug aber schon nachmittags. Ich hatte das nur getan, weil ich mich erst mit Macallan treffen wollte. Emily würde mich natürlich sofort sehen wollen, aber ich schuldete Macallan noch ihr Weihnachtsgeschenk.

Ich grinste wie ein Vollidiot, als ich bei den Dietzes vor der Haustür stand und klingelte.

»Hey!« Ich schloss Macallan fest in die Arme und hob sie in die Luft, als ich sie sah.

»Hey, du!« Sie lachte, als ich sie wieder absetzte. »Wie war der Kulturschock?«

Ich trat in den Flur und fing an, mich aus meinen dicken Winterklamotten zu pellen. »Eher ein Temperaturschock, als ich vorhin aus dem Flugzeug gestiegen bin. Die eiskalte Luft hat mich erschlagen. Silvester hatte ich noch Flipflops an.«

Macallan zuckte leicht zusammen.

»Alles in Ordnung?«

Sie nickte ein bisschen zu heftig. »Äh, ja, natürlich. Es ist nur so, na ja ... ist es nicht irgendwie merkwürdig, wenn man Weihnachten feiert und draußen ist es heiß? Mom konnte richtig wütend werden, wenn Weihnachten kein Schnee lag.«

Jetzt wurde mir klar, warum sich Macallan so seltsam benahm. Ich wusste, wie sehr ihre Mom Weihnachten geliebt hatte, deswegen musste diese Zeit des Jahres für Macallan besonders schwer sein. Was wahrscheinlich auch das Chaos in der Küche erklärte. Überall standen Töpfe und Pfannen herum. Macallan kochte immer viel, wenn sie sich über etwas klar werden musste. Oder sich von etwas ablenken wollte. Und jetzt in den Ferien hatte sie auch keine Hausaufgaben, mit denen sie diese Leere hätte ausfüllen können.

Ich streichelte ihren Arm und dachte, so könnte ich sie vielleicht am besten trösten. Seit wir auf dem Friedhof gewesen waren, wusste ich, dass ich ihre Mom ruhig erwähnen durfte. Für mich war es etwas Besonderes gewesen, dass sie mich mitgenommen hatte. Es zeigte, wie wichtig wir uns waren. Wenn sie gewollt hätte, hätte sie mit mir darüber gesprochen, das wusste ich. Mittlerweile konnte ich ziemlich genau sagen, was in ihr vorging. Ich wusste, wenn sie einen kleinen Schubs brauchte, um etwas zu erzählen, und wann man sie in Ruhe lassen musste. Und ihr Gesichtsausdruck sagte gerade mehr als deutlich: *Kein Kommentar.*

»Na ja, das ewig schöne Wetter kenne ich ja«, erinnerte ich sie. »Und es tut mir leid, dass ich dich gebeten hab, Emily anzulügen, wann ich wieder zurückkomme.«

»Ja …« Sie fing an, die Küchenanrichte zu putzen. »Hast du Hunger?«

Ich würde nie eine Gelegenheit auslassen, etwas von dem zu essen, was sie gekocht hatte. Macallan stellte mir einen Teller mit Brownies, Rice-Crispy-Keksen und einem Stück Nusskuchen zusammen.

Ich griff in meinen Rucksack und holte ihr Geschenk heraus. »Frohe Weihnachten, wenn auch mit einer Woche Verspätung.«

Bevor sie es öffnete, zögerte sie kurz. »Es ist doch kein Cap mit *Bears*-Logo, oder?«

Ich lachte. Sie hatte mir eine *Green Bay Packers*-Strickmütze geschenkt, damit es mir leichter fallen würde, mich hier einzufügen. Alle hatten ihren Spaß gehabt, ganz besonders Adam. Aber nachdem sie mich damit aufgezogen hatte, hatte sie mir noch einen Gutschein für ein selbst gekochtes Essen meiner Wahl geschenkt. Es war mein schönstes Geschenk dieses Weihnachten gewesen.

Sie machte sich daran, das Geschenk auszupacken. In dem Moment, in dem sie die Fotos auf der DVD-Hülle sah, fing sie an zu lachen. »Ich kann nicht glauben, dass du mir …« Sie unterbrach sich, als sie die Widmung auf der Vorderseite entdeckte. »Wie bist du denn …?« Ihre Kinnlade hing praktisch auf dem Boden. Es machte mich unfassbar glücklich.

»Der Dad meines Kumpels kennt den Produzenten der Serie. Ich hab ihn um den Gefallen gebeten.«

Sie starrte auf die Hülle der *Buggy and Floyd*-DVD und las die Widmung des Schauspielers, der Buggy spielte: *Himmelkreuzdonnerwetter, was gäbe ich jetzt um ein schönes Glas Macallan*.

»Ich war mir nicht sicher, ob ich das genial oder ordinär finden sollte«, gab ich zu.

»Genial!« Macallan fing wieder an zu lachen. Ich mochte es, wenn sie lachte. Sie lachte auf zwei verschiedene Arten: Entweder kicherte sie ganz normal oder aber sie prustete lauthals los – dieses hemmungslose Lachen mit nach hinten gelegtem Kopf. Wenn ich nur ein Ziel im Leben hätte, würde ich dafür sorgen, dass sie jeden Tag lauthals lachte. Und an diesem Tag hatte ich es erreicht.

»Das ist das allerbeste Geschenk, danke!« Sie umarmte mich stürmisch. »Du kannst dir jederzeit so viele Gerichte aussuchen, wie du willst!«

»Das hätte ich bitte gerne schriftlich.«

Ihr Kopf flog wieder in den Nacken, als sie erneut loslachte, und ganz im Ernst – mein Herz machte tatsächlich einen Sprung.

»Okay.« Ich spielte mit ihren Haaren, die wie Blätter je nach Jahreszeit die Farbe wechselten. Zurzeit waren sie dunkelbraun mit einem roten Unterton. »Erzähl mir alles. Wie war Silvester?«

Das Lächeln in ihrem Gesicht erlosch blitzschnell. Ich hätte es besser wissen müssen, nicht wieder etwas zu erwähnen, das sie an ihre Mom erinnerte. »Ganz gut«, sagte sie. »Äh, wann bist du eigentlich mit Emily verabredet?«

Ich schaute auf die Uhr. »Ich hab ihr gesagt, dass mein Flieger ungefähr um diese Zeit landen würde, ich müsste sie also bald anrufen.«

»Ja, mach das. Sie brennt darauf, dich zu sehen.«

Das war der Grund, warum Macallan die allerbeste Freundin der Welt war. Wir hatten uns zehn Tage nicht gesehen und trotzdem war es ihr wichtig, dass ich mich mit meiner Freundin traf.

»Willst du mitkommen?« Im Moment hatte ich überhaupt noch keine Lust, mich von Macallan zu verabschieden.

Sie schüttelte den Kopf. »Nein, ihr beide solltet ein bisschen Zeit für euch allein haben.«

»Komm her.« Ich zog sie fest in die Arme. »Du bist die Allerbeste. Das weißt du doch, oder?«

Sie lächelte zaghaft. Eigentlich wollte ich nicht gehen, denn ganz klar stimmte hier etwas nicht. Aber vielleicht brauchte sie auch nur ein bisschen Zeit für sich. Jedenfalls gab sie sich viel Mühe, mich schnell aus der Küche zu bugsieren.

»Du auch.« Ihr Blick war so traurig.

Während ich die sieben Häuserblöcke zu Emily rüberging, wollte mir Macallan nicht aus dem Kopf gehen.

Meine beste Freundin brauchte mich und ich musste herausbekommen, wie ich ihr helfen konnte. Aber erst musste ich meine sensationelle Freundin sehen.

»LEVI!«, kreischte Emily schon, als ich noch nicht mal bei der Tür war. Sie kam in die Kälte hinausgerannt und küsste mich, sodass mir gleich richtig warm wurde.

»Du hast mich nicht angerufen, als du gelandet bist; ich hab mir Sorgen gemacht!« Sie nahm mich bei der Hand und ging mit mir ins Haus.

In Gedanken war ich so sehr mit Macallan beschäftigt gewesen, dass ich ganz vergessen hatte, Emily Bescheid zu geben, dass ich auf dem Weg zu ihr war. »Ich musste erst noch etwas bei Macallan vorbeibringen«, sagte ich. Ich wollte Emily nicht weiter anlügen.

»Oh, du warst bei Macallan?« Sie strahlte über das ganze Gesicht. »Worüber habt ihr euch unterhalten?«

Ich zuckte mit den Schultern. »Das Übliche halt. Außerdem musste ich ihr noch ihr Weihnachtsgeschenk geben.«

»Ach ja, die DVD, oder?« Sie zog mich zum Sofa und fragte mich über meine Reise nach Kalifornien aus. Mir ließ sie kaum Zeit für meine Fragen, was sie in den Ferien gemacht hatte. Nicht, dass wir uns nicht geschrieben hätten, während ich weg war, aber sie schien ganz erpicht darauf, jede Einzelheit zu erfahren.

»Hey, wie war eigentlich die Silvesterparty bei Macallan?«, gelang es mir endlich zu fragen.

»Wieso?«, gab sie schnell zurück.

»Ach, ich bin bloß neugierig. Macallan hat vorhin nicht viel erzählt.«

»Oh.« Emily sah erleichtert aus. »Es war toll, wir hatten echt Spaß.« Sie biss sich auf die Lippe. »Äh, da ist etwas, was ich dir vielleicht lieber sagen sollte. Ist wirklich überhaupt keine große Sache. Du weißt ja, dass Troy da war. Ich hab ihm das Haus gezeigt und wir waren in Macallans Zimmer. Kann sein, dass die Tür zu war ...«

Ich spürte, wie sich ein Knoten in meiner Brust bildete.

»Egal, wir haben gequatscht und es wurde spät und wir lagen auf dem Bett und unterhielten uns und da kam Macallan rein. War ja klar, dass wir uns erschrocken haben, und Macallan dachte, wir hätten etwas anderes gemacht, aber ich schwöre, es war alles ganz harmlos. Ich hab dich so vermisst!«

Ich wusste nicht, was ich sagen sollte. In erster Linie, weil ich nicht fassen konnte, dass Macallan mich nicht vorgewarnt hatte. Selbst wenn nichts passiert war.

»Aber: Neues Jahr, neues Glück.« Emily beugte sich vor und war nur wenige Zentimeter von mir entfernt. »Ich hätte mich nicht mit Troy unterhalten oder ihm das Haus zeigen sollen, aber egal. Eigentlich wollte ich es dir gar nicht erzählen, doch ich will keine Geheimnisse vor dir haben.« Sie streichelte mein Bein. »Verzeihst du mir?«

Sie fing an, mich zu küssen. Zuerst zögerte ich. Nicht, weil Emily schlecht küsste, sondern, weil es so viel war, was ich zu verarbeiten hatte. Doch dann gab ich nach. Wenn es schlimmer gewesen wäre, hätte Macallan mir davon erzählt. Völlig ausgeschlossen, dass sie Emily bei einem Seitensprung erwischt und mir nichts gesagt hätte.

Dass ich Emily vertrauen konnte, *glaubte* ich, aber dass ich Macallan vertrauen konnte, *wusste* ich mit Sicherheit.

Ähem.

Du weißt, dass du kein einziges Wort zu verlieren brauchst, um mir wegen der Sache ein schlechtes Gewissen zu machen.

Ich weiß.

Aber du wirst es trotzdem tun, oder?

Nein.

Nein?

Ach, Macallan, einer von uns beiden muss ja der Vernünftige sein, der über diesen Dingen steht.

Das meinst du ja wohl nicht im Ernst. Seit wann bist du der Vernünftige in *irgendeiner* Situation?

Seit ich dir deinen Verrat verziehen habe.

Du hast recht.

Wow! Das hat tatsächlich funktioniert? Ich habe recht? Wirklich mal recht? Ein Wunder der Weihnacht!

Da bist du mächtig stolz auf dich, was?

Na ja, es ist doch schön, wenn man einmal mit irgendeiner Sache recht hat.

Gewöhn dich nicht dran.

Oh, werde ich nicht. Das weißt du.

7.

Es war Folter. Die reine Folter.

Ich glaube nicht, dass ich an jenem Abend, als Levi unser Haus verließ, um sich mit Emily zu treffen, weiteratmen konnte. Ich starrte auf mein Handy, überzeugt davon, jeden Moment einen Anruf von einem anderen Levi zu bekommen, einem Levi mit gebrochenem Herzen.

Das Handy klingelte tatsächlich, aber es war Emily.

»Bitte«, bettelte sie. »Ich weiß, dass ich einen Fehler gemacht habe. Aber die Wahrheit würde nur einem wehtun, und das ist Levi. Du willst ihm doch nicht wehtun, oder?«

Nein, das wollte ich nicht. Aber *ich* war ja nicht diejenige, die fremdgegangen war.

»Ich verspreche dir, dass ich so was nie wieder mache, und falls doch, musst du für den Rest deines Lebens nie wieder ein Wort mit mir wechseln. Das würde ich auch gar nicht von dir erwarten.« Ich konnte praktisch ihren Puls durch das Telefon hören. »Ich mag Levi wirklich und ich möchte nicht, dass er Schluss macht. Bitte, Macallan.«

Geheimnisse waren nichts für mich. Sie liefen immer darauf hinaus, dass jemand verletzt wurde.

Sie bettelte weiter. »Du bist meine beste Freundin. Wenn ich meiner besten Freundin nicht vertrauen kann, wem dann?«

Jede Wette, dass Levi dasselbe dachte.

»Wir kennen uns schon seit Ewigkeiten, wir haben so viel zusammen durchgemacht. Bitte, kannst du mir nicht vergeben, damit ich mir selbst vergeben kann?«

Damit hatte sie einen wunden Punkt getroffen. Ich hatte mir überhaupt keine Gedanken gemacht, was Emily gerade durchmachte, wie schwer das für sie sein musste. Auch wenn es ihre eigene Schuld war.

»Bitte, Macallan, ich beschwöre dich. Wenn ich jetzt bei dir wäre, würde ich dich auf Händen und Knien anflehen. Wenn es das ist, was du möchtest, dann bin ich in zwei Minuten bei dir, um persönlich um Gnade zu winseln.«

Ich war hin- und hergerissen. Konnte ich sie beim Wort nehmen, dass es nie wieder passieren würde? Die Wahrheit würde Levi wahrscheinlich zerstören, das wusste ich. Vielleicht wäre es am besten, so zu tun, als sei nichts geschehen.

»Okay«, sagte ich leise.

Am anderen Ende der Leitung entstand eine Pause. »Wirklich? Oh mein Gott, Macallan. Dankedankedanke! Ich werde das bei euch beiden wiedergutmachen, ganz im Ernst.«

»Bitte geh anständig mit Levi um. Er verdient es.«

»Das werde ich! Ich verspreche es! Ich liebe dich!« Als ich auflegte, hätte ich erleichtert sein müssen, aber stattdessen hatte ich Angst. Sosehr ich mir auch wünschte, diesen Abend aus meinem Gedächtnis zu löschen, wusste ich, dass einige Erinnerungen nicht so leicht zu vergessen waren wie andere.

Ganz besonders die schmerzvollen.

Ich hatte mich über die Jahre oft selbst angelogen. Die häufigste Lüge war: »Alles wird gut.«

Ja, alles würde gut werden.

Du wirst zwar ohne Mutter aufwachsen, aber alles wird gut.

Du wirst jeden Morgen aufwachen und feststellen, dass es kein Albtraum war, sondern die Wirklichkeit. Aber alles wird gut.

Du trägst ein Geheimnis mit dir herum, das die zwei Freundschaften, die dir am wichtigsten sind, zerstören könnte, aber alles wird gut.

Und ich dachte, ich wäre schlecht im Lügen.

Wenn es eins gab, worin ich richtig gut wurde, dann war es Vermeidung. Emily und Levi meiden, wenn sie zusammen waren. Jedes Gespräch mit ihnen über ihre Beziehung meiden. Alle Themen meiden, die irgendetwas mit Partys, Troy, meinem Zimmer, seelischen Narben und so weiter zu tun hatten.

Das hielt ich drei Monate lang durch. Drei Monate, in denen ich nicht offen und ehrlich sein durfte. Drei Monate, in denen ich auf jedes Wort achten musste, das mir über die Lippen kam, jeden Schritt, den ich tat. Drei Monate reiner Folter und Höllenqualen.

Als der Schnee anfing zu schmelzen und die Sonne ab

und zu zwischen den Wolken hervorbrach, fing ich an zu hoffen, ich könnte das Ganze bis zum Sommer hinter mir lassen. Anfang April sah ich auf dem Weg in die Cafeteria sogar schon eine Blume blühen. Ich hielt es für ein gutes Zeichen.

Danielle winkte mir von unserem Stammtisch aus zu. »Rate mal, wen ich gestern Abend getroffen habe.«

»Wen?« Ich holte Möhren und meinen selbst gemachten Hummus-Dip aus meinem Rucksack.

»Ian.« Sie zog ihre Augenbrauen übermütig in die Höhe.

»Ian?«

Sie seufzte. »Ian Branigan, der Typ, der auf deiner Silvesterparty war?«

Oh. Ich hatte beinahe vergessen, dass an dem Abend noch anderes passiert war.

»Ja. Er schien sich *sehr* dafür zu interessieren, was du so machst.«

»Und?«

»Sie sagt *und?*«, sagte Danielle zu niemandem bestimmten.

»Oh, das tut mir aber leid. Er hat sich nach mir erkundigt? Soll ich schon mal einen Termin beim Standesamt machen?«

»Sie macht sich lustig.«

»Ja, das *tut* sie.«

Danielle bediente sich an meinem Hummus-Dip. »Ich dachte, es könnte dich vielleicht interessieren, dass ein extrem süßer Junge nach dir gefragt hat. Und ich könnte fallen gelassen haben, dass wir am Freitag zu dem Leichtathletik-Wettkampf gehen.«

»Wir gehen hin, weil sich Levi die Wettkämpfe anschauen will.«

»Ja, und während Levi sich das Team anschaut, dem er nächstes Jahr beitreten will, kannst du dir Ian anschauen.«

»Er geht in die Neunte.«

Danielle klopfte sich für einen Moment mit ihren Zeigefinger auf die Lippe. »Gutes Argument. Was sollte schon jemand, der sich ganz unten in der Nahrungskette einer Highschool befindet, mit einem hinreißenden Mädel wie dir anfangen?«

»Das meinte ich nicht.« Was ich eigentlich meinte, wusste ich nicht so genau.

»Und ich wollte dir nur erzählen, dass er nach dir gefragt hat und ich ihm gesagt habe, dass wir am Freitag zu dem Wettkampf kommen würden. Keine große Sache.«

»Genau.« Ich bauschte das viel zu sehr auf.

»Ja, überhaupt keine große Sache.« Danielle schaute mich mit diesem Grinsen an, das schon eine dieser Bemerkungen vorankündigte, für die sie so berühmt war. »Hm. Würde es dir etwas ausmachen, mir zu erklären, warum du so rot geworden bist?«

In Frauenfragen wendete ich mich immer an Levis Mutter. Sie wäre begeistert gewesen, mir zu helfen, das wusste ich, aber ob sie auch begeistert wäre, dass ich mich für jemand anderen interessierte, da war ich mir nicht so sicher. Jedes Mal, wenn Levi und ich ein bisschen herumalberten, erwischte ich unsere Eltern dabei, wie sie Blicke austauschten. Diese typischen *Sind die beiden nicht süß*-Blicke. Sie würde sich für mich freuen, da war ich mir sicher, aber etwas in mir war davon überzeugt, dass sie mich und Levi gerne zusammen gesehen hätte.

Auch wenn ich nicht glaubte, dass Ian sich in dieser Art für mich interessierte, wurde mir klar, dass ich nicht mehr ganz so viel an Levi und Emily denken würde, wenn ich selber einen Partner hätte. Ich gab nun mal alles für Ablenkung. Also ging ich zu dem einzigen anderen Menschen, dem ich in Sachen Mädchen-Ratschläge vertraute: Emily.

Ich schickte ihr schnell eine SMS, dass ich vorbeikommen würde, und machte mich auf den Weg. Ich war viel zu aufgeregt, um ihre Antwort abzuwarten. Für Emily und mich war es ganz normal, ungekündigt bei dem anderen vorbeizuschneien.

Ich war nur wenige Schritte von der Haustür entfernt, als sie sich öffnete. Für den Bruchteil einer Sekunde nahm ich an, Emily hätte mich schon gesehen. Aber jemand anderes trat aus der Tür.

Troy.

»Hey, Macallan!«, begrüßte er mich. »Wie geht's?«

Die Tür schwang ganz auf und Emily kam mit einem Satz hinausgesprungen. »Hey, was für eine Überraschung!«

»Ich hab dir eine SMS geschickt«, stammelte ich und versuchte dem, was ich vor mir sah, einen Sinn zu geben.

Emily machte eine wegwerfende Handbewegung. »Oh, keine Sorge. Troy hat sich nur die, äh, Hausaufgaben, die wir in Geschichte hatten, abgeholt.«

Troy warf ihr einen befremdeten Blick zu. »Ja, genau. Bis bald.« Er spazierte seelenruhig die Straße hinunter.

»Es ist nicht das, wonach es aussieht«, versicherte mir Emily, als wir in ihrem Zimmer waren.

»Ach ja, und was war es dann?«, fragte ich. Ich weigerte mich, mich neben sie aufs Bett zu setzen. Mit verschränkten Armen wartete ich auf ihre Erklärung.

»Troy und ich haben nur ein bisschen rumgehangen. Ehrlich. Ich versuche, ihn näher kennenzulernen. Soweit ich weiß, ist das ja wohl kein Verbrechen.«

»Und was ist mit Levi?«

»Levi weiß Bescheid.« Sie nahm sich eine Zeitschrift von ihrem Nachttisch und fing an, sie durchzublättern, als wäre das Thema damit abgehakt.

War es nicht.

»Worüber weiß Levi Bescheid?«, hakte ich nach.

»Er weiß, dass Troy heute zum Lernen vorbeikommen wollte. Die beiden sind Freunde.«

»Ja, und was für welche.«

»Es ist kompliziert.«

Diese Ausrede stand mir bis zum Hals. Denn das war es doch bloß: eine Ausrede. »Dann erkläre es mir. Denn ehrlich, Emily, ich hab keine Ahnung, was in letzter Zeit in dich gefahren ist.«

Emily ließ die Zeitschrift fallen, als sei ich diejenige, die sich anstellte. »Ich bin bloß durcheinander, das ist alles. Und ich fände es ganz nett, wenn du nicht so hart mit mir ins Gericht gehen würdest. Es können ja nicht alle so perfekt sein wie du.«

Ich starrte Emily an. Wie konnte sie nur den Spieß so

umdrehen? Das hier hatte nichts mit mir zu tun. Auch wenn es sich danach anfühlte.

Sie merkte, dass ich immer noch auf eine Antwort wartete. »Hör mal, ich mag Levi, wirklich. Er ist so lieb und süß. Aber Troy mag ich auch. Ich treffe mich mit Troy, um zu sehen, ob, na ja, du weißt schon ...«

»Nein, weiß ich nicht.« Ich konnte praktisch die Eiszapfen an jeder Silbe klirren hören, die aus meinem Mund kam.

Emily schmollte. »Ich mag sie beide. Ich möchte mir ein Urteil bilden, bevor ich mich entscheide.«

»Meinst du das jetzt im Ernst? Was du Levi da antust, ist schlicht und ergreifend unfair.«

»Ich weiß.« Emily machte ein trauriges Gesicht. »Ich weiß. Ich hab mir fest vorgenommen, mich bis zur Abschlussfeier zu entscheiden.«

»Das ist ja noch über einen Monat hin«, erinnerte ich sie.

»Bitte, du sagst Levi doch nicht, was los ist, oder?«

Ich stand auf und ging zur Tür. »Ganz ehrlich, Emily? Ich wüsste nicht einmal, wo ich anfangen sollte.«

Wo fängt man am besten an?

Ich hab's. Wenn dir jemand klar macht, dass der Ärger, den du befürchtest, real werden kann, dann solltest du darauf hören.

Wie wär's damit: Wenn dir jemand erklärt, dass er sich mit einem Menschen, in den er mal verknallt gewesen ist, nur zum Lernen trifft, glaube ihm nicht.

Sehr wahr.

Oder wenn dich deine beste Freundin zu einem Leichtathletik-Meeting begleitet, muss man ja nicht gleich vermuten, dass sie nur mitgeht, um sich an einen anderen Typen ranzumachen.

Das war *nicht* der Grund, warum ich hingegangen bin.

Wer lügt hier jetzt?

Ich lüge nicht! Ich kann nichts dafür, dass mich meine vornehme Blässe und meine funkelnde Ausstrahlung unwiderstehlich für Männer machen. Was hätte ich denn tun sollen – taktlos sein?

Wie auch immer.

8.

Ich dachte, ein Mädchen zum besten Freund und eine feste Freundin zu haben, würde mir ein bisschen Einblick geben, wie der weibliche Verstand arbeitete.

Von wegen.

Die Dinge zwischen mir und Emily wurde regelrecht grotesk. In meiner Nähe rastete sie förmlich aus vor Glück. Und jedes Mal, wenn ich Macallans Namen erwähnte, lachte sie und wechselte schnell das Thema.

Macallan war auch nicht viel besser. Früher hatte sie immer gelächelt, wenn ich Emilys Namen erwähnte. Jetzt zuckte sie dabei zusammen.

Einer meiner Kumpel aus Kalifornien vermutete, dass beide sich in mich verliebt hatten und sich um mich stritten.

Na klar. In meinen Träumen vielleicht.

Ich vermied es, mit Emily über Macallan zu sprechen und umgekehrt. Solange ich das Thema Emily nicht aufbrachte, war zwischen Macallan und mir alles okay. Deswegen freute ich mich auf das Highschool-Leichtathletik-Meeting, zu dem ich mit Macallan und Danielle gehen wollte.

Wir saßen auf der Zuschauertribüne, Macallan in der Mitte. Sie hielt ihre Hand an die Stirn, um ihre Augen vor der

Sonne abzuschirmen. »Bin ich froh, dass ich Sonnencreme dabeihabe«, sagte sie, wühlte in ihrer Tasche und cremte ihre Arme und ihr Gesicht ein.

Im Frühjahr und im Sommer mochte ich Macallans Haarfarbe immer am liebsten; in der Sonne waren ihre Haare von einem hellen Rot mit einem orangen Unterton. Sobald wir nicht mehr im Freien waren, sah ihr Haar allerdings wieder aus wie im Herbst.

Sie kniff immer noch ihre Augen zusammen. »Hier, nimm meine Sonnenbrille«, sagte ich. Ich trug ein Cap, das mich vor der Sonne schützte.

»Hey!« Danielle stieß Macallan mit dem Ellenbogen an. »Schau mal – Ian wärmt sich gerade auf.«

Ich konnte nicht sehen, wie Macallan darauf reagierte, aber Danielle lachte.

Wer ist Ian?, dachte ich. Ich schaute nach unten und mein Blick fiel auf einen Jungen. Er dehnte sich gerade und joggte dann mit hoch angezogenen Knien auf der Stelle. Kannte Macallan ihn? Ich konnte mich nicht erinnern, dass sie je von einem Ian gesprochen hatte.

Ich musterte ihn. Er war groß und dünn, seine dunklen Haare lockten sich an den Spitzen. Wenn man auf schlaksige Typen stand, konnte man ihn vermutlich als gut aussehend bezeichnen. Ich meine, ich selbst war vermutlich schlaksig. War ich damit Macallans Typ?

Ian ging zur Startlinie. Er hatte die Mittelbahn und mit ihm liefen sieben andere Jungs.

»Wie schnell werden sie in etwa sein?«, fragte mich Macallan. Sie schien Ian keine sonderliche Beachtung zu schenken. Vielleicht war es ja Danielle, die sich für ihn interessierte?

»Normalerweise schaffe ich den Vierhundert-Meter-Lauf in fünfundfünfzig Sekunden. Hoffen wir, dass sie ähnlich schnell sind.«

Der Startschuss fiel und die Läufer sprinteten los. Mir fiel auf, dass sie ihre Brust weiter herausstreckten als ich. Ich tendiere dazu, beim Laufen die Schultern hängen zu lassen. Nicht gut, wenn's um Geschwindigkeit geht.

Ian war direkt an zweiter Stelle, aber als die Läufer die letzte Kurve der Bahn umrundet hatten, legte er zu.

»IAN, IAN!«, jubelte Danielle und stand auf. Sie packte Macallan am Arm, damit sie mitmachte.

»Geht's noch ein bisschen peinlicher?«, fragte Macallan sie.

»Die Wette gilt.«

Macallan hob die Arme in die Luft. »Egal. Du hast gewonnen!«

Beide jubelten, als Ian um Haaresbreite als Sieger durchs Ziel lief. Wir warteten, bis der Ansager die offiziellen Zeiten bekannt gab. Ian hatte 50,82 Sekunden gebraucht – fast vier Sekunden schneller als mein persönlicher Rekord. Auch wenn vier Sekunden wenig erscheinen, beim Sprint sind sie gleichbedeutend mit vier Stunden.

»Woher kennst du Ian eigentlich?«, fragte ich, während Macallan zuschaute, wie er sich abkühlte.

»Oh, er war bei ...« Sie wand sich.

»Er war bei der Silvesterparty«, beendete Danielle den Satz für sie. »Und er hat mich nach Macallan gefragt.«

»Oh.« Vermutlich hätte es mich nicht überraschen sollen, dass sich Jungen für Macallan interessierten. Und ich hatte eine Freundin. Wie heuchlerisch wäre es, wenn ich jetzt eifersüchtig würde?

Ich redete mir ein, dass dem nicht so war. Das war bloß mein Beschützerinstinkt.

Danielle sprang auf. »Ich hole mir was zu trinken. Und stell dir vor, ganz zufällig werde ich dabei an Ian vorbeikommen.«

Macallan stöhnte. »Viel Spaß dabei – nicht, dass ich dich irgendwie aufhalten könnte.«

»Wenigstens siehst du es ein, wenn du keine Chance mehr hast.« Danielle sprang die Stufen der Tribüne hinunter und lehnte sich an den Zaun, als sie mit Ian sprach.

»Ist es für einen Schulwechsel nächstes Jahr schon zu spät?«, fragte Macallan.

»Und, magst du ihn?« Die Worte rutschten mir heraus, bevor ich sie stoppen konnte.

Sie zuckte mit den Schultern. »Keine Ahnung. Wir kennen uns eigentlich kaum. Er ist süß.«

Er war also doch ihr Typ.

»Tja ...« Mir fiel nichts ein, was ich hätte erwidern können. Ich wusste, dass ich sie ermutigen sollte, aber ich war unsicher. Also beschloss ich, so zu tun, als wäre sie einer meiner alten Kumpel von zu Hause. »Warum lädst du ihn nicht ein und dann können wir alle zu viert ausgehen?«

Sie zuckte schon wieder zusammen.

Ich beschloss, nicht mehr wie eine Katze um den heißen Brei zu schleichen. »Hast du dich mit Emily gestritten?«, fragte ich.

»Nicht wirklich.« Macallan fing an, in ihrer Tasche herumzuwühlen. Was bedeutete, dass sie das Thema vermeiden wollte.

»Was ist es dann? Du benimmst dich komisch. Ihr benehmt euch beide komisch.« Ich schnappte mir ihre Tasche, damit sie gezwungen war, mir zuzuhören.

»Ich will nicht zwischen euch beiden stehen. Sprich einfach mit Emily«, sagte sie plötzlich.

»Ich spreche ständig mit Emily«, erinnerte ich sie.

»MACALLAN!«, brüllte Danielle von unten. »KOMM UND SAG HALLO!«

Sie stöhnte. »Hör zu, Levi, es ist furchtbar für mich, zwischen euch beiden zu stehen, und ich habe keine Lust mehr zu lügen. Also sprich mit Emily. Sprich *wirklich* mit ihr.«

»Was meinst du damit, dass du keine Lust mehr hast zu lügen? Hast du mich angelogen?« Ich hätte Macallan nie für jemanden gehalten, der lügt.

»Nicht wirklich.« Sie griff nach meiner Hand und beugte sich vor. »Es tut mir leid. Rede einfach mit Emily.«

Sie sprang auf und bahnte sich einen Weg nach unten zu Ian.

Ich wusste nicht, was mich im Moment mehr aus der Fassung brachte: die Tatsache, dass meine beste Freundin mir etwas verheimlicht hatte oder dass sie neuerdings mit irgendwelchen Typen flirtete.

Ich ging langsam die Stufen zu Emilys Haus hoch und fühlte das Gewicht dessen auf mir lasten, was mich auf der anderen Seite der Tür erwartete.

»Hey!« Emily begrüßte mich mit ihrem üblichen Kuss.

»Hey.« Ich wollte ihr Lächeln erwidern, aber ich merkte, dass etwas nicht stimmte. Irgendetwas war anders. Vielleicht schon eine ganze Weile, aber jetzt achtete ich darauf.

Und Emily auch.

»Alles in Ordnung?«, fragte sie und legte ihren Kopf schief, als versuchte sie, aus mir schlau zu werden.

»Nicht wirklich«, gab ich zu. »Ich glaube, wir müssen reden.«

»Oh.« Emily schien nicht überrascht zu sein. Sie führte mich zum Sofa im Wohnzimmer. »Was ist los?«

»Das wollte ich von *dir* hören.«

Sie stockte. »Ich weiß nicht, wovon du sprichst.« Aber ihr Zögern verriet mir, dass sie ganz genau wusste, worum es ging.

»Ich hab mich heute mit Macallan unterhalten.«

Als ich Macallans Namen erwähnte, verschwand Emilys Lächeln. »Und was hatte sie dir zu sagen?« Ihre Stimme bekam plötzlich einen frostigen Unterton.

»Sie sagte, dass wir beide reden müssten. Den Grund wollte sie mir nicht verraten, aber mir ist ziemlich klar, dass irgendetwas passiert ist. Ich wünschte wirklich, jemand würde mich mal einweihen. Ich weiß nur, dass Macallan offenbar versucht, eine gute Freundin zu sein.«

»Ja, schöne Freundin«, sagte Emily kalt.

Instinktiv wollte ich Macallan in Schutz nehmen. Emily war ihre beste Freundin, seit sie klein waren. Ich fand es furchtbar, dass etwas zwischen ihrer Freundschaft stand. Und dass dieses Etwas ich war.

Ich versuchte, eins und eins zusammenzuzählen. »Wieso habe ich das Gefühl, dass es hier nicht um etwas geht, was Macallan getan hat, sondern um etwas, was sie weiß?«

Darauf hatte Emily keine Antwort. Und da war mir klar, dass ich richtiglag.

»Sag mir einfach die Wahrheit«, sagte ich ausdruckslos. Zwischen Emily und mir war es aus, das wusste ich in dem Moment. Völlig ausgeschlossen, dass es eine Art Missverständnis gegeben hatte und alles wieder gut werden würde.

Wenn die Sache Macallan so in Bedrängnis brachte, dass sie mich hinterging, musste es schlimm sein.

Emily musterte mich kurz, bevor ihre Unterlippe anfing zu beben. Mein Bauch riet mir, die Hand nach ihr auszustrecken. Mein Kopf sagte mir, dass sie eine Show abzog. Ich blieb regungslos sitzen.

»Es tut mir ja so leid.« Sie bedeckte ihr Gesicht mit den Händen. »Es tut mir so leid.« Dann lehnte sie sich an meine Schulter. Ich rührte mich nicht. Ich hatte nicht vor, sie in den Arm zu nehmen und sie zu trösten, wenn sie nicht das eine tat, worum ich sie gebeten hatte: mir endlich die Wahrheit zu sagen.

»Was ist passiert?«

Sie richtete sich auf und wischte sich die Tränen aus dem Gesicht. »Ich ...« Für eine Sekunde dachte ich, dass sie es nicht sagen würde. Dass ich Macallan dazu bringen müsste, es mir zu verraten.

Emily musste gemerkt haben, dass sie von mir kein Mitgefühl erwarten konnte. »Du weißt ja, dass ich mich ab und zu mit Troy treffe. Irgendwie ist Silvester etwas zwischen uns passiert, aber du warst ja nicht da und ich dachte, es wäre keine große Sache. Weißt du und dann wollte ich herausfinden, ob das zwischen ihm und mir echt sein könnte. Aber ich wollte unsere Beziehung nicht so einfach aufgeben und war völlig durcheinander und wusste nicht, was ich machen sollte, und bestimmt hasst du mich jetzt.«

Endlich holte sie Atem und die kurze Pause genügte mir, um zu begreifen, was sie da gerade gesagt hatte. Irgendetwas war Silvester vorgefallen. Obwohl Emily strikt das Gegenteil behauptet hatte. Und wenn ich mich richtig erinnerte, hatte genau ab dem Zeitpunkt Macallan angefangen, sich jedes Mal komisch zu benehmen, wenn wir auf Emily zu sprechen kamen.

Macallan hatte also gewusst, dass etwas passiert war, und hatte es mir verheimlicht.

Eigentlich hätte ich auf meine Freundin, mit der ich fast seit acht Monaten zusammen war, wütend sein müssen. Aber stattdessen war ich von Macallan enttäuscht. Sie hatte sich zwischen Emily und mir entscheiden müssen. Und sie hatte Emily gewählt, Emily die Lügnerin.

Ich stand auf. »Danke, dass du mir endlich die Wahrheit gesagt hast.«

Ihre Antwort wartete ich gar nicht erst ab. Ich ging zur Tür hinaus und wusste, dass ich jetzt nur einen Menschen sehen wollte. Auch wenn ich eigentlich wütend auf Macallan sein musste, weil sie mir all das verheimlicht hatte, war meine Angst, sie zu verlieren, größer, das begriff ich mit einem Mal.

Was erst zügige Schritte gewesen waren, wurde schnell zu einem Dauerlauf. Noch nie hatte ich um eine Freundschaft gefürchtet, weil ich mit einem Mädchen Schluss gemacht hatte. Aber das hier war anders. Macallan und Emily kannten sich praktisch ihr ganzes Leben lang. Ich würde Macallan nicht bitten, sich für einen von uns zu entscheiden, aber vermutlich steckte sie längst in dieser Zwickmühle. Ich hätte überhaupt kein Problem damit gehabt, wenn sie und Emily weiterhin befreundet blieben. Aber ob Emily genauso großherzig war, das bezweifelte ich.

Obwohl Macallan mir hätte sagen sollen, was da lief, konnte ich ihr keinen Vorwurf machen. Sie hatte Emily gegenüber eine gute Freundin sein wollen. Denn Macallan war eine gute

Freundin. Sie hielt zu ihren Freunden. Aber gerade deswegen hatte ich Angst, dass sie sich für Emily entscheiden würde.

Als ich mich dem Haus näherte, entdeckte ich Macallan in der Küche. Sie schaute auf und sah mich an. Sie lächelte mir zaghaft zu; wahrscheinlich konnte sie sich denken, dass ich endlich Bescheid wusste. Oder hatte sie Angst, dass unsere Freundschaft vor dem Aus stand? Sie machte die Tür auf und keiner von uns beiden bewegte sich.

»Hast du mit ihr gesprochen?«, fragte sie.

»Ja.«

Sie nickte. »Es tut mir so leid, dass ich dir nicht gleich die Wahrheit gesagt habe, als du zurückgekommen bist. Ich hätte es tun müssen. Es gibt keine Entschuldigung.«

Seit unserer ersten Begegnung waren wir nicht mehr so verkrampft miteinander umgegangen. Keiner von uns beiden wusste, wie er sich dem anderen gegenüber verhalten sollte. In diesem Moment wünschte ich, ich wäre nie mit Emily zusammengekommen. Besonders, wenn mich das die Freundschaft kosten sollte, an der mir am meisten lag.

»Es ist nicht deine Schuld«, sagte ich und sah, wie sie sich etwas entspannte. »Wir können trotzdem Freunde bleiben, oder?« Ich verachtete mich beinahe dafür, wie verzweifelt ich auf ihre Antwort wartete, aber einem Teil von mir war das auch egal. Ohne Macallan wäre ich verloren. Wir beide wussten das. Ich war mir ziemlich sicher, dass *alle* es wussten.

Sie schien durcheinander zu sein. »Na klar.«

»Musst du dich denn nicht zwischen uns entscheiden?« Ich fühlte mich wie ein kleiner Junge, wie ich da auf ihrer Haustreppe stand und darum bettelte, dass sie mich wählte.

»Hab ich bereits.« Sie trat zur Seite und ließ mich hinein.

Zuerst hatte ich Schuldgefühle, weil ich der Grund war, warum Macallans und Emilys Freundschaft vorbei war. Macallan sagte nicht viel dazu. Sie sah es mehr als Tatsache: Emily und sie waren nicht mehr befreundet.

Ich wollte ihr auf irgendeine Art zeigen, wie sehr ich zu schätzen wusste, was sie für mich getan hatte. Aber da mir die Mittel fehlten, eine Traumküche zu bauen, war ich ratlos. Glücklicherweise machte Mom den Vorschlag, meine Abschlussparty mit der von Macallan zusammenzulegen. Und wir würden Macallan verbieten zu kochen. Sie sollte den ganzen Tag verwöhnt werden.

Am Morgen vor der Abschlussfeier lud Mom sie zu einer Maniküre und Pediküre ein. Ich sollte auch mitkommen, weigerte mich aber – das war einfach zu viel verlangt. Der Festakt selbst war langweilig. Wir mussten alle nach vorne gehen und unser Diplom abholen, aber es war ja nur das Abschlusszeugnis nach der achten Klasse. Wir würden uns alle im Herbst wiedersehen, in einer anderen Schule. Mit mehr Leuten. Zum Glück.

Hinterher fuhren wir zu uns. Macallan, ihr Dad, ihr Onkel und ich mit meinen Eltern und Moms Verwandten aus Chicago. Mom hatte sich die ganze Woche lang den Kopf zerbrochen, was sie kochen sollte, denn Macallan hatte Mom in Sachen Kochkunst ziemlich schnell überholt.

Wir versammelten uns alle im Wohnzimmer und aßen Häppchen (Macallan achtete darauf, Moms Essen immer wieder zu loben). Es dauerte nicht lange, bis Macallan und ich die Erwachsenen sich selbst überließen und nach draußen in den Garten gingen.

»Bedeutet das jetzt also, dass wir offiziell Jugendliche sind?«, fragte ich sie.

»Keine Ahnung, Jugendbücher lese ich jedenfalls schon seit ein paar Jahren.«

»Oh, oh, bedeutet das, dass ich noch immer ein Baby bin? *Pu, der Bär* finde ich nämlich wirklich ganz toll.«

»Muss ich diese Frage beantworten?« Sie knuffte mich in die Seite.

»Wahrscheinlich nicht.«

Wir verfielen in Schweigen. Das passierte häufiger, wenn wir allein waren. Wenn man jemanden gut kennt, muss man die Leere nicht immer mit Geräuschen füllen. Ich mochte es, wenn wir einfach nur wir selbst waren.

»Glaubst du, dass nächstes Jahr alles anders wird?«, fragte Macallan.

»Keine Ahnung. Aber weißt du, ich freu mich schon darauf, du nicht?«

Sie zuckte mit den Schultern. »Wahrscheinlich schon.«

Ich merkte ihr an, dass ihr der Schulwechsel Angst machte. Was ja normal war. Nicht normal war allerdings, dass ich gar nicht nervös war. Ich war gespannt. Der Wechsel würde mir einen Neubeginn ermöglichen. Mehr Möglichkeiten bieten.

»Alles könnte sich ändern«, sagte sie mit leiser Stimme, bevor sie mir einen Blick zuwarf. »Oder auch nicht. Himmelkreuzdonnerwetter, wenn ich das bloß wüsste.«

»Hey, das ist mein Spruch«, zog ich sie auf und legte meinen Arm um ihre Schultern. »Hör zu, zwischen uns wird sich gar nichts ändern. Ich verspreche dir hoch und heilig, dass ich für dich da sein werde; in guten Zeiten, in schlechten Zeiten, bei Freundschaftsproblemen, Jungsproblemen, Lehrerproblemen, sonst welchen Problemen. Und zu jedweder Veranstaltung, die männliche Begleitung erfordert, werde ich zur Stelle sein. Ich hab gehört, dass ich im Anzug ganz gut aussehe.«

»Ich würde mich nicht unbedingt auf deine Quellen verlassen.« Jetzt lächelte sie. »Und wie kommst du darauf, dass ich nicht selber einen Begleiter finden kann?«

Ich schüttelte den Kopf. »Nur um das mal klarzustellen: Ich glaube kaum, dass du irgendwelche Probleme haben würdest, einen Begleiter zu finden. Vermutlich würde bloß jeder andere Typ im Vergleich zu mir verblassen und deinen zweifelsohne gehobenen Erwartungen niemals gerecht werden.«

Sie sah mich an, ohne die Miene dabei zu verziehen: »Das Einzige, was hier ja wohl gehoben ist, ist dein Ego.«

»Na gut, na gut. Dann geh ich eben alleine.« Ich ließ den Kopf hängen.

»Okay, abgemacht. Wenn keiner von uns beiden einen Begleiter hat, gehen wir zusammen, zum *Homecoming* zum Beispiel. Warum nicht? Es denken ja sowieso alle, dass wir ein Paar sind.«

»›Warum nicht?‹ Das werte ich mal als ein Ja. Klingt gut!« Ich streckte meine Hand aus.

Sie schüttelte sie. »Klingt perfekt.«

Es war ja auch perfekt. Und so entsetzt schienst du gar nicht gewesen zu sein, als ich in der Neunten mit dir zum *Homecoming*-Ball gegangen bin.

Das war lustig. Die neunte Klasse war super. Problemloser Übergang. Wir haben beide ein paar neue Freunde gefunden. Keine seelischen Traumata, die nicht mit einem *Buggy and Floyd*-Marathon behoben werden konnten.

Und dann musstest du ja unbedingt einen Freund haben.

Es war bloß eine Frage der Zeit, ganz besonders, wenn man so gut Brownies backen kann wie ich.

Ach, so nennt man das also heutzutage? Brownies backen?

Wie ekelhaft. Aber vergiss nicht, dass *du* Anfang der Zehnten eine Freundin hattest.

Ja, das hatte ich.

Aber haben die Fragen aufgehört, ob wir nun ein Paar sind oder nicht?

Nein, haben sie nicht.

9.

Wenn ich mit meinem Ich in der achten Klasse hätte sprechen können, hätte ich ihm gesagt, dass es nichts zu befürchten hatte. Die Neunte war ein Kinderspiel. Zugegeben, es half, wenn man einen Freund hatte, der bereits seit einem Jahr auf der Schule war.

»Ist dir kalt?« Ian legte seinen Arm um mich.

»Wie kommt's, dass ich das Gefühl habe, du brauchst bloß eine Ausrede, um näher zu kommen?« Ich schmiegte mich an ihn.

Er drückte mich kurz. Es war der Beginn der Neunten und wir saßen auf der Tribüne und schauten das Football-Spiel. Ian hatte natürlich gedacht, dass Levi und ich ein Paar waren, als wir auf die Highschool kamen. Ich konnte es ihm nicht wirklich verübeln. Nicht nur kamen Levi und ich zusammen in die Schule und gingen wieder zusammen (es sei denn, er hatte Training), sondern wir saßen auch zusammen beim Mittagessen, gingen zusammen zum *Homecoming*-Ball und machten so ziemlich alles zusammen.

Ich verstand also, warum alle so dachten. Wirklich. Aber das hieß trotzdem nicht, dass ich nicht weiter meine Zeit mit meinem besten Freund verbringen würde.

Vermutlich hatte Ian irgendwie herausbekommen, dass wir doch kein Paar waren, denn am Samstag nach *Thanksgiving* lud er mich auf ein Date ein. Und beim Football-Spiel waren wir schon seit zehn Monaten zusammen und er hatte sich noch kein einziges Mal über Levi und mich beschwert. Klar zog er mich damit auf, aber das meiste davon war verdient, das wusste ich.

»Hab ich dir schon einmal gesagt, dass deine Freundschaft ein bisschen zu weit geht?« Ian lachte.

»Die Chance, dass er spielen kann, besteht immer.« Ich hoffte, das Universum erhörte mich.

Wir waren zum Football-Spiel gegangen, um Levi anzufeuern, auch wenn er es noch nie bis aufs Spielfeld geschafft hatte. Nicht ein einziges Mal. Nicht in der Neunten und auch nicht in den ersten beiden Spielen der Zehnten. Es war nicht seine mangelnde Sprintfähigkeit; der Trainer hatte ihm wiederholt versichert, er sei der Schnellste im Team. Das Fangen war sein Problem.

Levi saß also auf der Bank. Aber er war Teil der Mannschaft.

Und Levi war Teil meines Lebens, was der Grund war, warum auch ich auf der Bank saß.

»Muss ich dich daran erinnern, dass ich im Frühjahr zu all deinen Leichtathletik-Wettkämpfen komme?« Ich knuffte Ian in die Seite.

»Muss ich dich daran erinnern, dass Levi auch dort läuft? Also lass uns mal nicht so tun, als wäre das alles nur für mich.«

Entrüstet öffnete ich den Mund. »Was genau willst du damit sagen?«

Er schüttelte den Kopf. »Nichts. Ich will ganz bestimmt nicht deine Loyalität anzweifeln. Mir ist klar, dass ich die Schlacht verlieren würde. Außerdem, weißt du, ich mag ihn ... außer der Tatsache, dass er kurz davor ist, meine Bestzeiten zu schlagen.«

Ich verbarg mein Gesicht. Ich war dankbar, dass mein Freund und mein bester Freund sich nur bei den Leichtathletik-Wettkämpfen gegenseitig Konkurrenz machten. Der Trainer der Schulmannschaft, Mr Scharfenberg, hatte Levi schon angekündigt, er wäre ein ziemlich sicherer Mannschaftskandidat im nächsten Jahr.

Ian und ich hielten das gesamte Spiel durch. Ich versuchte, so zu tun, als interessierte ich mich für die Ereignisse auf dem Spielfeld, aber um ehrlich zu sein, solange Levi nicht spielte oder die Spieler grün-goldene Trikots trugen, war es mir völlig egal.

Ich verbrachte einen nicht unerheblichen Teil der Zeit damit, den Blick auf die Cheerleader zu vermeiden. Emily spulte völlig sorglos ihr Programm ab und wahrscheinlich war sie auch sorglos. Sie war kurz mit Troy zusammen gewesen, anschließend mit Keith, dann mit James, mit Mark, mit Dave. Trotz all ihrer Bedenken hatte sie überhaupt keine Schwierigkeiten gehabt, sich einzufügen. Inzwischen hatte sie einen noch größeren Freundeskreis als vorher.

Danielle war nach »der Scheidung« bei mir geblieben, was gut war, denn ich brauchte ihren trockenen Sinn für Humor dringend, um über das Ende unserer Freundschaft hinwegzukommen. Wenn Emily und ich einen Kurs zusammen hatten, unterhielten wir uns kurz, aber sobald es klingelte, ging sie zu ihren neuen Freundinnen. Aber ich hatte ja meine eigenen neuen Freundinnen, was es mir leichter machte, nicht nachtragend zu sein.

Nach dem Spiel warteten Ian und ich vor dem Umkleideraum auf Levi.

Er kam aus dem Gebäude, den grauen Kapuzenpullover tief ins Gesicht gezogen. Seine gesamte Körperhaltung verriet, wie niedergeschlagen er war.

»Hi!« Ich versuchte, begeistert zu klingen, aber nicht *zu* begeistert.

»Hey, ihr beiden.« Levi schaute immer noch nach unten.

»Ich hab deiner Mom gesagt, dass wir dich nach Hause fahren. Aber vielleicht erst noch ein Eis? Ian spendiert es auch?«

»Hey!« Ian packte mich an der Taille.

Ich schlug nach seinen Händen. »Ganz der Gentleman.«

Levi konnte nicht lachen. »Nein, keinen Hunger.« Er sah uns nicht mal an.

Für eine Lage wie diese gab es nur zwei Silben: *heikel.*

Wir stiegen in Ians Wagen. Ich konnte praktisch spüren, wie Levi die Augen verdrehte, als ein Rap-Song aus den Lautsprechern dröhnte. Ich machte die Musik leiser.

»Hey, Levi.« Ian warf einen kurzen Blick in den Rückspiegel. »Ich hab gehört, du bist mit Carrie Pope zusammen?«

Ich fand ja nicht, dass man einmal Kaffeetrinken und einen Kinobesuch als echte Dates bezeichnen konnte. Aber Levi nickte.

»Ist sie nicht in der Neunten?« Ians Interesse an Levis Liebesleben machte mich ganz nervös.

»Hey, wer im Glashaus sitzt, sollte lieber nicht mit Steinen werfen«, sagte Levi lachend. Ich war erleichtert, dass er seinen Sinn für Humor nicht verloren hatte.

»Nein, nein«, stotterte Ian. »Ich wollte bloß sagen, dass sie ganz süß ist.«

»Hey!« Ich schlug ihn im Spaß auf den Arm.

»So meinte ich das doch nicht. Sie ist nicht mein Typ.«

»Ach, heißt *ganz süß* etwa nicht, dass sie dein Typ ist?«, gab ich zurück.

»Klang für mich ganz danach«, verkündete Levi von der Rückbank.

»Wisst ihr, was? Mit euch beiden macht das keinen Spaß.« Ian schmollte. »Wie soll man da jemals einen Stich machen, wenn ihr zwei euch gegen die armen Seelen verbündet?«

»Ach bitte.« Ich drehte mich um und schlug mit Levi ein, bloß um Ian noch weiter zu ärgern.

»Himmelkreuzdonnerwetter, da können wir doch nichts dafür«, sagte Levi mit britischem Akzent.

»Oh Mann!«, protestierte Ian. »Hört bloß auf mit diesem Himmelkreuzdonnerwetter-Quatsch. Ihr beide treibt mich in den Wahnsinn.«

»Ich glaube, er meint in Wirklichkeit, wir *sind* der reine Wahnsinn«, korrigierte ich.

»Ganz klar«, stimmte Levi zu. »Etwas anderes kann ich mir auch gar nicht vorstellen.«

»Es sei denn, er meinte, wir sind umwerfend.«

»Ein weiteres Wort, mit dem man uns oft beschreibt.«

»Und fabelhaft«, erinnerte ich ihn.

»Inspirierend.«

»Außergewöhnlich.«

»Aufhören!«, brüllte Ian, als hätte er Schmerzen. »Oh, ich hab jede Menge Wörter auf Lager, euch beide zu beschreiben. Glaubt mir.«

Er bog vor Levis Haus ein. »Okay, Levi, wie wär's, wenn wir das Ganze hier mal ausgleichen und ein Date zu viert machen? Dann können Carrie und ich uns zur Abwechslung vielleicht gegen euch verbünden.«

Betretenes Schweigen breitete sich im Auto aus. Levi und ich hörten auf herumzublödeln. Ich hatte keine Ahnung, warum uns der Vorschlag so verstörte. Es war schon so, dass Levi etwas mit Ian und mir unternahm, aber sich zu viert treffen? Wäre das nicht komisch?

»Hab ich irgendetwas Falsches gesagt?«, fragte Ian, um die Stimmung aufzulockern.

Ich versuchte, auf dem Boden zu bleiben und nicht überzureagieren. »Nein, klar, das ist eine tolle Idee, finde ich.«

Ich sah Levi an, der mich prüfend betrachtete. »Ja klar«, sagte er. Auch wenn er nicht ganz überzeugt klang.

»Großartig!« Ian freute sich wie ein kleines Kind. »Nächstes Wochenende gehen wir doch zu der Party bei Keith.«

»Gehen wir?« Ich hatte gar nicht gewusst, dass *wir* das taten.

»Ja, hab ich dir das gar nicht erzählt?«

Ich schüttelte den Kopf. Er fuhr fort: »Ach so, na gut, lasst uns doch vorher etwas essen gehen und dann fahren wir alle zusammen hin.«

»Ah, okay.« Levi stieg aus und winkte mir kurz zu, bevor er ins Haus lief.

»Siehst du?« Ian beugte sich zu mir. »Bin ich nicht nett zu deiner *besten Freundin*? Was krieg ich dafür?«

»Das Privileg, mich nach Hause fahren zu dürfen«, antwortete ich, ohne die Miene zu verziehen.

Er lachte. »Du bist einfach unbeschreiblich. Das weißt du doch, oder?«

Ich hatte davon gehört.

Ich war mir nicht sicher, ob es mich beruhigen sollte, dass Levi genauso viele Probleme wie ich mit dem Gedanken hatte, zu viert auszugehen. Ich hatte Carrie bereits ein paar Mal getroffen, mir allerdings Mühe gegeben, ihr genügend Raum zu lassen. Ich wusste, dass die Tatsache, dass Levi ein Mädchen zum besten Freund hatte, einen ganz schön einschüchtern konnte. Carrie machte einen netten Eindruck und er mochte sie und deswegen wollte ich, dass es zwischen den beiden klappte.

Außerdem wusste ich inzwischen, dass man anklopfen sollte, bevor man ein Zimmer betritt, sowohl buchstäblich als auch im übertragenen Sinne.

Auf dem Weg zum Fischrestaurant am Freitagabend war es im Auto gespenstisch still. Ich hatte Levi den Beifahrersitz überlassen, weil ich dachte, er und Ian könnten sich über Jungsthemen unterhalten und ich hätte die Möglichkeit, Carrie näher kennenzulernen.

»Ich mag deinen Rock«, begann ich. Carrie trug einen orangefarbenen Rock zu einer weißen Wickelstrickjacke.

»Danke. Dein Outfit gefällt mir auch«, antwortete Carrie,

obwohl ich bloß eine Jeans und ein schlichtes, schwarzes Top trug. Aber sie gab sich ganz offensichtlich Mühe.

»Danke.«

Sie lächelte mich an. »Und dein Haar – das ist einfach Wahnsinn.« Sie spielte mit ihren eigenen langen honigbraunen Haaren.

»Du hast genauso tolle Haare.«

Sie zuckte mit den Schultern. »Langweilige Farbe.«

Levi drehte sich um. »Mal im Ernst, Macallan, Haare und Klamotten? Geht's noch klischeehafter?«

Ich warf ihm meinen berühmten tödlichen Blick zu. »Worüber wolltet ihr Jungs euch denn unterhalten, Sport?«

»Tja, wir sind eben echte Männer.«

»Im Ernst? Willst du dich etwa hier vor Carrie mit mir anlegen?« Ich zog meine Augenbrauen herausfordernd hoch.

Er drehte sich wieder um. »Ich wusste, das war eine blöde Idee.«

Obwohl ich mir ziemlich sicher war, dass er das im Scherz gemeint hatte, stimmte ich ihm hundert Prozent zu.

Ich bemühte mich, meine Einstellung zu dem Abend zu ändern, als wir uns im Restaurant an den Tisch setzten. Bis die Bedienung kam, um unsere Bestellungen entgegenzunehmen, machten wir Small Talk.

Levi schaute mich mit einem schiefen Grinsen an. »Soll ich bestellen oder möchtest du?«

»Wir bestellen nämlich immer das Gleiche«, erklärte ich unseren beiden verwirrten Begleitern. »Ja, ich nehme den gebratenen Kabeljau mit gebackener Kartoffel, aber kann ich bitte noch saure Sahne extra dazuhaben? Und den Salat hätte ich gerne mit Blauschimmeldressing. Danke.«

»Ich nehme dasselbe wie sie«, verkündete Levi. »Obwohl, du hast eins vergessen.«

»Ach ja! Den Frischkäse!«, brüllte ich fast. »Äh, können wir als Vorspeise auch noch eine Portion frittierten Frischkäse bekommen? Danke.«

Die Bedienung nickte und wandte sich Carrie zu, die einen *Caesar Salad* mit gegrilltem Huhn wollte.

»Und ich nehme einen Cheeseburger, halb durch«, gab Ian seine Bestellung auf.

Ich musste gar nichts sagen, ich wusste, Levi würde das übernehmen.

»Meint ihr das ernst? Wer geht in ein Fischrestaurant und bestellt keinen Fisch?« Er schüttelte den Kopf. »Keiner von euch bekommt etwas von meinem Maispuffer ab und ich kann euch garantieren, von Macallans auch nicht.«

»Gib's ihnen«, ermutigte ich ihn.

Levi beugte sich vor und setzte ein so ernstes Gesicht auf, dass er fast feierlich aussah.

»Hört mal gut zu, ich wusste gar nicht, dass es Fischrestaurants wie diese gab, bis Macallans Familie uns in eines eingeladen hat. Ihr habt keine Ahnung, wie verwöhnt ihr hier in Wisconsin seid: Gebratener Fisch, Maispuffer mit Honigbutter, *Baked Beans*, Brot und Butter, Weißkohlsalat, Kartoffeln – und ihr könnt euch auch noch aussuchen, wie ihr die serviert haben möchtet! Und habe ich schon die Butter erwähnt? So viel Butter! Ich meine, was könnte man sich noch an einem Freitagabend wünschen? Mehr Essen bestellen ... Das ist der Wahnsinn, Wahnsinn, sage ich euch!«

Auch wenn Carrie und Ian das nicht so lustig zu finden schienen wie ich, überkam mich ein seltsames Gefühl des Stolzes. Wenn bloß der Siebtklässler Levi sich in diesem Moment sehen könnte. Er hatte sogar schon einen ganz leichten Akzent des Mittleren Westens.

»Worüber lachst du?«, fragte Levi.

»Nichts«, antwortete ich ein bisschen zu schnell.

»Als ob ich darauf reinfallen würde.« Er beugte sich vor und blickte mir tief in die Augen, als versuchte er, meine Gedanken zu lesen. Ich schaute weg. In diesem Moment hätte ich nicht daran gezweifelt, dass er das konnte. »Aha, siehst du, ich wusste doch, dass du irgendetwas im Schilde führst.«

»Wer, ich?«, fragte ich und tat so unschuldig wie möglich.

»Bitte.« Er lehnte sich zurück und legte seinen Arm um Carries Stuhllehne. »Darf ich dir mal eine Kleinigkeit über sie hier verraten, Carrie? Fall bloß nicht auf die Brave-Mädchen-und-Einser-Schülerin-Fassade rein. Unter ihrer süßen Schale verbirgt sich ein bissiger Kern mit einer raschen Auffassungsgabe und immenser Schlagfertigkeit.«

»Was genau der Grund ist, warum du mit mir befreundet bist.«

»Logisch«, stimmte Levi zu.

Ian räusperte sich laut. »Also gut, Carrie, ich glaube, wir sollten mal einschreiten, bevor die Levi und Macallan-Show die Oberhand gewinnt. Wenn sie erst mal loslegen, hören sie nicht mehr auf. Nie mehr.«

Carrie rutschte unbehaglich auf ihrem Stuhl hin und her und spielte mit der Papierhülle ihres Strohhalms.

Ich signalisierte Ian ein stummes *Tut mir leid.* Das war nicht das erste und vermutlich auch nicht das letzte Mal, bei dem er eingreifen musste, weil Levi und ich in eine unserer Endlos-Unterhaltungen abglitten.

Das Ganze endete damit, dass ich Carrie Fragen stellte und mit ihr plauderte bis unser Essen kam. Abgesehen davon, dass sie tatsächlich sympathisch war, hatte sie sich als Kandidatin für die Schülervertretung aufstellen lassen und arbeitete an den Wochenenden ehrenamtlich im Tierheim. Im Vergleich zu ihr kam ich mir wie eine totale Niete vor.

Obwohl ich Spaß hatte, musste ich höllisch aufpassen, dass ich nicht Levi ansprach, sobald mir etwas in den Kopf kam, von dem ich wusste, dass er es lustig finden würde oder auf das er eine schlagfertige Antwort wüsste. Ich wollte mich von meiner besten Seite zeigen. Wir mussten an die beiden anderen denken. Immerhin war es schon ein ziemlich großes Wunder, dass wir überhaupt jemanden vom anderen Geschlecht gefunden hatten, der sich in unserer Gesellschaft so wohl fühlte wie wir.

Als wir bei Keith ankamen, war die Party bereits im vollen Gange. Die gesamte Football-Mannschaft, das Cheerleader-Team und die Schulband waren da.

»Hey, Kalifornien!« Keith begrüßte uns mit dieser Handschlag/Rippenstoß-Kombination, die vermutlich Bestandteil eines geheimen Jungs-Coolness-Codes ist. »Kommt rein, Leute, kommt rein!« Er scannte mich von oben bis unten und ich schoss einen Blick zurück, der klarmachte, dass er nicht die geringsten Chancen bei mir hatte.

»Hey, Keith«, sagte Ian und stellte sich zwischen uns. »Danke für die Einladung.«

»Ach ja, richtig, ihr beide seid ja ein Paar. Ich vergesse das ständig, weil sie immer mit ihm zusammensteckt.« Er zeigte auf Levi, der deutlich genervt war.

»Keith, das ist Carrie.« Levi deutete in ihre Richtung.

Aus irgendeinem Grund lachte Keith. »Okay, hab's kapiert.« Er beugte sich über die Kühlbox und griff sich ein paar Dosen Cola. »Ich würde sie dir ja gerne zuwerfen, Levi, aber ich glaube kaum, dass meine Mom begeistert sein würde, wenn der Teppich Cola-Flecken bekäme.« Er lachte wieder. Keiner von uns verzog eine Miene.

Wir nahmen uns alle eine Cola und bahnten uns den Weg in eine Ecke der Küche.

»Lass dich von ihm nicht runtermachen«, sagte ich zu Levi.

»Er hat ja recht. Ich kann nichts fangen … nichts, außer Pech.« Er schüttelte den Kopf.

Ich drehte Carrie und Ian den Rücken zu. Ich wusste, wie peinlich es Levi war, dass er im Fangen so schlecht war. »Du wirst immer besser. Vor ein paar Tagen hat Adam mir erzählt, dass du einen Ball erwischt hast, der quasi von der nächsten Straßenecke kam.«

»Kann schon sein.« Seine Stimme klang matt. »Aber es ist so erniedrigend, bei jedem Spiel auf der Bank sitzen zu müssen.«

»Ich dachte, du wolltest bloß zum Football, um ein paar Freunde zu finden und dazuzugehören.«

Er zuckte mit den Schultern. »Das heißt ja nicht, dass ich nicht spielen will.«

»Ich weiß, aber schau dich doch mal um. Du bist auf einer Party und Keith hat dich eingeladen.«

»Er hat *jeden* eingeladen.«

»Aber wenigstens bist du hier. Und er albert mit dir herum. Ist das nicht Jungs-Art, nett zu sein?«

»Jungs-Art?« Er lachte.

»Na so, wie Typen halt ihre Sympathien bekunden. Oder ihr Revier markieren. So wie Hunde, die irgendwohin pinkeln, um jedem zu zeigen, dass das ihr Eigentum ist.«

»Weißt du überhaupt, wovon du sprichst?«

»Natürlich nicht«, gab ich zu. »Aber fühlst du dich jetzt nicht ein bisschen besser?«

»Ja, ein kleines bisschen.«

Ich stieß ihn mit dem Ellenbogen an. »Tja, das reicht aber nicht. Ohne Frage ist meine Mission hier noch nicht beendet. Lass mich mal aufzählen, was dich alles zum knallharten Typen macht.«

»Moment, Moment.« Levi zog sein Handy aus der Tasche. »Das muss ich aufnehmen. Möglicherweise benutze ich es sogar als Klingelton.«

Ich schnappte mir sein Handy und sprach direkt ins Mikrofon. »Ich, Macallan Marion Dietz, schwöre hiermit, dass Levi Rodgers der Mann der Männer ist, der ultimative Bro. Grund Nummer eins: Er kann einen krassen britischen Akzent nachmachen. Grund Nummer zwei:

Er weiß, dass man die Kochkünste einer Frau loben sollte. Äh, Grund Nummer drei, äh …«

»Wie nett.« Er nahm mir das Handy ab. »Nicht einmal drei Gründe fallen dir ein?«

»Weißt du, es gibt so viele Gründe, dass mein armes Hirn total überfordert ist.«

»Guter Versuch.«

»Puh, Glück gehabt!« Mit einer großen Geste wischte ich mir über die Stirn.

»Hey!«, Danielle trat zu uns. »Ich hab euch gar nicht reinkommen gesehen. Aber dann habe ich Carrie und Ian draußen getroffen und mir gleich gedacht, dass ihr mal wieder eure übliche Nummer abzieht.«

Danielle konnte die Blicke lesen, die wir untereinander austauschten. »Lasst mich raten. Ihr habt nicht mitgekriegt, dass die beiden nicht mehr bei euch sind.«

Ich verzog mein Gesicht.

Sie schüttelte den Kopf. »Ihr zwei Helden.«

»Ohne Zweifel«, sagten Levi und ich wie aus einem Mund.

»Tja, vielleicht darf ich ja den Vorschlag machen, dass ihr euch nach draußen begebt und euren Partnern Gesellschaft leistet?«

»Danke!« Ich umarmte Danielle schnell, bevor sie sich wieder zu ihren Freunden aus der Schulband gesellte.

Levi und ich liefen zur Terrassentür und sahen durchs Glas Carrie und Ian draußen am Geländer lehnen. Ian sagte gerade etwas, das Carrie zum Lachen brachte.

»Na ja, wenigstens amüsieren sich die beiden gut«, bemerkte Levi. »Ehrlich gesagt sehen sie glücklicher aus als vorhin beim Essen.«

»Levi.« Ich hinderte ihn daran, die Tür aufzumachen. »Ich glaube, es ist vielleicht keine so gute Idee, wenn wir zu viert ausgehen.«

Er nickte. »Ich weiß. Eigentlich kann man uns im Doppelpack niemandem zumuten. Ich will das mit Carrie nicht kaputt machen.«

»Wir beide können uns ja weiterhin treffen. Ich finde nur, dass unsere Dates wirklich auch Dates bleiben sollten. Und wir sollten sie nicht zwingen, sich mit uns beiden gleichzeitig herumzuschlagen.«

Levi blickte plötzlich starr geradeaus. Seinen Kiefer hatte er fest zusammengepresst.

»Levi?«

Als er mir keine Antwort gab, folgte ich seinem Blick. Ian beugte sich näher zu Carrie und strich ihr eine Haarsträhne hinter das Ohr. Sie errötete, aber lehnte sich ihm entgegen. Daraufhin legte er seinen Arm um sie.

»Flirten die etwa?« Ich schnappte nach Luft. Ausgeschlossen, das konnte nicht sein.

Levi und ich standen wie schockgefroren da und schauten zu, wie Ian und Carrie sich immer näher kamen. Er sagte wieder etwas, das sie zum Lachen brachte. Sie wickelte eine Haarsträhne um ihren Finger. Dann beugte er sich noch weiter vor. Ihr Lächeln verschwand. Sie schauten sich an. Tief in die Augen.

Ich kannte diesen Blick von Ian. Er beugte seinen Kopf hinunter und legte seinen Zeigefinger unter ihr Kinn.

Ich fasste es einfach nicht.

»Ich kann das nicht …« Levis gequälte Stimme riss

mich aus der Starre. Ich schob die Tür so schnell auf, dass es schepperte.

»Wie kannst du bloß?« Ich hatte mich vor Carrie aufgebaut. Ich weiß, dass ich eigentlich wütender auf Ian hätte sein sollen, aber in diesem Moment galt mein ganzer Zorn Carrie. Levi war ein paar Mal mit ihr ausgegangen. Er hatte sie mit zu seinen Freunden genommen und auf diese Party und *das* war ihr Dank?

Carrie zuckte zurück. Aber Ian trat auf mich zu. »Hast du sie noch alle?« Ich hatte ihn noch nie zuvor wütend gesehen. Aber das war er jetzt.

»Hast *du* sie noch alle?«, gab ich zurück.

Er sah mich angewidert an. »Ist dir klar, wie viel hier falsch läuft? Du bist auf Carrie sauer? Bin ich dir eigentlich völlig egal? Weißt du, was? Du brauchst mir gar nicht zu antworten. Es ist ja nicht zu übersehen, dass du dich bloß um Levi kümmerst, nicht um deinen Freund. Nein, warte, deinen *Ex*-Freund.«

»Nur um sicherzugehen, dass ich das eben richtig verstanden habe.« Mein Hirn bemühte sich, mit den Ereignissen der letzten paar Minuten Schritt zu halten. »*Du* hast mit einer anderen geflirtet. Wenn ich nicht dazwischengegangen wäre, hättest *du* wahrscheinlich eine andere geküsst. *Du* warst kurz davor, mich zu betrügen. Und trotzdem bist *du* wütend auf *mich?* Und *du* machst Schluss mit *mir?*«

»Hast du eigentlich den Hauch einer Ahnung, wie sehr mich das hier verletzt?« Ians Stimme brach und ich wusste, dass das nicht gespielt war. Ich fühlte mich schrecklich. Vielleicht hatte ich ihn tatsächlich verletzt.

Aber ich hatte nichts getan, das einen Betrug rechtfertigte, da war ich mir sicher.

»Wieso schiebst du das auf mich?« Ich war völlig durcheinander. Ian und ich hatten uns noch nie gestritten. Nicht ein einziges Mal. Wir hatten bereits darüber gesprochen, an unserem Jahrestag nach Milwaukee zu fahren. Und jetzt machte er mit mir Schluss?

»Hast du getrunken?«

»Du weißt, dass ich nicht trinke«, fauchte er mich an. »Vielleicht hab ich das hier ja mit Absicht gemacht, damit du mal merkst, wie es sich anfühlt, wenn dein Freund einem anderen Mädchen seine gesamte Aufmerksamkeit schenkt. Ich mag dich wirklich, Macallan. Aber ich ertrage es nicht mehr, ständig in Levis Schatten zu stehen.«

»Das würde dir alles überhaupt nichts ausmachen, wenn er ein Mädchen wäre.«

»Aber das ist er nicht. Und da liegt das Problem. Warum seid ihr nicht längst ein Paar?«

Darauf lief es letztendlich immer wieder hinaus. Die Behauptung, es sei einfach völlig ausgeschlossen, dass Levi und ich rechtmäßig befreundet und nur befreundet sein konnten. Das kapierte wirklich niemand.

Hauptsächlich deshalb, weil keiner von ihnen je einen besten Freund gehabt hatte, der nicht demselben Geschlecht angehörte.

Oder vielleicht traf es das besser: Weil keiner von ihnen je Levi zum besten Freund gehabt hatte.

»Wenn du solche Probleme damit hast, warum sagst du es dann jetzt erst?«

Er stöhnte. »Weil ich dachte, je näher wir uns kommen würden, desto weniger müsste ich mich mit ihm herumschlagen?«

»Herumschlagen?«

»Du weißt schon, was ich meine.«

»Nein, weiß ich nicht.«

Ich fuhr beinahe aus der Haut, als ich Levis Stimme hörte: »Es tut mir sehr leid.« Ich hatte ganz vergessen, dass er und Carrie auch noch da waren. Tatsächlich hatten sich jede Menge Menschen um die Terassentür herumversammelt.

Carrie stand mit hochgezogenen Schultern da, ganz klar ein Versuch, sich unsichtbar zu machen. »Ich geh dann besser«, sagte sie leise.

»Ich fahr dich nach Hause.« Ian marschierte in die Gruppe der Zuschauer hinein, Carrie folgte ihm.

Ich hörte tatsächlich ein paar Leute klatschen. »Alter«, rief Keith und trat aus der Menge. »Bei euch beiden kann man sich echt darauf verlassen, dass ihr für Unterhaltung sorgt. Wenn wir doch bloß Popcorn hätten! Das war krass.«

»Ernsthaft, Keith?«, fragte ich.

Irgendetwas in meiner Stimme bremste ihn. »Ach Mist. Tut mir leid, Macallan.«

Ich wartete fast auf einen seiner üblichen sarkastischen Kommentare. Aber in seinem Gesicht erkannte ich tatsächlich so etwas wie Mitgefühl. Woraufhin ich mich noch schlechter fühlte. Wem Keith leidtat, dessen Leben war ganz offensichtlich am Tiefpunkt angelangt.

»Lass uns verschwinden.« Ich packte Levi am Arm und lotste ihn aus dem Haus.

»Äh, unsere Mitfahrgelegenheit ist schon weg«, sagte Levi geknickt.

»Uns fällt schon irgendetwas ein.« Ich öffnete die Haustür und lief los. »Ich glaube, ein bisschen frische Luft wird uns beiden guttun.«

Levi schwieg für mehrere Minuten, was untypisch für ihn war. Ich überließ ihn seinen Gedanken. Mein eigener Kopf war übervoll. In erster Linie mit der Frage: Was war eben passiert? Vielleicht hatte ich ja irgendwelche Anzeichen übersehen? Ich kramte in meinem Hirn nach Hinweisen, dass Ian unglücklich gewesen war. Er hatte jede Menge Witze darüber gemacht, wie viel Zeit ich mit Levi verbrachte, und normalerweise tat er immer so, als müsste er sich übergeben, wenn ich das Gespräch auf Levi brachte. Aber er war halt ein Junge. Ich hatte gedacht, er würde mich bloß ärgern.

Egal, was ich verbrochen hatte, er hatte nicht das Recht, in der Sekunde, in der ich ihm den Rücken kehrte, mit einer anderen herumzumachen. Aber am meisten regte mich auf, dass es auch noch Levis Freundin gewesen war. Man hätte doch davon ausgehen müssen, dass Ian sich eine Freundin für Levi wünschte.

»Kapierst du das?«, fragte ich Levi.

Er schüttelte den Kopf und lief einfach weiter. Ein schlechtes Zeichen.

Unwillkürlich steuerten wir dasselbe Ziel an. Wir hatten nicht darüber gesprochen, wo wir hingehen wollten, wir hatten uns bloß gegenseitig zum Riverside Park gelotst. Schweigend liefen wir zu den Schaukeln und setzten uns. Ich hatte die mittlere genommen und Levi saß auf der Schaukel links neben mir. Seit wir in der siebten Klasse nach der Schule in den Park gegangen waren, machten wir das so.

Ich begann zu schaukeln.

»Also, ich hab nachgedacht«, verkündete Levi. Er saß bewegungslos auf seiner Schaukel. »Ich glaube, du hast recht. Wir sollten nicht mehr zu viert ausgehen.«

Ich schaute zu ihm rüber und sah den Anflug eines Lächelns auf seinem Gesicht. »Soll das ein Witz sein?«

»Na ja, entweder das oder ich muss der Tatsache ins Gesicht sehen, dass ich schon zweimal betrogen wurde.«

»Rein praktisch hat sie dich ja nicht betrogen.«

Er schnalzte mit der Zunge. »Ja, aber nur, weil du es verhindert hast.«

»Wir wissen ja nicht, was passiert wäre.« Ich glaubte selbst nicht an das, was ich sagte. Ich versuchte, die Situation aufzulockern. »Vermutlich sollte ich wirklich aufhören, zu Partys zu gehen, auf denen deine Freundinnen sind. Und wo es Türen gibt.«

»Das kannst du laut sagen.«

Er stand auf und stellte sich hinter mich, um mir Schwung zu geben. Ich schloss die Augen und ließ mich von der Schaukel höher und höher in die Luft tragen. Wir blieben fast eine Stunde im Park. Ich warf einen Blick auf meine Uhr. »Entweder müssen wir nach Hause laufen oder einen von unseren Eltern anrufen.«

Wir beschlossen, Levis Mom anzurufen, damit sie uns abholte. Das war am besten so. Dad und Onkel Adam waren überfürsorglich, was mich betraf. Sie würden es nicht gerade gut aufnehmen, wenn sie erfuhren, dass ich auf einer Party sitzen gelassen worden war. Obwohl ich ja mit Levi zusammen war, was sie vermutlich etwas milder gestimmt hätte. Beide mochten Ian wirklich gern und ich wusste, dass sie enttäuscht sein würden, wenn sie hörten, dass es zwischen uns vorbei war.

Es war vorbei. Der Gedanke daran war seltsam.

Levi und ich saßen auf dem Bordstein, während wir auf seine Mom warteten.

»Alles in Ordnung mit dir?«, fragte ich.

»Nicht wirklich.« Er schlang seine Arme um die Knie. »Ich weiß nicht, ich frage mich, ob irgendetwas mit mir nicht stimmt.«

»Bei dir stimmt alles«, versicherte ich ihm.

»Aber warum betrügen mich die Mädchen dann?«

»Ein Mädchen hat dich betrogen und ein Mädchen hat die falsche Entscheidung getroffen.«

Er seufzte. »Vielleicht küsse ich ja schlecht.«

»Ich bin mir sicher, dass es daran nicht gelegen hat.«

»Woher willst du das wissen?« Damit hatte er natürlich recht. »Lass uns das mal durchdenken. Meine erste Freundin war zehn Tage von mir getrennt und hat in der ersten Sekunde, in der sie mit ihm allein war, einen anderen Kerl abgeknutscht. Heute Abend waren meine Freundin und ich ungefähr zwei Sekunden voneinander getrennt und sie war im Begriff mit einem anderen Kerl herumzumachen. Mit Sicherheit muss das an mir liegen.«

»Das ist ja total albern.«

»Glaube ich nicht.« Und dann war es mit Levis Schweigsamkeit vorbei. Er verbrachte die nächsten fünf Minuten damit, sich darüber auszulassen, dass er miserabel küssen und dass er deswegen nie mehr eine Freundin haben würde. Dass er nie wieder mit einem Mädchen zusammen sein wollte, weil er ihnen nicht trauen konnte. Was für ein erbärmlicher Loser er sein musste, weil JEDES Mädchen die Gelegenheit ergriff, sich einem anderen an den Hals zu werfen, sobald er ihm nur für eine Sekunde den Rücken kehrte.

Es fing an, extrem zu nerven.

Normalerweise ließ sich Levi nicht so leicht aus der Fassung bringen und dass er wegen eines Mädchens so hart zu sich selbst war, war ich nicht gewohnt. Und was er für ein Drama daraus machte!

Ich versuchte, ihm immer wieder zu erklären, dass es nicht an ihm lag. Emily flirtete gern und war als feste Freundin nicht zu gebrauchen, weil sie vom Typ her Spielerin war und sich nicht auf einen festlegen konnte. Und wer wusste schon alles über Carrie? Sie war jung. Und sie hatte einen Fehler gemacht.

Aber das reichte nicht, um Levi zu überzeugen. Es war frustrierend. Ich hätte ihm gerne eine gescheuert, aber ich wusste, dass ihn das nicht dazu bringen würde, den Mund zu halten.

»Nein, so ist es. Ich bin eine Niete im Küssen. Und das wird in der Schule die Runde machen und dann wird mir kein Mädel mehr eine Chance geben.«

»Himmel, Levi!«, herrschte ich ihn an.

Und bevor ich wusste, was ich tat, nahm ich seinen Kopf zwischen meine Hände, zog ihn an mich und küsste ihn. Die ersten paar Sekunden machte er sich steif, wahrscheinlich vor Schreck. Dann legte er seine Arme um mich und entspannte sich.

Ich löste mich von ihm und Levi rang nach Luft. »W-w-was war …«, stotterte er.

»Alles in Ordnung mit dir. Du kannst gut küssen. Ist hiermit bestätigt. Komm wieder klar.«

Seine Augen waren weit aufgerissen, aus seinem Mund kam kein einziges Wort.

Ich fand's toll, dass er mal fassungslos war.

Wir sahen das Auto seiner Mom herankommen. Als ich aufstand, blieb er auf dem Bordstein sitzen. Ich streckte ihm meine Hand hin, um ihm hochzuhelfen. Levi brauchte einen Moment, bis er überhaupt verstand. Dann rappelte er sich auf, schien aber immer noch völlig neben sich.

»Tja, das ist eine Sache, die ich deinen Freunden in Kalifornien und deinen Kumpeln hier voraushabe«, erklärte ich ihm.

Er schaute mich nur verständnislos an.

Ich lachte und gab ihm einen Klaps auf die Schulter. »Ich glaube kaum, dass irgendeiner sich getraut hätte, dir zu beweisen, wie gut du küssen kannst. Gern geschehen, übrigens.«

Auf der Fahrt zu mir nach Hause schwieg er fast die ganze Zeit.

Hinten auf der Rückbank lachte ich leise in mich hinein.

Alles, was es brauchte, um einen Kerl durcheinanderzubringen, war ein einfacher Kuss.

Ja.

Immer noch sprachlos, wie ich sehe?

Kannst du mich bitte verschonen? Ich hatte dir gerade mein Herz ausgeschüttet und was machst du? *Stürzt* dich auf mich! Normalerweise bevorzuge ich es, wenn man sich erst einmal verabredet. Du solltest einem Kerl wenigstens ein Stück Pizza spendieren, bevor du ihn ausnutzt. Ganz besonders, wenn er emotional durcheinander ist.

Ja, du Armer. Du hast dich lächerlich gemacht und das war das Einzige, was mir einfiel, um dich zum Schweigen zu bringen.

Ich muss wirklich mal anfangen, mehr zu sagen.

Wirst du gerade rot?

Äh, worüber haben wir eben noch gesprochen?

Dass ich die Liebe deines Lebens bin.

Ganz offensichtlich.

10.

Hier ist der grundlegende Unterschied, wenn man statt eines Jungen ein Mädchen zum besten Freund hat.

Wenn du deinen Kumpeln ununterbrochen vorjammerst, dass du betrogen wirst und möglicherweise nicht gut küssen kannst, verspotten sie dich, wechseln das Thema oder kleben dir sogar eine.

Aber ist dein bester Freund ein Mädchen und du gerätst ins Faseln, küsst sie dich, damit du endlich die Klappe hältst.

Im ersten Moment war ich für 1,3 Sekunden fassungslos und verwirrt. Dann beschloss ich mitzumachen. Macallan konnte *supergut* küssen. Als sie sich von mir löste und so tat, als sei nichts passiert, war ich ein bisschen enttäuscht.

Und dann denken alle, Jungs haben keine Gefühle, wenn die Sache körperlich wird?

Natürlich versuchte ich, sie dazuzubekommen, mich noch einmal zu küssen. Aber sie ging nicht darauf ein. Jedes Mal, wenn ich sie mit Absicht nervte, sagte ich: »Oh, oh, irgendjemand sollte mal schnell dafür sorgen, dass ich die Klappe halte«, und dann spitzte ich die Lippen. Doch Macallan ignorierte mich dann einfach und beschäftigte sich weiter mit irgendwas anderem. *Das* war nervig.

Endlich wurde es Frühling. Er brachte wärmeres Wetter und die Leichtathletik-Wettbewerbe.

Obwohl wir bereits mitten in der Saison waren, wurde ich immer noch vor jedem Wettkampf nervös. Ich nahm es zu wichtig. Ständig musste ich mir befehlen, das Atmen nicht zu vergessen. Dann lockerte ich meine Beine. Ich konnte den Ansager und die Zuschauermenge hören. Aber ich richtete meinen Blick starr geradeaus. Das Einzige, was in dem Moment zählte, waren die vierhundert Meter, die vor mir lagen.

Als ich hörte, wie wir an den Start gerufen wurden, nahm ich meinen Platz an der Linie ein, bereit, beim Startschuss loszustürmen.

Vor jedem Start brachte ich mich selbst in einen Zustand höchster Konzentration. Alles andere um mich herum verschwamm; ich bekam einen Tunnelblick. Ich wurde ganz ruhig, während mein Körper sich auf den Start vorbereitete, darauf, gleich loszusprinten.

Der Startschuss fiel und ich schoss vorwärts. Durch das intensive Training reagierten meine Muskeln ganz automatisch. Ich atmete in kurzen Stößen, trieb meinen Körper schneller und schneller vorwärts. Ich ließ die erste Kurve hinter mir und spürte, dass wir alle dicht an dicht lagen. Auf der Hälfte wusste ich, dass nur noch einige wenige übrig waren. Jede noch vorhandene Energiereserve zapfte ich für den Rest der Strecke an, wollte nichts ungenutzt lassen.

Ich wusste, dass ich nah dran war, weil ich Maccallan hörte, als Einzige, und sie schrie lauter als sonst. Nachdem ich die Ziellinie überquert hatte, brauchte ich etliche Meter, um langsamer zu werden. Ich schaute zur Seite und entdeckte Ian direkt neben mir.

»Mann, das wird eng.« Er keuchte, offenbar völlig außer Atem. Ich konnte bloß nicken. Ich hatte mich noch nicht weit genug erholt.

Er klopfte mir auf den Rücken.

Seit diesem Beinahe-Seitensprung-Vorfall herrschte zwischen Ian und mir eine Art Waffenstillstand. Ich nahm ihm vor allem übel, was er Macallan angetan hatte, obwohl sie es nicht so schrecklich zu finden schien, wie ich es getan hätte. Aber wenn man bereits so viel durchgemacht hatte wie sie, gab es vermutlich wesentlich Schlimmeres, als dass mit einem Highschool-Freund Schluss war.

»Gut gemacht, Branigan und Rodgers!«, rief Coach Scharfenberg uns zu, als wir langsam zum Team rüberliefen.

Die Coaches und Veranstaltungsleiter brauchten ein paar Minuten, um die Zeiten offiziell zu bestätigen.

»Hey, kommst du nachher noch mit?«, fragte mich Ian.

»Klar.« Nach jedem Wettkampf gingen die Mitglieder der Leichtathletik-Mannschaft noch zusammen aus. Normalerweise beinhalteten solche Treffen jede Menge Essen und Gatorade.

»Super gemacht!« Andy reichte mir eine Flasche Wasser.

»Danke, derber Antritt auf den zweihundert Metern.«

»Kannst du laut sagen.« Tim kam dazu und klopfte Andy auf den Rücken. »Obwohl, ihr müsst zugeben: In der Staffel hab ich sie in Grund und Boden gelaufen. Wie immer.«

Ich hatte tatsächlich Kumpel. Ich meine, richtige Kumpel. Sobald ich es in die Leichtathletik-Mannschaft geschafft hatte (der einzige Zehntklässler, dem das je gelungen war), traf ich mich oft mit Andy und Tim, die in die elfte Klasse gingen. Die beiden waren echt cool und unterstützten mich auf ganzer Linie. Ich konnte mich zurücklehnen und musste nur aufpassen, dass ich nicht zu sehr vor Freude ausflippte, wenn sie mich fragten, ob ich etwas mit ihnen unternehmen wollte.

Ein paar Verabredungen mit Macallan musste ich sausen lassen, aber ich wusste, dass sie sich für mich freute. Außerdem plante sie immer alles weit im Voraus, was man von den Jungs nicht behaupten konnte.

Ich starrte auf die Anzeigetafel und wartete gespannt auf die Bekanntgabe der Zeiten. Und, Mann, war das knapp.

Ian hatte mich um eine Zehntelsekunde geschlagen.

Eine Zehntelsekunde.

Eigentlich hätte ich ja lieber um eine ganze Sekunde verloren. Rennen, bei denen es dermaßen knapp war, ließen mir keine Ruhe. Ich glaubte nicht, dass ich noch irgendwelche Reserven in mir gehabt hätte. Aber der Gedanke wollte mir nicht aus dem Kopf, dass ich hätte gewinnen können, wenn ich mich noch ein bisschen mehr angestrengt hätte, nur zwei Zehntelsekunden schneller gewesen wäre.

»Super, Mann!« Ian klopfte mir auf den Rücken.

»Glückwunsch – hast es ehrlich verdient.«

Macallan und Danielle warteten neben der Bahn und ich ging zu ihnen rüber.

»Hey.« Ich rang mir ein Lächeln ab.

»Du warst großartig!«, rief Macallan und umarmte mich. Das war mir peinlich, nicht nur, weil ich verloren hatte, sondern auch, weil ich völlig verschwitzt war.

Ich zuckte mit den Schultern, konnte das Kompliment nicht annehmen. Besonders, weil es keinen Grund dafür gab.

»Komm schon – du bist in der Zehnten«, erinnerte sie

mich. »Zweiter Platz ist sensationell. Nächstes Mal schaffst du es locker.«

Ja, wenn Ian nicht mehr in der Mannschaft war.

Macallan packte mich an den Schultern und schüttelte mich. »Erde an Levi! Du warst unglaublich. Wir gehen zu *Culver's* – ich spendiere euch ein Eis!«

»So toll ich es finde zu erleben, dass du zur Abwechslung bezahlst – ich bin schon mit den Jungs verabredet.« Übermütig zauste ich ihre Haare.

Sie schlug nach meiner Hand. »Ach ja, richtig, der Kumpelabend. Männerabend. Zeit für die Bros. Moment, sehe ich da etwa ein Lächeln?« Sie zog ihre Stirn in Falten und tat so, als forschte sie in meinem Gesicht. »Ja, da bahnt sich definitiv ein Lächeln an. Weißt du, was dir wahrscheinlich zu einem gigantischen Grinsen verhilft? Echte Kumpelmomente. Ja, *harte Jungs*, die *knallharte Sachen* machen.«

»Zu schade«, klinkte sich Danielle ein. »Macallan und ich hatten nämlich vor, uns eine Kissenschlacht in Unterwäsche zu liefern.«

»Ja.« Macallans Augenbrauen schossen hoch und runter. »Und wenn ich's mir recht überlege, da war doch noch etwas, was ich vorhatte. Keine Ahnung, es lag mir auf der Zunge.« Spielerisch spitzte sie die Lippen und klopfte mit ihrem Zeigefinger drauf. »Hmm, will mir einfach nicht mehr einfallen.«

»Du bist gnadenlos.« Verzweifelt versuchte ich, den Gedanken an Macallan und Danielle in Unterwäsche aus meinem Kopf zu verbannen. Das war der Gipfel an Grausamkeit. Manchmal kam es mir vor, als vergaß Macallan, dass ich ein Junge war. Und dass Jungs gewisse Reaktionen haben, die nur schwer zu kontrollieren sind.

»Ich ziehe dich doch bloß auf.« Sie stieß ihre Hüfte gegen meine.

Na ja, *scharfmachen* wäre passender gewesen.

»Ich brauche eine Dusche.« Eine sehr, sehr kalte Dusche.

»Viel Spaß heute Abend. Im Ernst jetzt.« Sie umarmte mich noch einmal. Was in meiner momentanen Lage nicht gerade half. »Ich bin stolz auf dich. Wir sehen uns morgen. Jetzt hau ab und viel Spaß mit den Jungs.«

»Ja, und mach richtig einen auf knallharten Typ«, sagte Danielle. Lachend zogen die beiden ab.

»Alter.« Andy folgte mir in die Umkleide. »Kann ich sie wirklich nicht zur Prom einladen? Auch wenn ich verspreche, mich wie ein Gentleman zu benehmen?«

Ich schüttelte den Kopf. Kam nicht infrage.

»Ganz schön gemein von dir, sie mir zu zeigen, aber bitte nur anschauen – berühren verboten.«

Willkommen im Club, dachte ich.

Tim und Andy hatten mit mir trainiert, damit ich besser am Ball wurde. Sogar Keith hatte ein paar Mal mitgemacht und ich dachte, nächstes Jahr könnte ich in der Mannschaft spielen, also wirklich *spielen*.

Das war das Leben, von dem ich geträumt hatte, als wir vor vier Jahren nach Wisconsin gezogen waren. Zu einer Clique zu gehören, beliebt zu sein. Es war mir egal, wie oberflächlich das klang. Es stimmte.

Ich kam mit meiner Clique in den Unterricht. Ich traf mich mit meiner Clique. *Meiner* Clique. Die Mädel schenkten mir mehr Beachtung.

Meine verschwitzte Umarmung mit Macallan lag ungefähr zwei Wochen zurück, als ich mit den Jungs nach einem Wettkampf in unserem üblichen Diner saß.

»Kalifornien!« Andy knallte mit den Händen auf den Tisch.

Tim schloss sich an und hämmerte mit den Fäusten auf die Platte. »Los, Kalifornien!« Kurz darauf johlte der gesamte Tisch meinen Spitznamen.

Ich schnappte mir meinen Milchshake und leerte das ganze Ding in einem Zug. Es war mir egal, dass ich ihn kaum schmeckte und dass mir die Kälte die Kehle versengte. Meine Kumpel feuerten mich an.

»Alter!« Andy lachte. »Das war Wahnsinn. Sechsundzwanzig Sekunden. Du hast Tims Rekord zerschmettert.«

»Wird nicht das letzte Mal gewesen sein«, prahlte ich und ignorierte das schmerzhafte Pochen in meinem Kopf, das unmittelbar auf die Kälte folgte.

Andy setzte sich auf und fuhr sich mit der Hand durch die Haare. Dann streckte er sein Kinn vor. »Was liegt an, Macallan?«

Ich drehte mich um und sah, dass Macallan mit Danielle hereingekommen war. Sie setzten sich an einen Tisch in der Ecke.

»Komm schon, Alter«, bettelte Andy. »Frag sie, ob sie sich zu uns setzen.«

Ich konnte nicht genau sagen, ob der Stich, den ich verspürte, von dem heruntergestürzten Milchshake kam oder weil Andy darauf bestand, mit Macallan verkuppelt zu werden.

Andy fasste mein Schweigen als Ablehnung auf. Erst schien er klein beizugeben ... aber dann schoss er von seinem Stuhl hoch und ging hinüber zu ihrem Tisch.

Ich konnte Macallans Gesicht nur zum Teil sehen. Zunächst

wirkte sie verblüfft, dann grinste sie breit. Andy sagte irgendetwas, was sie zum Lachen brachte, und ich sprang auf.

»Was ist hier los?« Ich legte meinen Arm um Andy und warf Macallan einen entschuldigenden Blick zu. »Geht er dir auf die Nerven?«

»Ich lade diese beiden entzückenden Damen an unseren Tisch ein.« Andy verneigte sich.

Danielle nahm ihre Speisekarte und schaute uns nicht an. Für »Dummejungenspielereien« hatte sie genauso wenig übrig wie Macallan.

Mir fiel nur eine Möglichkeit ein, Andy hier wegzulotsen, und die war, ihn eifersüchtig zu machen.

»Hey, du.« Ich schob Andy zur Seite und setzte mich neben Macallan. »Was willst du essen?« Um noch einen draufzusetzen, legte ich mein Kinn auf ihre Schulter. »Lass mich raten, überbackenes Thunfischbaguette?«

»Vielleicht ...« Ich sah sie und Danielle Blicke tauschen, aus denen ein verschwörerisches Grinsen wurde.

Jeder am Tisch schwieg. Andy zog sich zurück, aber ich wollte noch ein paar Minuten warten, bloß um unmissverständlich klarzustellen, dass niemand außer mir hier am Tisch sein durfte.

»Ich wasch mir die Hände.« Danielle stand auf und ging.

Ich nahm ihren Platz auf der anderen Seite der Nische ein. »Was gibt's so?«

Macallan zuckte mit den Schultern. »Nicht viel. Kommst du am Sonntagabend zum Essen?«

»Ich kann nicht – ich bin schon mit Keith verabredet. Aber Mom und Dad kommen.«

Sie starrte wieder auf die Speisekarte. In diesem Restaurant gab es maximal vier Gerichte, die sie mochte, ich kapierte einfach nicht, was es darin zu lesen gab.

»Ach ja, am Mittwoch kann ich auch nicht. Ich hab ...«

»... etwas mit den Jungs vor«, fiel sie mir ins Wort und ihre Stimme bekam einen bitteren Ton.

»Äh, ja.« Ich nahm ihr die Speisekarte weg. »Hör mal, es tut mir leid, dass ich so viel um die Ohren habe.«

»Verstehe ich schon.« Man konnte ihr ansehen, wie verletzt sie war. Sie war es nicht gewohnt, dass ich mit anderen verabredet war. Aber ich konnte schließlich nichts dafür, dass die Jungs mich ausgebucht hatten. Ich war eben ein gefragter Mann. »Kannst du denn zu Adams Geburtstagsparty kommen?«

»Das ist doch noch Monate hin.«

»Tja, dachte, ich sollte dich jetzt schon mal darauf festnageln. Auch, wenn du wahrscheinlich in der letzten Minute wieder absagen wirst.«

Ich beschloss, auf diesen passiv-aggressiven Kommentar nicht weiter einzugehen.

Macallan griff nach ihrer Cola und nahm einen großen Schluck. Sie zögerte kurz, stellte das Glas zurück auf den Tisch und sagte: »Keith hat mich gestern wieder gefragt, ob wir uns verabreden wollen.«

»Er hat was?«, platzte ich laut heraus.

»Ja, gestern nach dem Unterricht.« Sie machte einen krummen Buckel und mimte einen Höhlenmenschen. »*Du. Ich. Date. Grunz.* Ich hab Nein gesagt. Natürlich.«

»Wieso erzählst du das jetzt erst?«

Sie betrachtete mich nachdenklich. »Ich hab dir gestern eine Nachricht geschickt, dass du mich anrufen sollst, aber, tja, du hast dich nicht gemeldet. Schockierend.« Sie hatte ihre Lippen gespitzt. Ich erinnerte mich, dass ich ihre SMS bekommen hatte, doch das war mitten im Training gewesen. Trotzdem hätte ich sie eigentlich nicht ignorieren sollen, aber in letzter Zeit schickte sie mir viel mehr Nachrichten als früher. Fast erbärmlich. »Außerdem sollte man meinen, dass er es dir erzählt hätte.«

»Nein, hat er nicht. Er weiß genau, dass mir das nicht passen würde. Ich hab allen deutlich zu verstehen gegeben, dass du tabu bist.«

»Ich bin *tabu?«*, fauchte sie. »Was soll *das* denn heißen?«

»Na ja, du weißt schon ...«

»Nein, weiß ich nicht.« Sie zog sich ihr Haargummi aus den Haaren und band sie sofort wieder zu einem Pferdeschwanz zusammen, ihre Hände bewegten sich schnell. Ich wusste, dass sie sauer war. Sie wollte ein paar Sekunden Zeit gewinnen, um sich die passende Antwort zu überlegen. »Du bist so ein Heuchler.«

Das hatte ich nicht erwartet.

Ihre Stimme war voller Abscheu. »Du hast keine Probleme damit, dir eine ganze Clique von Kumpeln zuzulegen, aber Gott bewahre, wenn einer es wagt, mich auf ein Date einzuladen.«

Ich kapierte gar nichts mehr. »Du *willst* mit Keith ausgehen??«

»Nein! Das hat doch nichts mit Keith zu tun.« Sie schaute auf den Tisch. »Obwohl, wenigstens einer in deiner Clique, der mit mir was zu tun haben will.«

Das passte überhaupt nicht zu Macallan. Selbstmitleid war nicht ihr Ding.

»Soll ich da jetzt rübergehen« – ich zeigte auf meinen Tisch – »und denen sagen, dass ich mich nicht mehr mit ihnen treffen werde? Ist es das, was du willst?«

Ihr Gesicht wurde starr, ich kannte diesen Ausdruck. »Du weißt ganz genau, dass ich das *nicht* will. Und entschuldige, dass ich auch mal gerne etwas mit dir unternehmen würde.«

»Tja, es gibt ja immer noch die Sommerferien.«

»Bis dahin sind es noch Ewigkeiten.«

Ich sah Danielle näher kommen und stand auf. »Aber mal im Ernst, wenn du dich mit Keith verabreden willst ...«

Sie schnitt eine Grimasse.

»Oi!«, rief ich und wusste, wie ich die Lage entspannen konnte. »Himmelkreuzdonnerwetter, wenn der sich mal kein Herzliebchen angelacht hat. Bevor du weißt, wie dir geschieht, bringt er dir Rosen und der Kuchen ist gegessen.«

Ich wartete darauf, dass sie einstimmte. Für einen Moment schmollte sie, dann leierte sie ihre Antwort herunter: »Aber Buggy, du magst doch gar keinen Kuchen.«

Da drehte ich mich um und ging. Besser, ich räumte das Feld, solange sie noch *Buggy and Floyd* zitierte, als in einen Streit zu geraten. Macallan und ich stritten uns normalerweise nicht. Es passte nicht zu uns.

Aber das hier sah verdammt nach einem Streit aus.

Als die zehnte Klasse dem Ende zuging, hatte ich wahnsinnig viel um die Ohren: Leichtathletik-Training, Ball-Training und ich musste für die Abschlussprüfungen lernen. Aber ich hatte mir fest vorgenommen, dass ich mindestens einen ganzen Tag mit Macallan verbringen würde, sobald die Schule vorbei war.

Jetzt hatten wir nur noch einen Schultag vor uns und dann waren wir frei.

Sosehr ich meine Kumpel auch mochte, allmählich fing ich an, Macallan zu vermissen. Wenn ich mit ihr zusammen war, musste ich nicht ständig aufpassen.

Klar, wir beide nahmen uns auch gegenseitig aufs Korn, aber auf der anderen Seite war sie die Einzige, mit der ich eine echte Unterhaltung führen konnte. Wenn meine Gespräche mit den Jungs zu tiefgründig würden, dachten sie nachher noch, ich würde mich in ein Mädchen verwandeln.

»Hey, du.« Macallan kam nach der Schule mit Danielle im Schlepptau auf mich zu. »Ich hab dir die ganze Woche Nachrichten geschickt.«

»Hey!« Ich stopfte meine Bücher in meinen Rucksack.

»Hast du ...«

»Rodgers!«, johlte Tim. »Für die Nummer in Sport wirst du mir büßen.«

»Das werden wir ja sehen!«, brüllte ich zurück. Ich drehte mich wieder zu Macallan um. »Entschuldige. Was hast du gerade gesagt?«

Sie wirkte aufgebracht. »Ich dachte, dass wir ...«

»FANG!«, hörte ich Keith rufen. Ich drehte mich um und griff zielsicher nach dem Football, den er mir zugeworfen hatte.

»Mr Simon, im Flur wird nicht mit dem Ball gespielt«, wies ihn eine Lehrerin zurecht.

»Tut mir leid! Tut mir leid!« Keith tat ganz verlegen, bis sie ihm den Rücken kehrte. »Gut gemacht, Kalifornien! Wir haben die ganzen Sommerferien, um das Leder durch die Gegend zu werfen.«

»Logo.« Wir klatschten ab.

Da erinnerte ich mich endlich, dass Macallan etwas von mir wollte. Ich schaute mich um, entdeckte sie aber nicht mehr. Weiter vorne im Flur sah ich Danielle und rannte ihr hinterher.

»Yo!«, rief ich.

Sie drehte sich um und warf mir einen tödlichen Blick zu.

»Yo? Willst du mich verarschen?« Sie ging weiter.

»Wo ist Macallan?«

»Ach, hast du endlich mal mitgekriegt, dass sie auch noch existiert?«, sagte sie sarkastisch.

»Nun hab dich nicht so, ich ...«

Sie unterbrach mich. »Nee, *Alter,* echt jetzt. Ich hab's kapiert. Deine *Bros* waren ja da. Relax, yo.«

Wow. Das Mädchen überreagierte völlig. Gingen noch mehr Klischees?

»Versuch's bei ihrem Schließfach«, rief sie mir über die Schulter zu.

Ich raste zu Macallans Schließfach. Und war erleichtert, als ich sie dort entdeckte, bis sie sich umdrehte. Sie sah aus, als würde sie gleich in Tränen ausbrechen.

Ich hatte Macallan nur weinen gesehen, als es um ihre Mom gegangen war. Allem anderen begegnete sie mit dieser inneren Stärke – dem Ende ihrer Freundschaft mit Emily, der Trennung von Ian, Schulstress.

»Hey, hey!« Ich rannte auf sie zu, aber sie lief in die entgegengesetzte Richtung. »Bist du wütend auf mich?« Die Antwort sah ich schon, als sie sich umdrehte. Ihr Gesichtsausdruck sagte alles. Doch leider antwortete sie: »Was glaubst du denn?«

»Es tut mir leid.« Auch wenn ich keine Ahnung gehabt hatte,

was sie so wütend gemacht hatte. Ich hatte bloß ein bisschen mit meinen Kumpeln herumgealbert. Hätte sie nicht ein oder zwei Minuten warten können, bis sie meine ungeteilte Aufmerksamkeit gehabt hätte? Natürlich konnte sie das nicht. Sie war es gewohnt, mich ganz für sich allein zu haben.

Nur, dass ich jetzt andere Freunde hatte, andere Verpflichtungen.

War ja nicht mein Problem, wenn sie nicht damit klarkam.

Sie lachte. »Weißt du, normalerweise glaube ich dir, wenn du dich entschuldigst, aber irgendwie habe ich das Gefühl, dass du überhaupt nicht weißt, worum es geht.«

»Tatsächlich weiß ich das sehr wohl.«

»Ach wirklich? Würde es dir etwas ausmachen, mich aufzuklären?« Sie klang so blasiert, dass ich nur noch wütender wurde.

»Es passt dir nicht in den Kram, dass dein kleiner Laufbursche und Prügelknabe nicht mehr auf Abruf bereitsteht.«

Sie starrte mich fassungslos an. Jetzt hatte ich's ihr aber gegeben.

»Nein.« Ihre Stimme klang ganz ruhig. »Es geht darum, dass ich glaube, meinen besten Freund zu verlieren. Nein, warte, nicht nur meinen besten Freund, sondern auch einen Teil meiner Familie. Du weißt mehr als jeder andere, wie wichtig mir meine Familie ist, und ich habe zugelassen, dass du ein Stück von ihr wurdest. Levi, du hast mir versprochen – du hast meiner *Mom* versprochen – dass du immer für mich da sein wirst. Was für ein Versprechen.«

Mir wurde übel.

Sie wischte sich eine Träne aus dem Gesicht und fuhr fort: »Ich verstehe ja, wie wichtig dir deine Kumpel sind, wirklich.

Aber ich kann die Male, an denen wir uns im letzten Monat gesehen haben, an einer Hand abzählen. Im letzten *Monat*, Levi. Und vergiss nicht, dass wir uns das eine Mal nur getroffen haben, um dir einen Anzug zu kaufen, damit du mit diesem Mädel aus der Elften zur *Prom* gehen konntest.«

Sie hatte mir dabei geholfen, das Ansteckssträußchen für Jill auszusuchen.

»Deinetwegen habe ich eine meiner engsten Freundinnen aufgegeben. Weil ich gedacht hatte, dass unsere Freundschaft es wert sei. Aber in der Sekunde, in der du ein paar Kumpel gefunden hast, hast du mir den Rücken gekehrt. Hast du irgendeine Ahnung, wie wertlos ich mich plötzlich gefühlt habe? Jedes Mal, wenn du mir abgesagt hast, hast du da auch nur einen einzigen Gedanken verschwendet, wie das für mich war?«

Weil Keith immer den denkbar ungünstigsten Zeitpunkt wählte, kam er genau in diesem Moment den Flur entlang. »Hey, Kalifornien! Kommst du jetzt oder nicht?«, rief er mir zu.

Macallan starrte ihn böse an, bevor sie sich wieder zu mir drehte. »Ich will deiner kostbaren Zeit mit den Bros nicht im Weg stehen.« Sie verdrehte die Augen.

In dem Moment brannte bei mir eine Sicherung durch. Sie tat mir nicht mehr leid. Mir reichte es, dass sie mir immer das Gefühl gab, dass das, was ich wollte, schwachsinnig war. Dass ihre Zeit wichtiger war als meine. Dass sie mich geküsst und dann so getan hatte, als wäre nichts dabei gewesen. Dass es für sie nie irgendwelche Konsequenzen gab, wenn es um mich ging.

»Für dich ist das alles nur ein Witz, oder?«, fauchte ich.

Ihr Gesicht wurde weiß. »Ich hätte nie gedacht ...«

Ich schnitt ihr das Wort ab. »Ja, du *denkst* eben nie.«

Und dann ließ ich sie stehen.

Ich wollte einfach nicht mehr hören, was sie zu sagen hatte. Sie sollte mir nicht das Gefühl geben, ich würde sie im Stich lassen. Dass ich irgendwie ein Versager war. Dass ich allein für ihr Glück zu sorgen hatte. Dass ich derjenige war, der für die Sache mit Emily verantwortlich war. Das war eine Entscheidung, die *sie* getroffen hatte. Und es war auch nicht meine Schuld, dass sie nicht mehr mit Ian zusammen war. Sie musste aufhören, immer unsere Freundschaft vorzuschieben.

Ich war fünfzehn. Was war so verwerflich daran, dass ich Zeit mit meinen Freunden verbringen wollte? Meinen *echten* Freunden.

Ich zog mit Keith los, aber es war, als wäre ich gar nicht richtig da. Ich fing den Ball, weil ich den Ball fangen musste. Aber das war's auch. Mein Kopf war immer noch in diesem Flur. Mein Verstand bewegte sich dort nicht weg.

Ich war nicht stolz darauf, dass ich Macallan traurig gemacht hatte, dass sie wahrscheinlich genau in diesem Moment weinte, ohne dass ich etwas tun konnte.

Aber sie ging mir einfach so auf die Nerven.

Ich hasste es, dass sie Schuldgefühle in mir auslöste, wo sie doch eigentlich diejenige sein ...

Ich meine, sie war doch diejenige, die ...

Ich war so wütend, dass ich nicht einmal mehr klar denken konnte. Ich fand es schrecklich, mich so zu fühlen. Ich fand es schrecklich, dass ich Macallan früher alles erzählen konnte und dass das jetzt nicht mehr möglich war.

Sie trieb mich in den Wahnsinn. Wenn ich darüber nachdachte, hatte sie so eine gewisse Art an sich, die mich rasend machte.

Die Art, wie sie mich hochnahm.

Die Art, wie sie von mir erwartete, dass ich immer für sie da sein musste.

Die Art, wie sie ihre Hand auf meine Schulter legte, wenn wir uns einen Film anschauten.

Die Art, wie sie ihren Spaß daran hatte, wenn sie meine Frisur durcheinanderbrachte.

Die Art, wie sie mich geküsst und sich dann einfach zurückgezogen hatte.

Wenn ich darüber nachdachte, war das der Moment gewesen. Seit diesem Kuss hatten sich meine Gefühle für sie geändert. Aber für sie hatte es ja keine Bedeutung gehabt.

Wieso eigentlich nicht?

Warum hätte es nicht etwas bedeuten können?

Warum hatte sie sich zurückgezogen?

Warum hätte sie nicht ...

Und da traf es mich mit voller Wucht.

Ich wusste, dass ich manchmal ganz schön schwer von Begriff sein konnte, aber Mann, warum hatte ich so lange gebraucht, bis mir klar wurde, was hier in Wirklichkeit los war? Was ich in Wirklichkeit empfand. Warum ich in Wirklichkeit so wütend war. Warum ich Macallan wegstieß. Warum es für mich immer schwieriger wurde, mit ihr zusammen zu sein. Warum ich jedes Mal unsicher und wütend wurde, wenn ein Junge sie erwähnte.

In dem Moment, in dem ich es mir selbst eingestand, wusste ich, dass es stimmte. Schon sehr, sehr lange.

Ich hatte mich in Macallan verliebt.

Ich ließ den Ball fallen und hob ihn nicht mehr auf. Keith fragte mich, was los sei. Ich brüllte ihm und den anderen zu, dass ich mit Macallan reden müsste, und rannte los.

Liebe. Ich wusste, dass das ein starkes Wort für einen Jungen in meinem Alter war. Aber das war es, was es war. Das war es, was es zwischen uns gab.

Und ich würde nicht darauf verzichten.

Wir waren am absoluten Tiefpunkt angekommen, aber dort hatte ich sie gefunden. Die Wahrheit.

Ich rannte schneller als je zuvor in meinem Leben. An jenem Tag wäre es nicht zu einer Zehntelsekunde Zeitunterschied gekommen. Diesmal hätte ich jeden einzelnen Läufer weit hinter mir gelassen. Denn hinter der Ziellinie wartete kein Pokal auf mich – es war Macallan.

Ich war ein bisschen außer Atem, als ich an die Haustür klopfte. Ich schwitzte und sah wahrscheinlich leicht wahnsinnig aus. Aber das war mir egal.

Was ich gleich *tun* würde, war wahnsinnig.

Was ich gleich tun würde, würde alles in ein anderes Licht rücken.

Aber ich konnte nicht anders. Dadurch, dass ich die Wahrheit verdrängt hatte, hatte ich Macallan von mir fortgetrieben.

Es war an der Zeit, dass ich zu meinen Gefühlen stand.

»Oh, hallo Levi«, begrüßte mich Mr Dietz an der Tür, offenbar nicht sonderlich erfreut, mich zu sehen.

»Hi, Mr Dietz. Kann ich bitte mit Macallan sprechen?« Ich hatte Schwierigkeiten, meine eigene Stimme wiederzuerkennen, so flehentlich klang sie.

Er seufzte, machte aber die Tür auf. »Sie ist hinten im Garten.«

Ich ging durch das Haus und sah Adam, der mir einen versteinerten Blick zuwarf. So ernst hatte ich ihn noch nie erlebt. In diesem Moment begriff ich, wie schlimm die Situation war. Ich ging zur Verandatür. Macallan saß auf der Treppe, die in den Garten führte. Mir brach es fast das Herz, als ich all die zerknüllten Taschentücher neben ihr sah. Ich schob die Tür auf und ihr Dad hinderte mich daran, sie hinter mir zu schließen.

»Levi ist hier«, verkündete er. Sie drehte sich um und ihre Augen waren ganz rot. »Meinst du, du schaffst das, Calley?«

Bisher hatte ich noch nicht gehört, dass ihr Dad sie irgendwie anders als Macallan genannt hatte. Das Ganze war noch schlimmer, als ich befürchtet hatte.

Sie nickte ihm kaum merklich zu.

Ich hörte Adams Stimme. »Ich bin gleich hier, falls du irgendetwas brauchst.« Er nickte mir streng zu, als würde er keine Sekunde zögern, mich niederzustrecken.

Adams Treue war genau das Gegenteil meines eigenen Verhaltens. Noch nie hatte ich mich so geschämt.

»Hey«, sagte ich, während ich mich behutsam neben sie auf die Stufe setzte. »Ich weiß, dass ich das in letzter Zeit ziemlich häufig sage, Macallan, aber es tut mir leid. Ich war ein Eins-a-Arschloch. Ich bin mit einigem nicht klargekommen und hab versucht, mich anzupassen. Aber jetzt weiß ich, dass das alles völlig unwichtig ist, dass mir das alles egal ist. Ich meine alles, außer dir.«

Ich hatte noch nie jemandem meine Liebe gestanden. Aber mir war klar, dass ich mich dabei grauenvoll anstellte.

»Ich bin so sauer geworden, weil, ich meine, ich weiß jetzt, dass ich, ja, ich etwas fühle. Ich meine, du weißt schon, nicht bloß irgendwelche Gefühle, sondern ... lass mich noch einmal von vorne anfangen.«

»Du hast mir ein Versprechen gegeben, Levi. Du hast versprochen, dass du für mich da sein würdest. Aber das warst du nicht. Und ich hab dich nie, *nie* als meinen ›Prügelknaben‹ gesehen, der auf Abruf stand.«

Diese Worte, die Worte, die ich nur wenige Stunden vorher zu ihr gesagt hatte, trafen mich jetzt wie Pfeile. Ich konnte mir nur ausmalen, wie sehr sie Macallan verletzt haben mussten.

Sie fuhr fort und hielt dabei ein Taschentuch fest umklammert. »Mir war nicht klar, wie belastend es für dich war, dich mit mir zu treffen.«

»Nein«, widersprach ich mit Nachdruck. Ich konnte nicht fassen, dass ihr je dieser Gedanke gekommen war, egal, was ich gesagt hatte. Aber es stimmte, ich *hatte* sie links liegen lassen. Vermutlich konnte ich also doch verstehen, was sie sich so gedacht hatte.

Sie überging meine Antwort. »Ich finde es ja toll, dass du deine eigenen Freunde hast. Wie egoistisch wäre es von mir, sie dir zu nehmen. Das war nie meine Absicht.«

»Nein, das ist es doch gar nicht. Ich bin fassungslos, dass du überhaupt auf die Idee gekommen bist.« Ich nahm ihre Hand in meine. »Ich bin ein absoluter Vollidiot gewesen. Und ich weiß jetzt auch, warum ich so durcheinander war. Vermutlich habe ich Probleme damit, mich klar auszudrücken, äh ...«

Sie sah mich nicht einmal an. Vorsichtig streckte ich meine andere Hand aus und drehte ihr Gesicht zu mir. Ihre Augen waren voller Tränen.

»Macallan, ich liebe dich.« Es war, als nähmen mir diese Worte alle Last von den Schultern.

»Ich liebe dich auch. Du bist mein bester Freund.« Sie lächelte mich zaghaft an.

Ich hatte nicht das Gefühl, dass ihre und meine Liebe dieselbe war.

»Nein, Macallan.« Ich strich mit meinem Daumen sanft über ihre Wange. »Das meine ich nicht.«

Ich zog sie näher und beugte mich zu ihr. Zwischen uns waren nur noch wenige Zentimeter Abstand. In Erwartung eines zweiten Kusses war mein Körper in Aufruhr. Ein Kuss, der nicht so abrupt enden würde.

Macallans Augen wurden groß, als ihr klar wurde, was ich gerade tat. Sie sprang auf die Füße. »Ich fliege nach Irland«, stieß sie hervor und ihre Stimme klang sehr viel lauter und höher als sonst.

»Du tust *was?* Wann?«

»Ich fliege nach Irland und verbringe die Sommerferien bei der Familie meiner Mom. In einer Woche bin ich weg.« Sie sagte das mit dermaßen tonloser Stimme, dass ich ihr beinahe nicht geglaubt hätte.

»Macallan, bitte.« Ich hatte das Gefühl, dass ich für ihre überstürzte Flucht verantwortlich war. »Wann hast du das entschieden... «

»Gerade ... vor Kurzem.« Sie war eine furchtbar schlechte Lügnerin. »Du weißt ja, dass sie mich jeden Sommer einladen.«

»Und warum gerade diesen Sommer?«

»Wieso nicht?«

»Wieso nicht?«

WIESO NICHT? WIESO NICHT?, hätte ich gerne geschrien. WEIL ICH DIR GERADE EBEN MEINE LIEBE GESTANDEN HABE, DESWEGEN NICHT!

Sie wich einen Schritt zurück. »Sieh mal, Levi, ich weiß, dass die Dinge ... sich geändert haben. Jetzt hast du den ganzen Sommer über Zeit für deine Freunde und wenn ich wieder zurückkomme, können wir da weitermachen, wo wir aufgehört haben.«

»Wo haben wir denn aufgehört?« Ich wollte es genau wissen. Würde sie überhaupt darauf eingehen, dass ich ihr gestanden hatte, dass ich sie nicht nur als meine beste Freundin liebte?

Sie wirkte hilflos. »Na hier! Bei unserer Freundschaft.« Der Stachel saß. »Wir beide brauchen eine Auszeit. Du brauchst Zeit für deine Kumpel, ich für meine Familie. Wir müssen einen Weg finden, wie wir beides vereinen können. Ich möchte dir nicht im Wege stehen. Ich lasse dir also die Freiheit, die du so dringend haben wolltest.«

»Macallan«, bat ich. Ich versuchte, nach ihrer Hand zu greifen, aber sie wich noch weiter zurück.

»Ich komme schon klar«, versicherte sie mir, aber das kaufte ich ihr nicht ab. »Ich hab nachgedacht und glaube, dass es an der Zeit ist, Moms Familie zu besuchen. Im Ernst; ich hab schon eine ganze Weile mit dem Gedanken gespielt, dieses Jahr hinzufliegen. Du kannst Danielle fragen.«

Jetzt verfluchte ich mich, dass ich nie an mein blödes Handy gegangen war. Vielleicht hatte sie mich nach meiner Meinung fragen wollen? Wäre ich bloß drangegangen.

Sie versuchte, so zu tun, als sei das alles ganz normal. »Ist doch keine große Sache. Wir können uns E-Mails schicken und skypen und wenn du Glück hast, bring ich dir einen irischen Kobold mit.«

Ich wusste nicht genau, ob ich erleichtert sein sollte, dass sie wieder Witze machte, oder ob ich am Boden zerstört sein sollte, weil sie mir ganz sicher nicht gestehen würde, dass sie mehr als Freundschaft für mich empfand.

Wir steckten in einer Sackgasse. Ich wusste, mir blieben jetzt zwei Möglichkeiten: Ich könnte ihr meine Liebe noch einmal gestehen und ihr begreiflich machen, dass wir mehr als Freunde sein konnten. Oder ich könnte meinen Stolz hinunterschlucken und mich mit dem zufriedengeben, was unsere Freundschaft noch zusammenhielt.

»Einen Kobold, hm? Vermutlich passt der sogar in die Gepäckablage über den Sitzen.«

Ich verachtete mich dafür, aber ich wollte sie nicht noch weiter von mir wegtreiben.

Wer wusste, wie weit sie noch flüchten würde, um mir aus dem Weg zu gehen?

Irland reichte mir schon.

Nur, damit wir uns richtig erinnern: Als du mich geküsst hast, bin ich nach Hause gefahren und hab mir kaltes Wasser übers Gesicht laufen lassen. Bei meinem Versuch, dich zu küssen, bist du für den ganzen Sommer nach Irland geflohen.

Wahrscheinlich nicht gerade der günstigste Zeitpunkt, den ich mir da ausgesucht hatte.

Untertreibung des Jahrtausends.

11.

Ich hatte ausgiebig Zeit, darüber nachzudenken, wovor ich davonrannte. Zunächst auf der zweistündigen Fahrt mit Dad und Onkel Adam zum O'Hare-Flughafen. Dann während des Anschlussflugs nach Boston. Auf dem langen Flug zum Shannon-Flughafen. Und auf der Fahrt mit Gran und Gramps nach Dingle.

Irgendwann hörte ich auf, mir Gedanken zu machen, wie spät es zu Hause war. Ich konzentrierte mich nur noch darauf, was mich in Irland erwartete.

Was leider nicht sehr viel war.

Ich freute mich darauf, meine Großeltern zu sehen, aber Dingle war ein winzig kleines Städtchen. Ich war nur einmal bei meinen Großeltern zu Besuch gewesen, vor Jahren. Mom und ich hatten sie zwei Jahre vor dem Unfall besucht. Damals wohnten sie noch in Limerick und arbeiteten. Später waren sie in Rente gegangen und hatten beschlossen, in dieses abgelegene Fischerdorf zu ziehen.

Gran hatte eine Halbtagsstelle im Fremdenverkehrsamt und Gramps arbeitete an einem Buch über den Ursprung berühmter irischer Volksweisen. Gran meinte, das sei eine typische ›irische‹ Ausrede, um abends in die Kneipe zu gehen und sich Musik anzuhören.

Ich musste immer lachen, wenn Gran sich über Gramps irische Gepflogenheiten lustig machte, denn sie selbst klang jedes Jahr mehr und mehr wie eine echte Irin.

Die Geschichte meiner Großeltern mochte ich sehr. Sie hatten sich in der ersten Semesterwoche im College in Madison kennengelernt. Gramps sagte, er hätte sich in dem Moment in sie verliebt, als er sie während der Einführungsveranstaltung auf der anderen Seite des Innenhofes erblickt hatte. Er war zu schüchtern gewesen, um sie an jenem Tag anzusprechen, was ihn das ganze Wochenende über geärgert hatte. Am Montag darauf, als er in die erste Vorlesung kam, sah er sie auf einem Platz sitzen, neben sich der einzig freie Stuhl im ganzen Vorlesungssaal. Er ging direkt auf sie zu und erklärte ihr, dass er sie für das schönste menschliche Wesen auf Erden hielt. Und dann begann der Professor mit der Vorlesung. Gramps meinte, er hätte während der restlichen Vorlesung kaum atmen können, ganz besonders, als er feststellte, dass er im falschen Saal saß. Doch anstatt sich zu entschuldigen und wieder zu gehen, hatte er gewartet, bis der Vortrag zu Ende war, und die ganze Zeit über gedacht, Gran würde gewissenhaft mitschreiben. Aber sie hatte ihm einen Brief geschrieben, denn ihr war es ähnlich gegangen. Der Brief wurde bei der Hochzeit vorgelesen, die sie nach ihrem Abschluss feierten.

So sollte man sich verlieben. Liebe auf den ersten Blick.

Gramps und Gran blieben in den Vereinigten Staaten. Meine Mom kam zur Welt. Aber als ich noch ein Baby war, bekam Gramps eine Professur in Irland angeboten; sie zogen also um und besuchten uns jeden Sommer.

Jetzt besuchte ich sie. Beinahe hätten sie nicht gewusst, was sie mit mir anfangen sollten.

Dummerweise war ich keine große Hilfe.

»Kann ich dir beim Kochen helfen?«, fragte ich Gran, als sie Abendessen machte.

»Du hockst dich schön hin. Du hast eine lange Reise hinter dir.«

Ich setzte mich an den Küchentisch. Ich hätte todmüde sein sollen, aber vermutlich war es die Art von Müdigkeit, die einen nur aufgedrehter werden ließ.

»Du solltest heute Abend mit in die Kneipe gehen, um mal echte Musik zu hören«, sagte Gramps und setzte sich neben mich.

»James Mullarkey, du wirst unsere einzige Enkeltochter an ihrem ersten Abend hier nicht mit in eine Kneipe nehmen.«

»Du hast recht.« Er strich sich über seinen roten Bart, der bereits ergraute. »Klingt mehr nach einer Mittwochabend-Aktion.« Er zwinkerte mir zu.

Gran stöhnte. »Macallan, Süße, morgen habe ich frei und dachte, wir gehen ein bisschen bummeln. Dann kann ich dich ein paar von den Dorfbewohnern vorstellen. Wir haben allen erzählt, dass du kommst.«

»In der Kneipe hätte sie bessere Chancen, jemanden in ihrem Alter kennenzulernen.«

»Genug jetzt!« Gran drohte ihm mit einem Holzlöffel.

»Aber, aber.« Gramps stand auf, ging in die Küche und nahm Gran in die Arme. Es war süß, wie verliebt die beiden waren, und das nach so vielen Jahren. »Ich verspreche dir, einen guten Einfluss auf unsere uns teure, junge und leicht zu beeindruckende Enkeltochter auszuüben.«

Gramps stand mit seinem Rücken zu mir und ich konnte sehen, dass er seine Finger hinter dem Rücken gekreuzt hatte.

»Verdammt!« Gran löste sich von ihm. »Ich hab vergessen, Thymian zu kaufen.«

Ich stand auf. »Ich kann ihn dir besorgen. Ich würde gerne einen Spaziergang machen – ich habe viel zu lange gesessen.« Im Kopf versuchte ich, mir auszurechnen, wie viele Stunden, möglicherweise sogar Tage, ich schon wach war.

Ich brauchte nur wenige Minuten, um mich im Ort zu orientieren. Im Grunde genommen gab es nur die kleine Hafenpromenade und die Hauptstraße. Und falls ich mich verlief, musste ich bloß fragen, wo Jim und Betty wohnten. So winzig war dieser Ort.

Da ich noch ein bisschen Zeit bis zum Abendbrot hatte, beschloss ich, zum kleinen Hafen von Dingle hinunterzugehen und zuzuschauen, wie die Boote einliefen. Ich schlenderte in einen der Andenkenläden und besorgte ein paar Postkarten. Dann machte ich mich auf den Weg an den farbenfrohen Häusern vorbei zum kleinen Lebensmittelgeschäft, das nur ein paar Straßen vom Haus meiner Großeltern entfernt war. Ich nahm mir frischen Thymian aus dem Regal und stellte mich hinter einer älteren Dame an, die gerade in eine lange Diskussion darüber verwickelt war, ob ein bestimmter Kerl nun seine Frau betrog oder nicht.

»Du kannst zu mir rüberkommen«, hörte ich eine Stimme. Ich ging zur anderen Kasse und reichte mein Sträußchen Thymian einem jungen Mann mit schwarzen verstrubbelten Haaren. »Wenn meine Mum erst einmal in Fahrt kommt, stehst du hier die ganze Nacht.«

»Danke.«

Er lächelte mich an. »Aha, dachte ich mir doch, dass du mir nicht bekannt vorgekommen bist. Amerikanerin?«

»Ja.« Es war mir peinlich, dass man das so leicht erkennen konnte. Ich hatte bloß das eine Wort gesagt.

»Touristin?« Er half dabei, die richtigen Münzen rauszusuchen, mit denen ich bezahlen musste.

»Ja, äh, nein. Meine Großeltern wohnen …«

Er schien sich zu erinnern und sein Gesicht leuchtete auf. »Ach so, du bist die Enkelin von Jim und Betty.«

»Ja.«

»Ist das die Enkelin von Jim und Betty?« Die Frau, die an der anderen Kasse gestanden hatte, kam rüber.

»Hi, ich bin Macallan.« Ich streckte meine Hand aus.

»Willkommen!« Die Frau ignorierte meine Hand und zog mich an ihren zierlichen Körper. »Wir haben schon so viel von dir gehört. Du kommst aus Amerika.«

»Ja, aus Wisconsin, etwas außerhalb von Milwaukee. Das ist in der Nähe von Chicago.«

»Nett, dich kennenzulernen. Ich bin Sheila O'Dwyer und das ist mein Sohn Liam.«

»Hi.« Ich winkte ihm schüchtern zu, woraufhin er herzhaft lachen musste.

Sheila verschwand wieder, um den nächsten Kunden zu bedienen.

»Du bist also Macallan aus Wisconsin, etwas außerhalb von Milwaukee«, sagte Liam mit einem schiefen Lächeln.

»Tut mir leid, ich wusste nicht …« Ich kam mir furchtbar dumm vor. Ich hätte einfach sagen sollen, ich wäre aus Amerika.

»Nein, kein Problem. Ich mag die Vereinigten Staaten sehr. Die Hauptstadt von Wisconsin ist Madison und Milwaukee ist die größte Stadt. Ich schau mir sogar manchmal eure American-Football-Spiele an. *Packers,* stimmt's?«

Ich konnte nicht anders, er war mir sofort sympathisch. Ein *Packers*-Fan in Irland?

Ich spürte, wie meine Wangen heiß wurden. Danielle hatte mich die ganze Zeit damit aufgezogen, dass ich einen Jungen mit dem Namen Seamus O'Leary McHunky kennenlernen würde, und tatsächlich traf ich gleich an meinem ersten Tag einen Liam.

Liam fuhr begeistert fort: »Ich hoffe, ich kann ein Auslandssemester in den USA einlegen, wenn ich an der Uni bin. Ich habe entweder Boston oder New York City oder Kalifornien im Auge.« Ich zuckte zusammen, als er Levis ehemaligen Heimatstaat erwähnte. Liam tat so, als hätte er nichts gemerkt. »Bist du schon mal dort gewesen?«

»Oh, ich war einmal in New York, als ich noch klein war. In Chicago war ich schon oft, weil das in der Nähe ist.«

»Ah, richtig, ›The Windy City‹!« Liam streckte seinen Zeigefinger in die Luft. »Ich fände es toll, wenn wir uns irgendwann mal über Amerika unterhalten könnten. Aber du wirst auch schnell merken, wie sehr ich an Irland hänge, ganz besonders an unserer schönen Halbinsel. Ich kann gerne deinen Reiseführer spielen.«

»Das wäre super.«

Liam lächelte mich an und ich spürte, wie mein Herz anfing zu flattern.

»Großartig.«

Auf dem Nachhauseweg zu Gran und Gramps ertappte ich mich dabei, dass ich einen kleinen Hüpfer einlegte. Nach dem Abendessen setzte ich mich noch vor dem Schlafengehen an meine Postkarten und starrte die, die ich für Levi vorgesehen hatte, viel zu lange an. Normalerweise brauchte ich nie nachzudenken, wenn es um ihn ging. Aber diesmal wusste ich nicht, was ich schreiben sollte. Alles war zwischen uns so schwierig gewesen, bevor ich abreiste. Zuerst war ich wütend auf ihn, weil er mich links liegen gelassen hatte. Dann kam er plötzlich an und wollte mich küssen. Für ein paar Sekunden hatte ich geglaubt, es würde sich um eine Mutprobe zwischen ihm und seinen Kumpeln handeln, aber man konnte ihm anmerken, wie durcheinander er war. Mir ging es genauso. Ich wusste, wir sollten uns besser eine Weile nicht sehen, aber ihm nicht zu schreiben, fühlte sich auch irgendwie falsch an. Ich wollte das zwischen uns nicht noch komplizierter machen. Wenn ich wollte, dass unser Verhältnis wieder normal würde, musste ich mich so benehmen, als ob alles in bester Ordnung sei. Und wenn es das nicht war, würde ich mich eben verstellen.

Lieber Levi,
viele Grüße aus Dingle (an dieser Stelle denk dir einen Witz)!

Bis Hedwigs Eulencrew diese Karte bei dir abgegeben hat, haben wir uns mit Sicherheit schon wiedergesehen, aber ich wollte dir zeigen, wo ich den Sommer verbringe. Ist es nicht wunderschön hier? Oha, Eifersucht ist nichts für dich. Ich hoffe, mit deinem American-Football-Training läuft alles bestens (ja, da siehst du mal, wie ich mich schon verändert habe, ich setze schon ein »American« vor Football). Muss jetzt zurück ins »Flat«, in den »Lift« und aufs »Loo«.

Sláinte, wie sie hier sagen,
Macallan

Für die Grußformel brauchte ich fast eine Stunde. *In Liebe* war viel zu gefühlsbetont und alles andere klang zu aufgesetzt. Und genau das Gefühl hatte ich auch bei meinem Abschied auf Irisch.

Für den heutigen Abend gab ich auf und überließ mich meiner Müdigkeit. Ich hatte ja noch den ganzen Sommer, um mir wegen Levi Gedanken zu machen, aber jetzt wollte ich erst einmal richtig ausschlafen, bevor ich morgen mit Liam die Sehenswürdigkeiten besichtigen würde.

Es dauerte nur wenige Tage, die ich in Dingle verbrachte, bis ich mich fragte, warum ich mich in den letzten

Jahren so gesträubt hatte, meine Großeltern zu besuchen. Nicht, dass ich sie nicht hatte sehen wollen, aber vermutlich hatte ich Angst gehabt, es würde seltsam werden. Wurde es aber nicht.

Es wurde schnell zum schönsten Sommer meines Lebens.

Ich startete jeden Morgen mit Joggen oder Fahrradfahren und erlebte die weite grüne Landschaft, die gezackte Gebirgskette und das dunkelblaue Meer. Ich wäre nie auf den Gedanken gekommen, unseren kleinen Vorort von Milwaukee als Betonwüste zu bezeichnen, aber wenn man es mit der Gegend hier verglich, war es das reinste Manhattan. Danach kam ich nach Hause und kochte für meine Großeltern Mittagessen. Anschließend setzte ich mich entweder nach draußen und las oder ich ging in eines der Restaurants vor Ort und half in der Küche aus. Ich hatte mir in den Kopf gesetzt, sobald ich zurück in den Staaten war, allen ein »authentisches« Fish 'n' Chips Gericht aufzutischen. Oder ich zog los und holte mir eine Portion *Murphy's* Eiscreme. Daher auch die Notwendigkeit, morgens joggen zu gehen.

Oder ich traf mich mit Liam.

Und das blieb natürlich nicht unbemerkt.

»Also« – Gran hakte sich auf unserem täglichen Spaziergang bei mir unter, »also dieser Liam ist doch ein netter Kerl. Ihr beide scheint euch ganz gut zu verstehen.«

»Ja.« Ich machte keinen Hehl daraus. Darüber hinaus gab es eigentlich auch nicht sehr viel mehr dazu zu sagen. Wir trafen uns und hatten Spaß. Er war eine nette

Ablenkung. Doch ich machte mir nichts vor. Liam war attraktiv und bei seinem Akzent konnte man wirklich schwach werden. Aber ich wusste, dass das Letzte, was ich brauchen konnte, ein Junge war, der mein Leben noch komplizierter machte. Ich war mir nicht einmal sicher, ob er überhaupt solche Gefühle für mich hatte. Und falls doch, war das wahrscheinlich dem Umstand zu verdanken, dass ich die geheimnisumwitterte Neue aus einem fernen Land war.

Ich konnte nicht anders, ich musste lachen.

»Was gibt's da zu lachen?«, fragte Gran.

»Ich musste bloß daran denken, wie sehr sich mein Empfang hier in Dingle von der Art unterscheidet, wie Levi damals an unserer Schule aufgenommen wurde.«

»Wie geht's Levi? Du hast nicht viel von ihm erzählt.« Ich betrachtete Grans Gesicht. Sie hatte dieselben Wangenknochen und Augen wie Mom. Ich fragte mich, ob Mom irgendwann genauso ausgesehen hätte, wenn sie hätte älter werden dürfen. »Macallan?«

»Oh, ihm geht's gut.« Wir gingen schweigend weiter. Bestimmt dachte sie, dass ich mit meinen Gedanken bei Levi war, aber stattdessen dachte ich an Mom. Wie viel Freude es ihr gemacht hätte, wenn sie hier mit uns hätte sein können. »Gran, denkst du eigentlich oft an Mom?«

Sie blieb abrupt stehen, in ihren feinen Gesichtszügen stand tiefe Trauer. »Jeden Tag und jede Minute.«

»Ich auch«, gestand ich ihr.

»Es ist wichtig, sie in Erinnerung zu behalten. Sie wäre so stolz auf dich gewesen, Calley. Du siehst ihr von Tag zu Tag ähnlicher.« Sie streckte ihre Hand aus und strich mir übers Haar. »Sie zu vergessen, wäre das Schlimmste, was uns je passieren könnte. Und glaube mir, es fällt von Tag zu Tag leichter, sich an sie zu erinnern.«

Ich nickte. Für mich war es immer noch schwer. Zuerst hatte ich unter Schock gestanden, dann war die Wut gekommen. Jedes Mal, wenn ich an sie dachte, wurde ich böse. Wütend, dass sie mir genommen worden war. Also versuchte ich, sie mit aller Kraft aus meinem Gedächtnis zu verbannen. Aber egal, wie viele Hausaufgaben ich machte oder wie oft ich kochte, sie war immer da. Und schließlich empfand ich das als Trost. Denn auch wenn sie nicht physisch anwesend war, war sie dennoch stets an meiner Seite.

»Weißt du, was wir machen sollten?«, fragte Granny.

»Uns bei *Murphy's* ein Eis holen?«

Sie lachte und ihr Lachen klang genau wie das von Mom. »Klar, das auch, aber ich finde, dass wir jeden Abend beim Abendessen eine Lieblingserinnerung an sie austauschen sollten. Würde dir das gefallen?«

Vor vier Jahren hätte ich es gehasst. Vor vier Monaten hätte ich mich bei dem Gedanken unbehaglich gefühlt. Aber hier und jetzt war ich endlich so weit: Ich konnte das Leben meiner Mutter mit anderen feiern.

»Mir gefällt die Idee.« Ich schwieg einen Moment. »Und ich glaube, Mom würde sie auch sehr mögen.«

Sie drückte mich kurz an sich. »Ja, das würde sie.«

Wir setzten unseren Spaziergang fort, beide in unsere eigenen Gedanken versunken. Obwohl ich mir ziemlich sicher war, was uns beide beschäftigte.

Als wir einmal mit unserem Ritual angefangen hatten, erfüllte mich fast so etwas wie Leichtigkeit. Jeden Abend erzählten wir uns eine Geschichte, meistens eine lustige. Gran und Gramps holten die alten Fotoalben aus dem Schrank und ich war erstaunt, wie sehr ich meiner Mom als junges Mädchen ähnelte.

Ich hatte lange gebraucht, bevor ich mit Levi offen über meine Mom reden konnte. Doch jetzt fiel es mir leichter, über sie zu sprechen. Ich hatte sie sogar ein paar Mal Liam gegenüber erwähnt.

»Klingt, als sei sie ein wunderbarer Mensch gewesen«, sagte Liam, als er mit mir im Auto über die Halbinsel fuhr.

»Das war sie.« Ich bewunderte die atemberaubende Aussicht. Es spielte überhaupt keine Rolle, dass ich schon über einen Monat hier war; ich hatte mich immer noch nicht daran gewöhnt, wie unfassbar schön es war.

»Übrigens, du hättest gestern Abend kommen sollen.« Liam warf mir einen Blick zu. »Wir hatten super Crack.«

Mir verschlug es die Sprache.

Er fing an zu lachen. »Oh, entspann dich, Ami-Mädchen. Keine Sorge, es wird C-R-A-I-C buchstabiert. Es bedeutet so viel wie Spaß, Unterhaltungen, Atmosphäre. Hattest du etwa gedacht, wir nehmen Drogen?«

»Nein, natürlich nicht.« Obwohl ich das natürlich gedacht hatte.

»Wir sind da.« Liam fuhr an den Straßenrand. Hügel mit üppigem Grün umgaben uns. Und unten konnten wir das winzige Städtchen Dingle ausmachen.

»Traumhaft schön.«

»Du hast ja noch gar nichts gesehen.« Liam führte mich zu einem felsigen Hügel mit einem kleinen Wasserfall. »Na, was sagst du nun?«

Ich fing an, vorsichtig über die Klippen zu klettern. »Das ist unglaublich. Vielen, vielen Dank.«

»Na ja, ich rechne fest damit, dass du mir die ultimative Touristenführung gibst, wenn ich in die Staaten komme.«

Als ich mich umdrehte und etwas zu ihm sagen wollte, glitt mein Fuß am Felsen ab. Bevor ich wusste, wie mir geschah, steckte ich bis zum Knöchel im Matsch.

»Nein!« Ich zog meinen Fuß aus dem Sumpf, aber es war zu spät. Mein ganzer Leinenschuh war mit Schlamm bedeckt.

Liam sprang auf, um mir von der Klippe zu helfen. »Hm, so geht das nicht.« Er beugte sich nach unten und zog mir den Schuh aus. Es war mir peinlich, dass ich mich so dumm angestellt hatte. Er ging zu einer flachen Wasserstelle und fing an, den Schlamm abzuwaschen. Mir blieb nichts anderes übrig, als auf einem Bein stehen zu bleiben und zu hoffen, dass ich, ungeschickt wie ich war, nicht das Gleichgewicht verlieren würde.

Der Schuh war zwar bedeutend sauberer, aber immer noch triefend nass. Wir beide starrten auf meinen tropfenden, schmutzigen Schuh, bis Liam mit den Schultern zuckte und anfing, seine eigenen Schuhe auszuziehen: »Du kennst doch das Sprichwort ›Wenn in Dingle …‹«

Ich lachte und zog meinen anderen Schuh aus. Wir erkundeten den Rest der Gegend barfuß. Auf einer besonders steilen Klippe, reichte er mir seine Hand.

»Danke, Levi.«

Liam sah mich fragend an. »Levi?«

»Was?«

»Du hast, *Danke, Levi* gesagt. Wer ist Levi?«

»Hab ich das? Komisch.« Wirklich komisch war die Tatsache, dass ich bis jetzt weder Liam von Levi noch Levi von Liam erzählt hatte. »Levi ist ein Freund von mir.«

Liam zog seine Augenbrauen hoch. »Soso, *ein* Freund?«

»Ja, dürfen Jungen und Mädchen in Irland nicht befreundet sein?«

»Das hängt davon ab, ob man mit einem Mädchen befreundet sein will.« Er kam zu mir und legte seine Hand um meine Taille. »Oder ob man mehr möchte. Was möchtest du denn?«

Ich hielt die Luft an. Mir war nicht ganz klar, was er mit seiner Frage meinte. Wollte ich mehr von ihm oder mehr von Levi? Ich konnte weder das eine noch das andere mit Sicherheit sagen.

Auf der einen Seite war ich einer kleinen Ferienromanze gar nicht abgeneigt, aber ich hatte immer noch nicht herausgefunden, was das jetzt mit Levi war. Wir hatten von Woche zu Woche mehr Kontakt gehabt, seit ich hier war. Aber das änderte nicht den Grund, warum ich im Moment Tausende von Kilometern von ihm entfernt war. Von zu Hause.

»Entschuldigen Sie.« Ein bekannter Akzent riss mich aus meinen Gedanken. Wir schauten nach unten und sahen ein amerikanisches Paar mittleren Alters. »Wären Sie so nett, ein Foto von uns zu machen?«

»Na klar.« Dankbar für die Unterbrechung sprang ich von dem Felsen und nahm ihren Fotoapparat entgegen.

Liam begann, sich mit ihnen zu unterhalten, als er herausfand, dass sie aus Dallas kamen. Er wollte alles wissen – von Cowboystiefeln bis zu den Cowboys und Barbecues. Es war wirklich süß, wie naiv er war, was all den Amerika-Kram betraf.

Als er einen Anruf auf seinem Handy bekam, entschuldigte Liam sich bei den Texanern. *»Brilliant!«*, rief er aus. Wenn ich in meinen wenigen Wochen in Irland etwas gelernt hatte, dann war es das: Alles war *brilliant*. Essen, Musik, eine Idee oder auch ein Kuss ... Das Wort war so viel origineller als *super* oder *toll*. Ich überlegte, es als Sprachschatz-Souvenir mit nach Hause zu bringen, doch als ich das Wort beim Skypen an Levi ausprobierte, lachte er mich aus. Dann äffte er mich ein oder zwei Minuten lang nach und wiederholte alles, was ich gesagt hatte, allerdings in einem total übertriebenen Cockney-Englisch. Wäre es nicht so irre komisch gewesen, hätte ich mich bestimmt geärgert.

»Meine Kumpel veranstalten eine Party am Strand«, klärte mich Liam auf. »Wollen wir hin?«

»Nur, wenn es jede Menge *Craic* gibt«, schoss ich zurück.

Er lachte. »Aber klar doch.« Wir gingen zu seinem Auto. »Nicht so voreilig, Ami-Mädchen.«

Ich stöhnte. »Tut mir leid!« Ständig steuerte ich die Fahrertür der Autos an. Ich hatte mich noch nicht daran gewöhnen können, dass das Steuer hier auf der linken Seite war.

Wir fuhren zum Clogher-Strand, einem meiner Lieblingsplätze, wo man sitzen und entspannen konnte. Der Strömung wegen konnte man hier nicht schwimmen, aber man hatte eine großartige Aussicht auf die Blasket-Inseln. Bis jetzt hatte ich erst ein paar von Liams Freunden kennengelernt, Conor und Michael, die mich einfach nur »die Amerikanerin« nannten. Ich war mir nicht mal sicher, ob sie überhaupt meinen Namen kannten. Obwohl es nicht an mir vorübergegangen war, dass sie sich mit meinem schottischen Namenspatron bestens auskannten.

»Liam!«, rief Conor, als wir uns den Decken näherten, die sie auf dem Sand ausgebreitet hatten. »Und du hast die Amerikanerin mitgebracht.«

Conor reichte Liam eine Flasche und wendete sich dann an mich: »Können wir dich irgendwie in Versuchung führen?«

»Danke, nein.« *Und ich bin erst fünfzehn,* dachte ich.

»Ihr Amerikaner seid so stockkonservativ, was Alkohol angeht.« Conor lachte und setzte sich zu der anderen Gruppe.

»Geht es dir gut?«, fragte mich Liam.

»Ja.« Auch wenn das nicht stimmte.

Ich sah, wie Liams Gesicht sich leicht verzog, er hatte seinen Blick über meine Schulter gerichtet.

»Alles in Ordnung?« Ich wollte mich gerade umdrehen, aber er hielt mich davon ab.

»Ja, äh, nein … Meine Ex, Siobhan.« Er nahm kurz einen Zug aus seiner Flasche.

Er hatte sie ein paar Mal erwähnt. »Möchtest du darüber sprechen?«

Er zuckte mit den Schultern. »Da gibt's nicht viel zu sagen. Wir sind ein Jahr zusammen gewesen, sie hat sich in einen anderen verliebt und wir haben Schluss gemacht. Keine große Sache, manchmal ist es nur peinlich, hauptsächlich für mich. Es fällt einem nicht immer leicht, daran erinnert zu werden, dass man für jemanden nicht gut genug war, weißt du?«

»Das kann ich gut verstehen«, sagte ich. »Mit Levi geht es mir ziemlich ähnlich.«

»Ich dachte, ihr seid bloß Freunde.«

»Das waren wir. *Sind* wir. Aber dann wollte er mehr. Keine Ahnung.«

Liam blickte über den Strand. »Wir können gerne fahren, wenn du lieber wieder zurückmöchtest. Ich verabschiede mich nur kurz von Conor und Michael.«

Er ging los, während ich etwas verloren stehen blieb. Dann schnappte ich einen bekannten Namen auf.

»Sorry«, unterbrach ich ein Grüppchen, das in meiner Nähe stand. »Unterhaltet ihr euch über *Buggy and Floyd?* Ich liebe diese Serie.«

Der Junge, der gerade sprach, tauschte einen Blick mit einem dunkelhaarigen Mädchen. »Äh, ja. Ich habe gerade erzählt, dass es vermutlich ein Special zu Weihnachten geben wird.«

»Wirklich?«, fragte ich ganz aufgeregt. »Es hat schon seit fünf Jahren keine neue Folge mehr gegeben.«

Das Mädchen warf mir einen mürrischen Blick zu. »Die Serie ist doch völlig hohl. Ich schau sie nur wegen dem Typ, der den jüngeren Bruder spielt, der ist gerade total angesagt.«

Ich lächelte sie an, als ich mich erinnerte. »Ich weiß, wen du meinst. Der ist saukomisch! Weißt du noch, die Episode, in der Floyd mit ihm zusammen in der Turnhalle festsaß?« Bei der Erinnerung an Levi, der immer wieder nachgemacht hatte, wie Buggy durchs Fenster der Turnhalle schaut und sagt: »Himmelkreuzdonnerwetter, da wär ich nie draufgekommen, dass du hier steckst; eine Sportskanone bist du ja nicht gerade«, musste ich lachen.

»Wie auch immer.« Das schwarzhaarige Mädchen ignorierte mich weiterhin.

Genau in diesem Moment konnte ich einen Finger auf das Gefühl legen, das immer präsenter wurde. Ich fand Dingle toll. Ich liebte es, bei meinen Großeltern zu sein. Und alle (momentan Anwesende nicht mit eingeschlossen) waren so warm und gastfreundlich zu mir gewesen. Aber das hier war nicht mein Zuhause. Diese Menschen waren nicht meine Freunde.

Um die Wahrheit zu sagen, was mich in Wirklichkeit bedrückte, war Levi. Ich vermisste ihn. Ich hatte schon angefangen, ihn zu vermissen, als ich noch zu Hause war, in der Schule. Ich wollte ihn hier an meiner Seite haben. Dingle würde ihm bestimmt gefallen, dieser Strand, diese wunderschöne Aussicht.

Aber er war nicht hier.

Liam kam mit einem resignierenden Lächeln auf mich zu. »Willst du nach Hause?«

Jaja, das wollte ich.

Auf der Rückfahrt zu meinen Großeltern sprach sich Liam über Siobhan aus. Sie kannten sich von klein auf und hatten einen gemeinsamen Freundeskreis, genau wie man es in so einem kleinen Dorf vermuten würde.

Dann wurden sie ein Paar. Jetzt redeten sie nicht einmal mehr miteinander. Liam konnte es nicht mal ertragen, mit ihr am selben Strand zu sein.

Das gab mir eine Menge Stoff zum Nachdenken. Und all meine Gedanken kreisten um Levi. Ich musste unbedingt mit ihm reden. Um mich zu vergewissern, dass wir immer noch Freunde waren. Dass wir uns beide noch immer in einem Zimmer aufhalten konnten, wenn ich wieder nach Hause kam.

Glücklicherweise waren meine Großeltern nicht da. Ich konnte also sofort in mein Zimmer gehen, nachdem Liam mich abgesetzt hatte, und Levi via Skype anrufen. Ich hatte mir ausgerechnet, dass er mit ein bisschen Glück gerade vom Morgentraining nach Hause gekommen sein musste. Beim dritten Klingeln fingen meine Beine an zu zittern.

Alles, was ich denken konnte, war: *Bitte, sei zu Hause Levi, bitte sei zu Hause.*

Der Bildschirm leuchtete auf und ich sah Levis nackte Brust vor mir.

»Äh, hallo?«, fragte ich und spürte, wie meine Wangen beim Anblick von Levis Körper ganz heiß wurden.

»Hey!« Er rückte das Handtuch, das er um seine Hüften gewickelt hatte, zurecht. »Tut mir leid, ich komme gerade aus der Dusche.« Er verschwand für ein paar Sekunden vom Bildschirm und tauchte dann in einem T-Shirt wieder auf. Seine Haare waren nass und standen in alle Richtungen ab.

»Hey, du!« Mein Lächeln reichte vom einen Ohr bis zum anderen.

»Selber hallo!«

»Zu Weihnachten gibt's ein *Buggy and Floyd*-Special!«, platzte ich heraus.

Seine Augen leuchteten auf. »Im Ernst jetzt? Das ist ja *bloody brilliant.«* Er zwinkerte mir zu.

»Haha.« Ich streckte ihm die Zunge heraus.

»Ich sehe schon, dein Auslandaufenthalt lässt dich ungemein reifen.«

»Ungemein.«

Er machte seinen Mund auf und wollte etwas sagen, aber dann legte er seinen Kopf schief, als würde er mich mustern. »Geht es dir gut?«

Es war dieselbe Frage, die Liam mir heute schon gestellt hatte. Er bekam dieselbe Antwort: »Ja.«

Aber das war der Unterschied zwischen Liam und Levi: Levi ließ sich von mir nichts vormachen.

»Was ist los?« Sein ehrlich besorgter Gesichtsausdruck brachte mich fast zum Weinen.

»Nur ein bisschen Heimweh«, gestand ich.

Levis Reaktion überraschte mich: Er lächelte.

»Oh, tut mir leid«, sagte ich. »Macht es dir Spaß, mich leiden zu sehen?«

Er schüttelte den Kopf. »Nein, es ist nur so … du kamst mir immer so glücklich vor, wenn wir geskypt haben, und ich will ja, dass du glücklich bist, aber ich möchte auch, dass du endlich wieder nach Hause kommst. Ich vermisse es, dass jemand über meine lahmen Witze lacht. Und, na ja, ich vermisse dich.«

»Ich vermisse dich auch.«

Wir schwiegen eine Weile. Nicht, weil uns unbehaglich

war, sondern, weil wir einfach nichts sagen mussten. Wir beide fühlten dasselbe.

Endlich sagte ich etwas. »Hey, aber ich bin mir sicher, dass die nächsten drei Wochen im Flug vergehen werden.«

»Tatsächlich sind es nur sechzehn Tage«, korrigierte er mich.

»Oh, du zählst also mit?«, neckte ich ihn.

»Was denn sonst? Steht in meinem Kalender. *Es ist offiziell: Macallan kommt wieder! Life doesn't suck anymore*.«

»Du meinst also, dein Leben ist scheiße ohne mich? Ich gehe mal davon aus, dass du Kelly Clarkson zitierst, weil du dich nach einem starken, unabhängigen Mädel wie mir sehnst – *Miss Independent* halt?«

»Ha! Nicht schlecht. Aber ...« Er schwieg kurz. *»Here's the thing, we started out friends ...«*

Ich lachte und summte eine Liedzeile aus dem Song. *»But since you been gone, I can breathe for the first time.* Heißt das, du konntest erst wieder atmen, nachdem ich weg war?«

»Moment, nein!«

Ich schüttelte den Kopf. »Ohne mich bist du ja völlig aufgeschmissen.« Auf seinem Gesicht tauchte sein wohlbekanntes schiefes Lächeln auf. »Ich weiß. Siehst du, kaum bist du weg, kann ich nicht mehr klar denken. Erstaunlich, dass ich morgens überhaupt noch aufstehen kann.«

»Oh, wie ich doch deine Theatralik vermisse.«

»Niemand weiß sie so zu schätzen wie du.«

»Ich weiß.«

»Also, damit ich das richtig verstehe«, sagte Liam zu mir ein paar Abende später, als wir bei *Murphy's* in der Schlange standen, um uns ein Eis zu holen. »Dein bester Freund ist ein Kerl. Er mag dich aber mehr als nur ein Freund. Und deswegen bist du nach Irland geflohen?«

»Na ja, wenn man es so ausdrückt …«, versuchte ich einen Scherz, kam mir aber auch ein bisschen albern vor. »Da war ja noch mehr.«

»Ach ja, richtig.« Er nickte. »Er hat zu viel Zeit mit seinen Kumpeln verbracht.«

»Und mich ignoriert«, erinnerte ich ihn.

Ich hatte beschlossen, ihn in die ganze Levi-Sache einzuweihen. Ich hatte mir ausgerechnet, dass zwischen uns nichts passieren würde, wir hatten beide ein zu großes Päckchen zu tragen. Vielleicht wäre es also ganz hilfreich, sich die Meinung eines Außenstehenden einzuholen. Aber dummerweise hatte ich das Gefühl, dass er sich auf Levis Seite schlug.

Vermutlich hielten Bros zusammen.

Wir bestellten. Liam nahm Guinness- und Brot-Eis, was gar nicht so furchtbar schmeckte, wie es klang. Ich bestellte meine Lieblingskombination: Meersalz und Honig.

Nachdem wir unsere Eiswaffeln entgegengenommen hatten, entschied ich mich für ein letztes Plädoyer. »Du darfst nicht vergessen, dass ich ihn ja praktisch monatelang nicht zu Gesicht bekommen hatte, dann haben wir gestritten und *dann* kam er an und hat mir erklärt, dass er sich in mich verliebt hat. Aus heiterem Himmel.«

Liam leckte an seinem Eis. »War es das wirklich?«

Meine Antwort: eine äußerst intensive Beschäftigung mit meinem Eis. Ich hatte einfach keine passende Antwort parat.

»Aber für dich ist er bloß ein Freund«, konstatierte Liam und man konnte ihm ansehen, dass er mir nicht glaubte. »Du fühlst dich überhaupt nicht von ihm angezogen?«

»Nein. Ja, doch. Er ist halt Levi.«

»›Er ist halt Levi‹? Ist das wieder so eine Floskel von euch, die mir nicht geläufig ist?«, neckte er mich. »Er ist also dein bester Freund. Er ist ein Levi, was auch immer das heißen soll. Ich verstehe wirklich nicht, wo das Problem liegt.«

»Das ist schwierig zu erklären.« Ich ging schneller, wir liefen zum Hafen.

»Ja, das versuchst du mir schon die ganze Zeit klarzumachen. Aber die Sache ist die: So schwierig scheint das doch gar nicht zu sein. Du machst es bloß schwierig. Es klingt, als gäbe es da schon eine ganze Menge zwischen euch. Hab keine Angst, mehr daraus zu machen.«

Ich lächelte angespannt und war mir nicht sicher, ob ich ihm glauben sollte oder nicht. Also gab ich mich locker. »Seit wann bist du so etwas wie ein Beziehungsexperte geworden?«

Er sah mich belustigt an. »Gesunder Menschenverstand, weiter nichts.«

Ich schaute auf den Hafen, in dem eine Reihe Busse stand, vollgestopft mit Touristen. »Vielleicht sollte ich mir mal endlich diesen Delfin anschauen.«

Seit ich in Dingle eingetroffen war, fragten mich alle,

ob ich schon Fungie, den Stadt-Delfin, gesehen hätte. Gleich neben dem Touristenzentrum, in dem Gran arbeitete, stand eine Statue von ihm. In meiner ersten Woche hier hatte ich mich neben der Statue fotografieren lassen, Fungie selbst hatte ich allerdings noch nicht zu Gesicht bekommen.

»Ganz schön schockierend, dass du seit sechs Wochen hier bist und noch nicht bei Fungie warst. Liam zog sein Handy aus der Tasche und winkte mir zu, damit ich mich noch einmal neben der Statue aufstellte. »Jetzt mit ein bisschen mehr Stolz für Dingle, okay?«

Ich schmollte neben dem Denkmal. »Ich komme mir wie ein Tourist vor.«

»Genau. Weil du ja auch *kein* Tourist bist.« Er machte ein Foto. »Wir müssen dafür sorgen, dass wir das alles noch in die nächsten Tage hineinquetschen. Bald bist du zu Hause. Es gibt also jede Menge zu tun. Einschließlich einer Entscheidung, die getroffen werden muss.«

Daran hätte er mich nicht zu erinnern brauchen.

Die nächsten beiden Wochen vergingen im Flug. Gran und Gramps taten alles, damit ich vor meiner Abreise noch so viel wie möglich sah. Für meine Abschiedsparty war ich beinahe zu müde, aber wenn es eine Sache gab, die ich in meinem zweimonatigen Aufenthalt in Irland gelernt hatte, dann war es die: Die Iren wussten, wie man eine anständige Party feiert.

Der Garten meiner Großeltern wurde zu einer Bühne für eine Musik-Session umfunktioniert. Wir hängten Lichterketten in die Bäume, um alles noch magischer zu machen. Grans und Gramps Freunde, die für mich mittlerweile zum erweiterten Familienkreis gehörten, trudelten ein. Ein paar von Gramps Musikerfreunden hatten ihre Instrumente mitgebracht und schon bald füllte Musik die kühle Abendluft.

Liam kam mit seiner Mom. »Hey, ich hab dir etwas mitgebracht, damit du mich nicht vergisst«, sagte er. Er gab mir eine CD; auf dem Cover war das Foto von mir neben der Fungie-Statue. Ich öffnete die CD-Hülle und entdeckte eine Liste mit irischen Bands, die er mir während meines Besuchs vorgespielt hatte. »Obwohl ich alles liebe, was mit Amerika zu tun hat, haben wir Iren ganz klar die bessere Musik. Nicht, dass du irgendeine amerikanische Band auf deinem i-Pod hättest, so anglophil wie du bist. Wird mal Zeit, dass du ein paar anständige irische Bands hörst, die nicht U2 heißen.«

»Danke!« Ich umarmte ihn, glücklich, ihn während meines Besuchs als Freund an meiner Seite gehabt zu haben.

Gramps bat um Ruhe. »Ich wollte mich bei allen bedanken, dass ihr gekommen seid, um euch von unserer Lieblingsenkeltochter zu verabschieden.«

»Deiner *einzigen* Enkeltochter«, stellte ich richtig.

Ein paar Gäste lachten.

»Aber ich dachte mir, es wäre nur angemessen, Macallan mit einem Abschiedstrunk auf den Nachhauseweg zu schicken.«

Die Freunde meiner Großeltern nickten, Gläser wurden gehoben. Auch ich prostete ihnen zu; den Song, den sie anstimmten, kannte ich allerdings nicht.

Gramps sah mich liebevoll an und fing an zu singen:

Of all the money that e'er I had,
I spent it in good company.
And all the harm that ever I've done
Alas, it was to none but me.
And for all I've done for want of wit,
To mem'ry now I can't recall.

An dieser Stelle sangen alle mit:

So fill to me the parting glass.
Good night and joy be with you all.

Gran stimmte mit ein und Gramps legte seinen Arm um sie. Sie sang mit ihrer klaren, wunderschönen Stimme:

To all the comrades that e'er I had,
They're sorry for my going away.

Sie schenkte mir ein warmes Lächeln.

And all the sweethearts that e'er I had,
They'd wish me one more day to stay.
But since it falls unto my lot,
That I should rise and you should not,
I'll gently rise and softly call.
Good night and joy be with you all.

Ich spürte, wie mir die Tränen über die Wangen liefen.

Eigentlich hätte ich traurig sein müssen, dass ich meine Großeltern und diesen wunderbaren Ort verlassen musste, aber die Tränen galten nicht ihnen.

Und Liam wusste es. Er beugte sich zu mir. »Wenn du mit ihm zusammen sein möchtest, dann tu es.«

Meine Kehle war wie zugeschnürt. »Ich kann nicht.«

Er schüttelte den Kopf. Liam zog mich oft damit auf, dass ich alles verkomplizierte – *typisch Amerikanerin,* nannte er mich dann liebevoll. »Ich würde dich nach dem Warum fragen, aber wir beide wissen, dass keine der Ausreden gut genug ist. Hör auf, dir etwas vorzumachen, und sei mit ihm zusammen.«

Ich wusste, dass er recht hatte. Und das machte mir entsetzliche Angst.

»Möchtest du mit ihm zusammen sein?«

Ich brauchte nicht nachzudenken. Ich wusste, dass die Antwort, die ich ihm gab, der Wahrheit entsprach: »Ja.«

»Dann mach's einfach.« Er stand auf und stimmte in den Gesang ein.

Good night and joy be with you all.

Es überraschte mich, dass sie mich bei der Einreise nicht festnahmen, so zittrig und nervös war ich. Sobald ich meinen gültigen Einreisestempel und mein Gepäck bekommen hatte, steuerte ich den Ausgang an. Ich rannte hinaus und es dauerte keine zwei Sekunden, bis ich Dad, Onkel Adam und Levi rufen hörte. Ich drehte mich um und sah Levi mit einem riesigen Schild: HIMMELKREUZDONNERWETTER, WENN WIR BLOSS WÜSSTEN, WO MACALLAN ABGEBLIEBEN IST!

Ich lachte und rannte auf sie zu. Es war ein einziges Durcheinander aus Umarmungen und Ausrufen wie »Ich hab dich vermisst« und »Toll siehst du aus!«. Dad und Adam nahmen mir mein Gepäck ab und gingen das Auto holen, während Levi mit mir draußen wartete.

»Ich bin so froh, dass du wieder zu Hause bist«, sagte er. Er legte seinen Arm um mich und ich schmiegte mich an ihn. Für eine Weile blieben wir so stehen. Es fühlte sich richtig an. Es hatte sich schon immer richtig angefühlt. Aber ich hatte mir immer wieder eingeredet, dass es unsere Freundschaft zerstören würde. Nie war mir der Gedanke gekommen, dass dadurch zwischen uns alles noch besser werden könnte. Mir war klar, dass das Durchschnittspaar in der Highschool nur selten auf Dauer zusammenblieb, aber Levi und ich zählten nicht zum Durchschnitt. Sein Handy klingelte und er drückte den Anruf weg. Ich schloss meine Augen und war dankbar, wieder bei ihm zu sein. Wieder zu Hause zu sein. Glücklich, dass das, was vor meiner Abreise zwischen uns gestanden hatte, verschwunden war. Ich griff nach seiner Hand und schlang meine Finger um seine. Ich überlegte, ob ich ihm hier und jetzt alles gestehen sollte, aber das Letzte, was ich wollte, war, dass Dad und Onkel Adam genau während dieses Gesprächs vorfuhren, und ganz besonders dann nicht, wenn es mit einem Kuss enden sollte. Ich war mir ziemlich sicher, dass mein Dad dann neue Regeln ersinnen würde, wann und wo wir uns treffen durften.

Levis Handy klingelte abermals. Er griff danach, um den Anruf wieder wegzudrücken, und ich entdeckte einen Namen auf dem Bildschirm, den ich nicht kannte.

»Wer ist denn Stacey?«, fragte ich, bevor ich mich bremsen konnte.

Levi löste sich von mir. »Ach ja, das.« Er trat verlegen von einem Bein aufs andere. »Ich hatte eigentlich warten wollen, bis du dich wieder eingelebt hast, bevor ich dir sage, dass du und Stacey nicht dieselben Partys besuchen dürft.« Er lachte kurz.

Warum um alles in der Welt durften dieses Mädchen und ich nicht …

Nein.

Es traf mich mit voller Wucht.

»Du hast eine Freundin.«

»Na ja, wir haben uns ein paar Mal getroffen – ich bin mir nicht sicher, ob man es schon so nennen kann. Aber sie ist toll. Stacey Hobbs – sie geht in unseren Jahrgang und ist im Cheerleading-Team.«

»Oh.« Ich wusste, von wem die Rede war, versuchte aber immer noch auseinanderzudividieren, wie das hatte geschehen können und warum Levi sich davor gedrückt hatte, mir irgendetwas davon zu erzählen. Ich merkte, wie ich von ihm abrückte, ich brauchte Abstand, um in all dem einen Sinn zu erkennen.

»Genug von mir. Heute Abend geht es nur um dich.« Levi trat einen Schritt vor. »Ich muss dich allerdings warnen: Mom wollte unbedingt heute Abend einen *Shepherd's Pie* für dich machen, damit dir die Umstellung auf den Mittleren Westen nicht zu schwerfällt. Und du weißt ja, wie wahnsinnig nervös sie wird, wenn sie für dich kocht. Also wirf einfach ein paar *brilliants* ein und alles wird gut.«

Ich lächelte schwach.

»Komm her. Ich hab dich so sehr vermisst.« Er legte wieder seinen Arm um mich. »Ich glaube nicht, dass ich es schaffe, dich noch mal loszulassen. Echt grausam, wenn deine beste Freundin die ganzen Sommerferien über weg ist.« Er küsste mich auf die Stirn. »Aber ich verspreche dir, dass ich mit meiner Eifersucht aufhöre. Ich will jedes Detail deiner Reise hören. Ich möchte mit Fotos und Storys überschüttet werden, bis ich grün vor Neid bin. Das meine ich ernst. Du musst mir *alles* erzählen.«

Aber *alles* konnte ich ihm nicht wirklich erzählen, denn eine Sache gab es, die ich für mich behalten musste.

Pein-lich!

Alter, ist dir eigentlich klar, dass alles anders gekommen wäre, wenn du damals gleich schon etwas gesagt hättest?

Zum Beispiel, dass du mal aufhörst, mich *Alter* zu nennen?

Wie auch immer, ***Alter***. Aber tu nicht so, als wäre ich derjenige, der hier die Szenen macht, denn du hast ja selbst noch mehr Drama auf den Plan gerufen.

Erwischt.

Du gibst also zu, dass ich vollkommen recht habe?

Nein. Denn du musst zugeben – ein bisschen Drama macht das Leben interessanter.

Meinst du das im Ernst? Drama vermiest einem das Leben doch bloß.

Oh, warte, stimmt, du hast völlig recht. Mein Fehler.

12.

Ich freute mich wie verrückt, dass Macallan wieder da war. Ohne sie war der Sommer nicht dasselbe. Erst als sie wirklich verschwunden war, Tausende Kilometer entfernt von mir, wurde mir klar, wie viel Zeit wir jeden Sommer miteinander verbracht hatten. Und ja, selbst wenn ich die Jungs hatte, es war anders. Es fühlte sich anders an. Ohne sie war nichts mehr dasselbe.

Zuerst war ich wahnsinnig wütend, dass sie weggefahren war, aber dann kapierte ich es. Wahrscheinlich brauchten wir die Trennung, um alles neu zu überdenken.

Ich war wirklich in Macallan verliebt. Aber mir war klar geworden, dass sie nicht dasselbe empfand; wenn also Freundschaft die einzige Möglichkeit war, sie in meinem Leben zu behalten, dann musste ich das akzeptieren.

Ich muss ja zugeben, sie sah so süß aus, als sie am Flughafen aus dem Zoll kam. Sie hatte diesen leicht abwesenden Blick, wie immer, wenn sie entweder übermüdet war oder sehr unter Druck stand. Auf der Heimfahrt und beim Abendessen war sie an jenem Abend ziemlich still. Aber mir ging es schon viel besser, einfach, weil sie neben mir saß.

Vermutlich hätte ich ihr von Stacey erzählen sollen, als sie noch in Irland war, aber nie schien der geeignete Zeitpunkt dafür zu sein. Stacey war großartig und echt cool, aber die Wahrheit war, dass ich dachte, ich sollte eine Freundin haben, bevor Macallan zurückkam, einfach, um noch mehr Peinlichkeiten aus dem Weg zu gehen. Ich wollte auf keinen Fall, dass sie sich unsicher fühlte oder dachte, ich würde mich immer noch nach ihr sehnen. Den Gedanken musste ich beiseiteschieben, wenn ich wollte, dass zwischen uns alles wieder normal wurde.

Ich wünschte, ich könnte behaupten, dass die Dinge schnell wieder beim Alten waren. Aber Macallan benahm sich, als wäre es ihr fast unangenehm, in meiner Nähe zu sein.

Zunächst tat ich ihr Verhalten als Jetlag ab, denn einmal säbelte sie sich beim Kochen beinahe die Fingerkuppe ab, als ich sie wegen Stacey um Rat fragte, und Macallan war in der Küche normalerweise immer sehr vorsichtig. Ich war mir also sicher, dass es der Jetlag war. Aber als sie nach einer Woche immer noch nicht aufhörte, alles fallen zu lassen, wenn ich ihr zu nahe kam, und meinen Blicken auswich, fing ich an zu befürchten, dass mein Geständnis Schaden angerichtet hatte, der sehr viel länger brauchte, um behoben zu werden. Ich war gewillt, ihr mehr Raum zu geben oder was immer sie brauchte, damit sie sich in meiner Nähe wieder wohlfühlte.

Es waren noch zwei Wochen bis zum Schulbeginn und Macallan war emsig mit meiner Mom in der Küche beschäftigt. Eigentlich war sie hergekommen, um sich mit mir zu treffen, aber in der Sekunde, in der meine Mom mit einer Einkaufstüte aufkreuzte, war Macallan aufgesprungen, um zu helfen, und seitdem hatte ich sie nicht mehr zu Gesicht bekommen.

Jedes Mal, wenn wir etwas zusammen machen wollten, suchte sie sich eine andere Beschäftigung. Jemand anderen.

Genauso hatte sie sich vermutlich im zweiten Halbjahr der zehnten Klasse gefühlt: ausrangiert.

Wenn ich mein Liebesgeständnis hätte zurücknehmen können, ich hätte es getan. Alles in mich hineinzufressen, hätte mich wahrscheinlich in den Wahnsinn getrieben, aber lieber setzte ich meine geistige Gesundheit aufs Spiel als meine Freundschaft mit ihr.

Nachdem sie mich fast eine halbe Stunde lang ignoriert hatte, beschloss ich, in die Küche zu gehen.

Macallan saß am Küchentisch; sie half nicht, tat gar nichts, quatschte bloß mit Mom.

»Ach, Schatz«, sagte Mom, als hätte sie ganz vergessen, dass ich auch da war. »Macallan hat mir ein neues Grillrezept gegeben, das ich heute Abend ausprobieren will. Du musst zum Essen bleiben, Macallan. Ich hab das Gefühl, als hätten wir dich gar nicht oft zu Gesicht bekommen, seit du wieder zu Hause bist. Außerdem brauche ich dich als Expertin beim Abschmecken.«

Macallan strahlte Mom an. »Das klingt super.«

»Wunderbar.« Mom warf mir einen Blick zu. »Stacey mag doch Bratwürstchen, oder?«

»Jup«, antwortete ich.

Macallan schlug sich an die Stirn. »Oh mein Gott, heute ist Mittwoch, richtig? Ich dachte, es wäre Dienstag. Heute Abend habe ich schon etwas vor.«

»Ach, wie schade.« Mom schien wirklich traurig zu sein. »Levi, wie war die Fahrstunde heute?«

»Gut, das Einparken hätte ich beinahe hingekriegt. Ich hab

mir vorgenommen, meine Fahrprüfung wirklich an meinem Geburtstag zu machen.« In ein paar Wochen war mein sechzehnter Geburtstag und ich hoffte heimlich auf ein Auto.

»Kein Problem.« Mom zögerte. »Allerdings hast du dein erstes Football-Spiel der Saison am Abend danach. Ich möchte nicht, dass du dich übernimmst. Schule geht vor!«

»Aber ich dachte, wenn ich meinen Führerschein hätte, dann könnte ich uns alle nach Milwaukee fahren, zum Geburtstagsessen oder so.«

»Hmm, ich möchte trotzdem nicht, dass du dich übernimmst. Wir sollten uns für deinen Geburtstag irgendetwas ganz Simples überlegen. Auch wenn der Sechzehnte etwas Besonderes ist, sollten wir es nicht übertreiben. Nach dem Spiel kannst du ja mit deinen Freunden weggehen.« Ihr Handy klingelte. Sie nahm ab und ging ins andere Zimmer.

Das passte überhaupt nicht zu meiner Mom. Sie ignorierte meinen Geburtstag völlig. Mom machte sonst immer ein Wahnsinnsaufheben um meinen Geburtstag. Extravagante, bis ins kleinste Detail durchgeplante Partys. Vermutlich einer der Vorzüge, wenn man Einzelkind war.

Ich drehte mich zu Macallan: »Hat sie sich nicht eben seltsam benommen?«

Macallan schien verwirrt. »Was?«

»Meine Mom. Gerade eben. Sie war doch total komisch, was meinen Geburtstag anging, findest du nicht?«

»Hä?« Macallan schaute mich an, als hätte ich eine fremde Sprache gesprochen.

»Erinnerst du dich denn nicht, wie sie normalerweise ist, wenn ich Geburtstag habe? Sie macht immer eine Riesensache daraus.«

Macallans Augen wurden groß. »Du hast recht – sie ist ein Monster!«

Vielleicht interpretierte ich da zu viel hinein. »Und, hat sie irgendwas vor?«

»Nicht, dass ich wüsste. Ehrlich.«

Ich betrachtete Macallan für einen Moment prüfend und konnte sehen, dass sie die Wahrheit sagte.

»Vielleicht denkt sie ja, dass wir erwachsen werden und keine große Party mehr mit Clowns und Tierballons brauchen«, meinte sie.

»Ich wollte aber unbedingt einen Pony-Luftballon haben.« Ich tat so, als würde ich schmollen. »Vermutlich hast du recht. Obwohl, normalerweise muss ich sie wegen meines Geburtstags immer bremsen und jetzt sieht es fast so aus, als sei ihr das alles egal.«

Macallan wies mich zurecht. »Wow. Jetzt mach mal halblang. Deine Mom ist die liebevollste Mutter, die man sich vorstellen kann. Also reg dich ab. Ich glaube, das Training in praller Sonne hat dir nicht gutgetan.«

Sonne war ich gewohnt, aber in voller Football-Montur draußen in der Sonne zu sein, war schon ganz schön anstrengend.

»Ja, vermutlich ist da was Wahres dran. Na ja, egal, was hast du heute Abend denn vor?«

»Was?«

»Heute Abend?«, sagte ich.

Sie schaute mich fragend an.

»Du hast doch schon was vor. Das war der Grund, warum du nicht zum Abendessen bleiben kannst.« Ich wollte ihr einen kleinen freundschaftlichen Stoß in die Seite geben, aber sie zuckte zusammen. Dass meine Nähe sie so schreckhaft machte, kannte ich nicht von ihr. Irgendetwas war da faul.

Ihre Augen leuchteten auf. »Ach ja! Es geht um so ... ein Familiendings, mit Onkel Adam.«

»Ist alles in Ordnung?«

»Hm, ja, ist echt keine große Sache. Ich hab ihm versprochen, heute Abend mit ihm ins Kino zu gehen.« Sie konnte mir nicht in die Augen schauen.

»Ach, wirklich? Welchen Film denn?«

»Film? Äh, ich hab vergessen, welchen er sehen wollte.«

Okay, man brauchte kein Genie zu sein, um mitzukriegen, dass mit Macallan irgendwas nicht stimmte. Sie hatte ganz eindeutig heute Abend etwas vor und wollte nicht, dass ich davon erfuhr. Ich fragte mich, ob sie vielleicht ein Date hatte. Dabei war sie noch gar nicht so lange wieder zu Hause. Aber was sollte es sonst sein? Sie verschwand und ließ sich Ausreden einfallen, um mich nicht mehr so oft sehen zu müssen. Ich hatte sie Stacey noch nicht einmal vorgestellt. Ich wusste, dass sie sich vom Sehen aus der Schule kannten, aber das war etwas anderes.

Was immer es war, sie wollte nicht, dass ich davon erfuhr, und das musste ich respektieren. Ich wollte es auf keinen Fall noch schlimmer machen.

Als ich gerade erst hergezogen war, beschwerte ich mich ständig über die Kälte in Wisconsin. Da ahnte ich noch nicht, dass die Hitzewellen im August zum Fluch meines Daseins werden würden.

Keith und ich verließen den Sportplatz. »So etwas gab es noch nie, Kalifornien.«

»Ihr hattet noch nie hitzefrei?«

Er schüttelte den Kopf. »Nope, diese Hitzewelle ist echt brutal.«

Wir gingen zu seinem Pick-up und er schloss auf.

»Hey, danke, dass du mich mitnimmst.«

»Kein Problem. Tut mir leid, dass ich keinen Kindersitz für dich dabeihabe«, feixte er.

Verdammt. Ich konnte es kaum erwarten, meinen Führerschein zu machen. Es passte mir gar nicht, dass ich auf meine Eltern oder Freunde angewiesen war, um mich durch die Gegend kutschieren zu lassen, ganz besonders zum Training.

»Hör mal. Falls das mit dem Training morgen wieder nichts wird, komm doch zu mir rüber und dann spielen wir ein paar Runden. Bei uns im Garten ist nachmittags ziemlich viel Schatten.«

»Klingt gut.« Ich zögerte einen Moment. Mir war klar, dass man als Typ eigentlich immer cool bleiben musste, aber ich wusste wirklich zu schätzen, was Keith alles für mich in punkto Football-Team getan hatte. »Und danke noch mal für alles, Mann. Ich glaube nicht, dass ich es ohne dich in die Schulmannschaft geschafft hätte.«

»Na ja, du bist eben schnell. Wir brauchen jemanden, der schnell ist. Aber fang bloß nicht an, mir Liebesbriefe zu schreiben.« Er lachte. »Erst musst du noch aufs Spielfeld und den Ball fangen.«

»Geht klar. Erst aufs Spielfeld, dann den Ball fangen und *dann* die Liebesbriefe.«

Er bremste vor unserem Haus. »Genau, aber nicht, dass Macallan noch eifersüchtig wird. Die ist knallhart. Wenn Puppen doch bloß Football spielen könnten.«

Ich sprang aus dem Pick-up und sah Mr Dietz' Wagen vor der Tür stehen. Ich rannte ins Haus und rief: »Ist mit Macallan alles in Ordnung?«

Ich blieb verdutzt stehen, als ich Mom und Mr Dietz dicht übereinandergebeugt am Küchentisch sitzen sah. Sie schauten auf einen Zettel.

»Oh.« Mom sprang auf. »Was machst du denn so früh zu Hause?«

Ich ließ meinen Blick zwischen ihnen hin- und herwandern. Irgendetwas war hier faul.

»Ist Macallan okay?«

Mom warf Mr Dietz einen nervösen Blick zu. Er stand auf. »Jaja, ihr geht's gut. Ich war bloß in der Gegend ...« Er versuchte, möglichst unauffällig, den Zettel vom Tisch verschwinden zu lassen, aber es war zu offensichtlich.

»Was ist das?« Ich deutete auf das Papier in seiner Hand.

»Ähem ...« Mom und er tauschten wieder nervöse Blicke. »Ich habe deine Mutter um Rat gebeten. Es geht um ein paar Küchenutensilien, die ich Macallan zum Geburtstag besorgen wollte.«

Aus irgendeinem Grund kaufte ich ihm das nicht ab. »Tatsächlich? Kann ich mal sehen?«

»Mr Dietz war gerade auf dem Weg nach draußen«, sagte Mom. In dem Moment hörte ich, wie sich die Kaffeemaschine ausschaltete. Mom kochte grundsätzlich keinen Kaffee für sich allein. Das machte sie nur, wenn sie Besuch hatte.

»Genau.« Er verabschiedete sich. »Ich hab mir nur kurz freigenommen und bin auf einen Sprung vorbeigekommen. Oh, und Levi, ich hatte vor, Macallan damit zu überraschen, bitte verrate ihr also nicht, dass ich hier war.«

Der Gedanke, Macallan zu hintergehen, gefiel mir nicht, schon gar nicht, weil unsere Beziehung sowieso schon auf so wackeligen Füßen stand. Aber in Anbetracht von Macallans Verhalten und dem Geheimtreffen unserer Eltern, drängte sich der Verdacht auf, dass hier irgendetwas vorging, das sie mir nicht sagten.

Das alles war äußerst rätselhaft. Und dafür war ich nicht in der Stimmung.

In der Woche darauf schienen Mom und Mr Dietz oft miteinander zu telefonieren. Nicht, dass Mom mir gesagt hätte, wer am Apparat war. Ich musste heimlich auf ihr Handy schauen.

Ich vermutete, dass Macallan wusste, was vor sich ging. Am Samstag, bevor die Schule wieder begann, ging ich zu ihr rüber. Gewöhnlich schloss ich einfach selber auf, aber da sich Macallan in letzter Zeit in meiner Gegenwart so unbehaglich zu fühlen schien, klingelte ich.

»Oh, hey.« Mir war sofort klar, dass Macallan mich nicht sehen wollte. Mit Sicherheit wusste sie, was Sache war. Und ich hatte nicht vor, das Haus zu verlassen, bis sie ausgepackt hatte.

Wir gingen in die Küche, wo ein Teig und Mehl auf der Arbeitsplatte lagen.

»Ich mache Pasta«, sagte sie, während sie den Teig zu bearbeiten begann.

An dieser Stelle hätte sie mich normalerweise zum Abendessen eingeladen. Das machte sie immer so. Aber seit sie wieder zurück war, hatte ich keine Einladung mehr bekommen. Die einzigen Male, die wir gemeinsam gegessen hatten, waren der Abend ihrer Rückkehr gewesen und unsere

Familienessen am Sonntagabend. Bei dem Gedanken, mich morgen Abend wieder an ihren Esszimmertisch setzen zu müssen, fühlte ich mich richtig unwohl. Es standen einfach zu viele Fragen zwischen uns.

Ich beschloss, nicht mehr weiter um den heißen Brei zu schleichen. »Verheimlichst du mir irgendetwas?«

Macallan stoppte in der Bewegung. *Ich hatte es gewusst.*

»Wovon redest du?« Sie bestäubte den Teig mit Mehl und drehte sich um, sodass ich ihr Gesicht nicht mehr sehen konnte.

»Ich glaube, dass irgendetwas mit dir los ist. Du tust es gerade schon wieder.«

Sie versuchte, es herunterzuspielen. »Kochen? Jup, genau das mache ich gerade, Levi. Hol die Polizei!« Sie lachte, aber es klang unsicher, fast schon aufgesetzt. Sie wollte, dass ich so tat, als sei alles ganz normal.

Dummerweise hatte ich das aber nicht vor.

Genug war genug.

»Komm schon, Macallan. Ich bin kein Idiot. Du meidest mich. Unsere Eltern tuscheln ständig miteinander. Was sollten sie sonst zu bereden haben, wenn nicht etwas über einen von uns?«

»Keine Ahnung. Sie sind befreundet – seit wann dürfen sich Freunde nicht mehr unterhalten? Hör auf, daraus eine Verschwörungstheorie zu machen. Freunde reden miteinander.«

»Ja, Freunde reden miteinander. Aber genau das tun wir beide nicht mehr.« Sie beachtete mich nicht weiter und fuhr fort, den Teig auszurollen. »Kannst du bitte mal für einen Moment aufhören und mit mir reden? Bitte?« Ich holte ihr einen Stuhl, damit sie sich neben mich setzen konnte.

Sie zögerte. Normalerweise war sie nicht so zurückhaltend, mir gegenüber. Macallan setzte sich mit einem Geschirrtuch in der Hand neben mich. Systematisch entfernte sie damit das Mehl von ihren Händen und weigerte sich immer noch, mich anzusehen.

»Macallan, kannst du mir bitte sagen, was los ist? Seit du zurück bist, bist du anders als sonst. Als würdest du dich in meiner Nähe nicht mehr wohlfühlen.«

Endlich schaute sie mich an. Sie sah verängstigt aus. »Es ist nur so ... in Irland hatte ich viel Zeit zum Nachdenken. Und seit ich wieder zurück bin, ist tatsächlich vieles anders. *Ich* habe mich verändert. Vermutlich ist es bloß ...« Sie senkte ihren Blick. »Levi, ich glaube, unsere Freundschaft musste in letzter Zeit eine Menge verkraften, ich möchte da nicht noch mehr Spannung hineinbringen. Ganz im Ernst. Können wir das nicht ein andermal besprechen? Bitte.«

Ich wollte ihr ja Freiraum lassen, aber hatten acht Wochen im Ausland nicht ausgereicht? Allmählich machte mich das fertig. Ich war Macallan gegenüber immer ehrlich gewesen, konnte aber das Gefühl nicht loswerden, dass sie mich belog. Schon wieder.

Ich hatte so viel Rücksicht auf Macallan und ihre Gefühle genommen, aber was war mit meinen? Ich hatte gelitten, als sie verreist war. Ich hatte versucht, ihr alles zu geben, von dem ich dachte, dass sie es haben wollte – meine Zeit, meine Aufmerksamkeit – und es reichte immer noch nicht.

Aber diesmal war ich nicht schuld. Sie war diejenige, die gegangen war. Sie war diejenige, die nie da war. Sie war diejenige, die ständig absagte.

Ich war die ganze Zeit über da gewesen, hatte darauf gewartet, dass sie zurückkam. Aber es fühlte sich immer noch so an, als sei sie weg.

Und ich war es müde, zu warten.

»Du hast mich im Stich gelassen.« Die Worte ploppten so schnell aus meinem Mund, dass ich keine Chance hatte, sie wieder einzufangen. »Ich habe dir gesagt, was ich für dich empfinde, und du hast mich einfach sitzen Lassen und bist abgehauen. Hast du irgendeine Ahnung, wie sehr mich das verletzt hat? Aber ich habe dir deinen Freiraum gelassen und nichts gesagt, weil ich gehofft hatte, dass zwischen uns alles wieder in Ordnung kommen würde, sobald du zurück wärst. Aber das ist nicht der Fall. Ich weiß nicht, was ich sonst noch machen soll, weil *ich* benehme mich ja nicht komisch.«

»Ach ja?« Ihre Stimme schnellte in die Höhe. »Jetzt schiebst du mir die Schuld in die Schuhe? Ja, du hast gesagt, was du für mich empfindest. Du hast die Tür offen stehen gelassen. Und dann komme ich wieder nach Hause und du schlägst sie mir ins Gesicht.«

»Eine *Tür?* Was für eine Tür soll ich dir ins Gesicht geschlagen haben? Ich konnte es kaum erwarten, dass du wieder nach Hause kommst!«

Anstatt mich anzubrüllen, geriet ihre Stimme ins Schwanken. »All die Zeit, die ich in Irland war, habe ich an dich gedacht. Du hattest mir echt jede Menge Stoff zum Nachdenken gegeben. Und ich habe nachgedacht, Levi. Ausgiebig. Ich wollte, dass das mit uns funktioniert. Ich habe mir das so sehr gewünscht. Ich bin aus dem Flieger gestiegen und dachte, alles würde gut werden. Und dann hast du mir den Boden unter den Füßen weggezogen. Ich muss immer wieder daran denken, wie das Flugzeug in Chicago gelandet ist.

Wie anders die Dinge jetzt sind, verglichen mit dem, was ich mir vorgestellt hatte. Wie blöd ich doch gewesen bin. Ja, es stimmt, Levi, ich bin nicht mehr so oft für dich da, aber du genauso wenig für mich.«

»Meinst du das ernst? Ich bin die ganze Zeit *hier* gewesen, Macallan. *Du* bist diejenige gewesen, die abgehauen ist. Die *mich* verlassen hat. Und *du* bist diejenige, die mich meidet. Ich habe Monate darauf gewartet, dass du zurückkehrst, und jetzt bist du wieder hier, aber nicht *wirklich*. Also sag mir einfach, was du von mir willst, denn mir steht's bis hier, alles erraten zu müssen, und mir steht's bis hier, das Gefühl zu haben, es dir einfach nicht recht machen zu können. Also bitte, klär mich auf.«

Sie öffnete den Mund, dann klappte sie ihn wieder zu. Ihr Blick war fest auf den Boden gerichtet. Sie weigerte sich, mich anzusehen.

Ich wollte, dass sie aufstand und kämpfte. Für unsere Freundschaft kämpfte, aber ich wusste bereits, dass sie mich abgeschrieben hatte. Und in diesem Moment war es mir plötzlich egal. Warum war ich allein dafür verantwortlich, das zwischen uns in Ordnung zu bringen? Ganz besonders, wenn ich keine Ahnung hatte, was ich noch hätte machen können. Egal, was ich tat, nichts schien ihr gut genug zu sein. Sie erwartete immer zu viel von mir. Und hier lag der Kern des Problems: Macallan wollte mich nicht mit anderen teilen.

Ich stand auf und ging in Richtung Haustür. Hätte sie irgendetwas gesagt, wäre ich umgekehrt. Aber das tat sie nicht.

Sobald die Tür ins Schloss fiel, fiel mein Ärger von mir ab. Ich war erschöpft von den permanenten Fragen. Von dem Theater.

Ich machte mich auf den Nachhauseweg. Vergrößerte

den Abstand zwischen mir und meiner ehemaligen besten Freundin.

Wenn die Dinge so lagen, dann war es besser, ihnen ins Gesicht zu sehen, als sich etwas vorzumachen. Mit jedem Schritt spürte ich eine neue Freiheit in mir.

Vielleicht war Macallans Reise nach Irland das Beste gewesen, was mir passieren konnte. Sie bewies, dass ich Macallan nicht brauchte, um glücklich zu sein. Stimmt schon, ich hatte sie vermisst. Aber es war eher die Erinnerung an sie. Daran, wie es mal gewesen war. Sie hatte sich verändert und ich mich auch. Scheinbar klammerten wir uns beide an jemanden, den es so nicht mehr gab.

Genau in dem Moment traf ich die Entscheidung, dass ich nichts weiter wollte, als möglichst unbeschwert durch die elfte Klasse zu kommen.

Wenn das bedeutete, dass es ohne Macallan stattfinden musste, so war es das eben. Ich hatte genug von ihren Spielchen.

An den Sonntagabenden taten wir so, als ob. Glücklicherweise musste ich das nur in den ersten zwei Schulwochen durchziehen, bis ich mir Entschuldigungen einfallen ließ, um mich vor den Abendessen zu drücken.

Es machte nichts. Mein Geburtstag war toll. Nach dem Spiel kamen die Jungs vorbei. Stacey brachte ein paar ihrer Freundinnen mit. Natürlich hatte Mom Macallan eingeladen, aber glücklicherweise hatte sie keine Zeit. Sie schenkte mir nicht einmal etwas. Ihr Geburtstag war ein paar Wochen später und ich wollte es genauso halten.

Wenn unsere Familien doch bloß kapiert hätten, was los

war, und aufgehört hätten, uns zu zwingen, Zeit miteinander zu verbringen. Zum Glück hatte ich die Samstagabende immer frei und konnte sie mit meinem Mädchen verbringen. Meinem *richtigen* Mädchen.

Stacey war mit der ganzen Macallan-Sache supercool umgegangen – im Klartext: Sie hatte das Thema nie erwähnt. Sie konzentrierte sich auf uns als Paar und ließ mein Macallan-Problem außen vor. Ich rechnete ihr das hoch an.

Eines Samstagabends, als sie mich mit ihrem Auto abholte, schien sie sich noch mehr als sonst zu freuen, mich zu sehen.

»Hey, Süßer.« Sie beugte sich rüber, gab mir einen Kuss und ihr Pferdeschwanz strich mir dabei über die Wange. »Was hältst du davon, heute Abend mal ein anderes Restaurant auszuprobieren? Einverstanden?«

»Klar.« Ich zuckte mit den Schultern. Meine Laune war nicht besonders gut. Gestern Abend hatten wir unser drittes Saisonspiel gehabt und ich hatte immer noch nicht mitspielen dürfen. Ich war schnell, wurde beim Fangen besser, aber der Coach ließ mich nicht aufs Spielfeld. An ihm konnte ich meinen Frust ja nicht auslassen. Also bekamen die anderen um mich herum alles ab.

»Wo geht's denn hin?«, fragte ich, als Stacey auf den Parkplatz eines Hotels bog.

»Ich hab gehört, dass das Restaurant hier wirklich gut sein soll.« Sie lachte unsicher.

Ich stieg aus. Stacey schaute auf ihr Handy. »Kannst du kurz warten? Ich muss noch schnell jemanden anrufen.«

»Kein Problem.« Ein Hotel kam mir ziemlich schräg vor, um essen zu gehen. Aber egal. Normalerweise wusste Stacey genau, was sie tat.

Aber dann wurde es immer merkwürdiger.

»Levi?« Ich drehte mich um und sah Macallan und Danielle. »Was machst du denn hier?«

»Was *ich* hier mache? Was machst *du* hier?«

Danielle warf uns beiden einen Blick zu und trat zwischen uns. »Völlig verrückt, oder? Vermutlich ist das hier der neue Insider-Treffpunkt.« Sie lachte, als Stacey zu uns kam.

»Hey, Mädels«, begrüßte Stacey Macallan herzlich. »Wie verrückt, dass ihr auch hier seid.« Sie tauschte einen Blick mit Danielle. »Hmm, ich denke mal, wir sollten reingehen.« Sie lief los. Danielle blieb neben ihr und machte ihr ein Kompliment zu ihren Schuhen. Mir blieb nichts anderes übrig, als neben Macallan zu gehen.

»Verfolgst du mich?«, fragte ich sie.

Sie stöhnte. »Ja, genau.«

»Ich finde es bloß ein bisschen komisch, dass du hier bist. Ich wusste nicht einmal, dass dieses Hotel ein Restaurant hat.«

»War nicht meine Idee – sondern Danielles«, sagte sie kalt.

»Wie praktisch für dich.«

Danielle und Stacey lotsten uns hinein und blieben vor einer riesigen Doppeltür stehen. Es war total nervig, dass ich genau in dem Restaurant landen musste, wo Macallan war. Und ich bezweifelte stark, dass es sich um einen reinen Zufall handelte. Es war ja ziemlich offensichtlich, dass sie es ohne mich nicht aushielt.

Macallan blieb stehen und schaute mich direkt an, als könnte sie meine Gedanken lesen. »Komm mal klar, Levi.« Sie stellte sich vor mich.

»Nach Ihnen!«, sagte Stacey, während sie und Danielle die Doppeltür aufzogen.

Ich setzte einen finsteren Blick auf, als ich den Raum betrat, um ihnen zu zeigen, wie sehr mir diese ganze Situation gegen den Strich ging.

»ÜBERRASCHUNG!!!«, erklang es laut durch den großen Ballsaal. Ich brauchte eine Sekunde, bis ich verstand, was los war, als ich in die Gesichter von Freunden und Familie starrte, die mich begrüßten. Dann sah ich das Schild: HERZLICHEN GLÜCKWUNSCH ZUM 16., MACALLAN UND LEVI!

Unsere Eltern hatten sich heimlich getroffen, um eine Geburtstagsparty zu planen.

Ich drehte mich zu Macallan um, die genauso geschockt aussah, wie ich mich fühlte. Sie hatte mich also doch nicht angelogen, als sie behauptete, sie wüsste nicht, worum es ging. Aber sie belog mich mit etwas anderem.

Mom kam lachend zu uns. »Na, wie waren wir? Haben wir euch überrascht?«

Ich glaube kaum, dass ich je in meinem Leben so schockiert gewesen bin.

Völlig ahnungslos, das kann man wohl sagen.

Ich weiß, die haben uns erwischt.

Ich meinte damit unsere Eltern. Wie konnten sie nicht mitkriegen, dass wir nicht mal mehr miteinander gesprochen haben?

Genau, wir haben nicht mehr miteinander gesprochen und die schmeißen eine Überraschungsparty für uns beide.

Noch schockierender finde ich, dass Danielle meinem Dad nichts gesagt hat. Sie kann doch sonst kein Geheimnis für sich behalten.

Wie du?

Ach ja, ich war ja diejenige, die sich kindisch verhalten hat.

Mann, ich war ja so ein Idiot.

Entschuldige, ich glaube, ich habe das nicht ganz verstanden. Könntest du das noch einmal wiederholen?

Ja, ich war ein Idiot, ein Vollidiot. Ich hätte selbst nicht mehr mit mir befreundet sein wollen.

Und dabei denken alle, Mädchen sind so emotional.

Noch einmal, ich war wirklich nicht ganz zurechnungsfähig, nachdem *du mich sitzen gelassen hattest*.

Und da fragst du dich, warum ich das Land verlassen habe?

13.

Zuerst war ich total schockiert, als die Gruppe vor mir völlig unerwartet »ÜBERRASCHUNG!« brüllte. Und ab da wurde der Abend immer unwirklicher.

Dad kam zu mir und umarmte mich stürmisch, Onkel Adam tat es ihm nach.

Dad strahlte. »Und ich dachte, du wärst viel zu klug, um dich von deinem alten Dad überrumpeln zu lassen.«

Ich schaute mich um und entdeckte ungefähr fünfzig Menschen aus den unterschiedlichsten Bereichen meines Lebens. Zum größten Teil waren es Mitschüler und Familienmitglieder, meine Freunde aus dem Kochkurs rundeten die Gruppe ab.

Es war nicht schwer festzustellen, wer zu Levi gehörte und wer zu mir. Wie bei der Hochzeit, auf der wir im Sommer vor dem Unfall gewesen waren. Moms College-Freundin heiratete einen Mann, den Mom nicht mochte. Die Gäste von Suzanne trugen alle Anzüge oder Kleider. Die Leute, die zum Bräutigam gehörten, sahen völlig anders aus. Ich hörte, wie Mom ein paar Mal »tss, tss« machte, als die Gäste in Stoffhosen oder Jeans hineinkamen. Einige hatten sogar Shorts an.

»Wer geht denn in Jeans auf eine Hochzeit?«, hatte Mom flüsternd gefragt. Ich hatte bloß mit den Schultern gezuckt. Damals war ich erst zehn Jahre alt gewesen, darauf wusste ich also wirklich keine Antwort.

Sechs Jahre später hatte ich immer noch auf viele Fragen keine Antwort.

Levi ging rüber zu seinen Freunden vom Sport. In diesem Moment bemerkte ich, dass Emily da war. Levis Mom hatte sie bestimmt nicht eingeladen, da war ich mir ziemlich sicher. Ich versuchte, mich zurückzuerinnern, ob ich meinem Dad irgendwann offiziell mitgeteilt hatte, dass wir nicht mehr befreundet waren. Sie war schon seit Jahren nicht mehr bei uns zu Hause gewesen.

Emily winkte mir unsicher zu und kam dann zögernd zu mir herüber. »Herzlichen Glückwunsch, Macallan.«

»Danke«, sagte ich, während wir uns etwas steif umarmten.

»Tolle Party!«, sagte sie und ließ ihren Blick durch den Saal schweifen.

»Ja.« Es war wirklich eine tolle Party.

»Egal, ich weiß, es ist schon eine Weile her, aber heute ist dein großer Tag und ich habe ein kleines Geschenk für dich.« Sie reichte mir ein in Geschenkpapier eingewickeltes Kästchen.

»Oh, das wäre doch gar nicht nötig gewesen«, protestierte ich. Sie zuckte mit den Schultern. Ich hatte keine Ahnung, ob ich mit dem Auspacken der Geschenke warten sollte, aber da ich von dieser Party nicht einmal gewusst hatte, würde man es mir bestimmt nachsehen, wenn ich mich nicht an die Tagesordnung hielt.

Behutsam wickelte ich die Schachtel aus, öffnete sie und entdeckte eine silberne Kette mit einem fein gearbeiteten Anhänger in Form einer Blume.

»Die kannst du zu so ziemlich allem tragen«, sagte Emily.

»Danke, vielen, vielen Dank!« Emily wusste, was für eine Niete ich in Sachen Accessoires war. Dieses Gen hatte ich offensichtlich nicht geerbt. Ich öffnete den Verschluss der Kette und legte sie um meinen Hals.

»Warte, ich helfe dir.« Ich hielt meine Haare hoch, während Emily die Kette schloss. Der Anhänger fiel genau in die Mitte des U-Ausschnitts meines T-Shirts.

»Perfekt!«, verkündete sie.

Ich lächelte Emily dankbar an. Auch wenn wir uns entfremdet hatten, wenn es um mein Mädchen-Ich ging, kümmerte sie sich. Wir sahen uns beide an, unschlüssig, was wir jetzt machen sollten. Es war so seltsam, ihr, die zehn Jahre meine beste Freundin gewesen war, gegenüberzustehen und sich nichts zu sagen zu haben. Ich fragte mich, ob es zwischen mir und Levi auch so werden würde. Wir sprachen ja bereits nicht mehr miteinander.

Ich warf ihm einen Blick zu und sah, wie unbeschwert er mit seinen Freunden lachte. Meine Wut auf Levi hatte nichts damit zu tun, dass er Freunde hatte. Ich war wütend auf ihn, weil er von der Liebe gesprochen hatte, um sie mir dann wieder zu nehmen. Ich hatte nur versucht, mich zu schützen, um nicht verletzt zu werden – das war ein automatischer Reflex. Aber ich hatte es Levi erlaubt, mein Freund zu werden und dann sogar mein bester Freund. Und als mein Flugzeug in Chicago landete, war ich bereit gewesen, ihm mein Herz ganz zu öffnen. Ihn so zu lieben, wie ich dachte, dass er mich liebte.

Aber dann hatte er mir alles genommen. In den ersten paar Tagen war es Folter gewesen, ihn zu sehen.

Meine Gedanken wurden zurück zur Party gelenkt, als unsere Eltern am Ende des Raumes um die Aufmerksamkeit der Gäste baten. Ich ahnte, dass es jetzt wahrscheinlich gleich peinlich werden würde.

»Alle mal bitte herhören!« Dad klopfte mit seiner Gabel ans Glas. Ein gellender Pfiff von Onkel Adam brachte den Saal zur Ruhe. »Vielen Dank, dass ihr heute Abend hergekommen seid. Und unser kleines Geheimnis für euch behalten habt.« Ein paar Lacher aus dem Publikum. »Können die beiden Geburtstagskinder mal herkommen?«

Levi und ich kamen aus entgegengesetzten Richtungen und wurden mit höflichem Applaus und ein paar Buhrufen aus der Ecke der Sportler begrüßt.

Mrs Rodgers sah überglücklich aus. »Ich muss ja sagen, ich war fest davon überzeugt, dass Levi mich durchschaut hatte, er war so neugierig und hat so viele Fragen gestellt.«

»Was einem immer zu denken geben sollte«, warf Dr. Rodgers ein und legte seinen Arm um Levis Schulter. Als Levi da so neben seinem Dad stand, wurde mir erst klar, wie sehr sie sich ähnelten, außer, dass sein Dad dunkle Haare hatte.

Levi sah verkrampft aus und er wirkte alles andere als begeistert. Doch dann, als sein Dad ihn liebevoll in die Seite stieß, breitete sich ein Lächeln auf seinem Gesicht aus.

Mrs Rodgers übernahm wieder. »Bruce und ich können gar nicht zum Ausdruck bringen, wie viel Macallan uns bedeutet, und dasselbe gilt für Bill und Adam. Sie haben uns Westküstler so warmherzig willkommen geheißen und uns zu einem Teil ihrer Familie gemacht.« Sie kam zu mir und griff nach meiner Hand. »Ich bin so dankbar, dass Levi eine so aufopfernde und liebevolle beste Freundin hat.«

Ich schielte kurz zu Levi rüber, aber sein Blick war starr auf den Boden gerichtet. Vielleicht war *das hier* genau das, was wir brauchten, um zwischen uns alles wieder zu dem zu machen, was es früher gewesen war. Alles, was seine Mom gesagt hatte, stimmte (ganz besonders der Teil, dass ich so aufopfernd und liebevoll war; nur »bescheiden« hatte sie noch vergessen).

Ich hatte mich nach meiner Rückkehr zurückgezogen, vor allem, weil ich versuchen wollte, mit den neuen Gegebenheiten klarzukommen, die mich erwartet hatten. Dann hatte Levi mich an jenem Tag in der Küche mit all diesen Anschuldigungen und verletzenden Worten überschüttet.

Ich war fest davon überzeugt gewesen, dass er zurückkommen und sich entschuldigen würde. Aber er war einfach gegangen.

Ich wollte meinen alten Levi wiederhaben. Wenn auch nur als Freund.

Sein Angriff hatte mir klargemacht, wie zerbrechlich unsere Beziehung war. Aber er war für mich so wahnsinnig wichtig. Ich würde ihn zurücknehmen, egal wie. Sicher, zwischen uns würde immer etwas Unausgesprochenes stehen. Etwas, das uns zueinanderzog. Aber war es eine Highschool-Romanze wirklich wert, unsere Freundschaft zu opfern?

Nein, wir waren besser dran, wenn wir Freunde blieben.

Ich wartete den ganzen Abend. Wartete während all der Reden und des Grillens, während des Geburtstagsliedes und des Kuchenessens, der Tänze und der Geschenke. Ich sehnte mich danach, dass Levi zu mir hinüberkam und alles wieder in Ordnung brachte.

Doch ich wartete auf eine Entschuldigung, die nie kommen würde.

Ich habe keine Ahnung, was mich dazu brachte, zum letzten Saisonspiel der Football-Mannschaft zu gehen. Onkel Adam war überglücklich, mir auf der Tribüne Gesellschaft zu leisten. Er ging zu jedem Highschool-Spiel und trug stolz die Farben Orange und Blau. Meine Ausrede war, dass ich Danielle in der Marschkapelle anfeuern wollte. Ich winkte sogar Emily ein paar Mal zu, die unten auf dem Spielfeld mit den Cheerleadern performte.

Das war meine Ausrede. In Wirklichkeit wollte ich dabei sein, falls Levi endlich doch noch eine Chance bekam zu spielen. Es lag nicht daran, dass er schlecht war, aber in seinem Team spielten auf seiner Position nur Zwölftklässler, die alle extrem gut waren und deswegen den Vorzug bekamen.

Ich wusste nicht, wie lange ich noch zu Levi halten würde. Seit der Party hatten wir kaum ein Wort miteinander gewechselt. Wir liefen im Flur aneinander vorbei und er grüßte mich mit diesem knappen Kopfnicken, das einem zu verstehen gibt, dass man zur Kenntnis genommen worden, aber einer echten Begrüßung nicht wert ist. Ich bemühte mich, dieses Verhalten nicht zu nahe an mich heranzulassen, aber von Tag zu Tag verletzte es mich mehr. Manchmal dachte ich, dass es am besten wäre, einen Schlussstrich zu ziehen und ohne ihn weiterzumachen. Ich hatte schon einmal überlebt, dass eine enge Freundschaft in die Brüche gegangen war. Ich hatte schon viel Schlimmeres überstanden, als einen Freund zu verlieren.

Aber etwas in mir wollte die Hoffnung nicht ganz aufgegeben.

»Nun macht schon, Jungs!«, brüllte Adam, als das gegnerische Team einen Touchdown für sich verbuchte und dadurch mit zehn zu sieben führte. Uns blieben weniger als zwei Minuten bis zum Spielende. Es stand dermaßen knapp, dass Levi keine Chance haben würde, eingewechselt zu werden, so viel war mir klar. Wir schauten zu, wie die Zeit auf der Anzeigetafel langsam dahinschwand, bis nur noch dreißig Sekunden blieben. Ich begann, die Decke zusammenzufalten, die auf meinem Schoß lag, und bereitete mich darauf vor, zum Ausgang zu gehen.

Doch als gepfiffen wurde, wurde meine Aufmerksamkeit wieder auf das Spielfeld gelenkt. Irgendein Tumult war entstanden, Flaggen wurden geschwenkt.

»Was ist denn los?«, fragte ich.

Adam warf einen prüfenden Blick nach unten. »Entweder Foulspiel oder irgendjemand hat sich verletzt.«

Nachdem die Körper sich langsam aus dem Knäuel auf dem Spielfeld gelöst hatten, blieb ein Spieler zurück. Er lag auf dem Rücken und umklammerte sein Knie.

Im gesamten Stadion herrschte Stille, während der Coach und sein Assistent aufs Spielfeld rannten, um die Lage zu sondieren. Die anderen Spieler standen zusammen wie eine Mahnwache, sie sorgten sich vermutlich um ihren Mitspieler und waren einmal mehr damit konfrontiert, wie verletzbar so ein menschlicher Körper war.

Die Zuschauermenge fing an zu applaudieren, als der Spieler vom Feld humpelte, den einen Arm um den Trainer gelegt.

»Hey, das war Kyle Jankowski«, sagte Adam und klatschte lauter.

Armer Kyle, dachte ich. Dann erst kam bei mir an, dass Kyle auf derselben Position wie Levi spielte.

Ich schaute zu Mrs Rodgers rüber und unsere Blicke trafen sich. Ich war mir nicht sicher, ob es okay war zu hoffen, dass Levi spielen dufte, wenn es auf Kosten der Gesundheit eines anderen Spielers ging. Aber das war genau das, was passierte.

Levi trabte aufs Spielfeld.

»LEVI, LEVI!«, brüllte Adam laut und klopfte mir auf den Rücken.

Ich spürte, wie mein Herz schneller schlug. Allerdings war ich mir sicher, dass es nichts im Vergleich zu dem war, was Levi gerade durchmachte.

Das Team nahm Aufstellung und der Ball landete bei Jacob Thomas, dem Quarterback. Er lief rückwärts, die Spieler im Auge behaltend, die ihn verfolgten. Jacob nahm sich immer mehr Zeit als die meisten anderen Quarterbacks im Bezirk, denn er hatte Keith als *Tackle* an seiner linken Seite. Kein Spieler der gegnerischen

Mannschaft hatte eine echte Chance, zu ihm durchzudringen, solange Keith Jacob abblockte.

Dann schleuderte Jacob den Ball quer über das Feld. Ich hielt die Luft an. Ich wusste nicht, ob ich mir wünschen sollte, dass der Ball zu Levi flog oder nicht. Natürlich wollte ich, dass er punktete, aber ich wollte auch nicht, dass er den Ball fallen ließ und damit die Niederlage verantworten musste.

Ich hatte es schon immer unfair gefunden, dass ein Spieler gefeiert oder verdammt wurde, je nachdem, ob er in den letzten Sekunden des Spiels entscheidende Punkte erzielte oder nicht. Alle im Team hatten dafür gesorgt, dass es zu diesem Moment kam. Ein Spieler macht noch keine Mannschaft und erst recht keinen Sieg aus.

Der Pass war zu kurz. Schnell rückte die Mannschaft zur Vierzig-Meter-Linie vor. Die Uhr zeigte für den Spielzug weniger als zwanzig Sekunden an. Der Ball wurde zum Quarterback durchgereicht. Jacob wich nach hinten aus und suchte nach einer Lücke. Nur noch fünfzehn Sekunden. Die Zuschauer waren aufgesprungen. Der Ball segelte durch die Luft. Er flog direkt auf Levi zu, der Richtung Endzone rannte.

Ich könnte schwören, in diesen paar Sekunden blieb die Zeit stehen. Das ganze Stadion hielt die Luft an. Alle Augen waren auf die Flugbahn des Balles gerichtet.

Levi streckte seine Arme aus, hochkonzentriert.

Er sprang leicht hoch und fing den Ball. Für einen winzigen Moment zögerte er, wahrscheinlich vor Staunen, dass der Ball sicher in seinen Händen gelandet war. Dann drehte er sich um und sprintete in die Endzone.

Auf den Tribünen brandete Applaus auf, während die verbleibenden Spieler sich in der Endzone sammelten, um ihren Sieg zu feiern.

Adam und ich umarmten uns. Wir umarmten die Zuschauer neben uns. Ich drängte mich zu Levis Mom und Dad durch.

»Das war ja unglaublich!«, sagte ich, als Mr Rodgers mich in die Luft hob.

Mit Levis Eltern gemeinsam zu feiern, fühlte sich richtig an. Sie waren für mich wie Familie – daran hatte sich nichts geändert. Ich wusste, dass wir eines Tages wieder dort sein würden, wo wir gewesen waren. Familie schreibt man nicht einfach so ab.

Ich warf einen Blick nach unten auf das Spielfeld. Stacey kam mit den anderen Cheerleadern angerannt und tauchte in den Tumult ein. Er küsste sie rasch, bevor das Team ihn in die Luft hob.

Levi strahlte. Das war genau das, was er sich immer gewünscht hatte: Teil der Mannschaft zu sein. Einer der Jungs.

Mein Hochgefühl verflog schnell. Während mir klar war, dass ich mich für ihn freuen sollte, musste ich der Wahrheit ins Gesicht sehen.

Ich wusste in diesem Moment, dass ich ihn für immer verloren hatte.

Es ist wirklich erstaunlich, welchen Einfluss die Tatsache, dass man ein Spiel gewonnen hat, auf die Selbstsicherheit eines Menschen haben kann. Oder auf sein Ego.

Ich schickte Levi am Freitag nach dem Spiel eine SMS und gratulierte ihm, bekam aber nie eine Antwort. Am Montag darauf sah ich ihn auf dem Schulparkplatz und winkte ihm zu, aber er war viel zu sehr mit seiner Rolle als Sportskanone beschäftigt, die er sich immer erträumt hatte, um mich wahrzunehmen. In der Schule wurde über nichts anderes geredet – als ob wir noch nie ein Football-Spiel gewonnen hätten. Niemand schien sich daran zu erinnern, dass die ersten drei Viertel des Spiels ausgesprochen langweilig gewesen waren. Anscheinend waren es nur die letzten zwanzig Sekunden, die jetzt noch zählten. Wäre der Spielzug zwei Minuten vor Ende der Spielzeit gewesen, hätten wir schon längst das Thema gewechselt.

Und es stimmt, ich war eine schreckliche Freundin, weil ich es nicht schaffte, mich für Levi zu freuen. Aber waren wir denn überhaupt noch Freunde? Wir hatten seit Wochen kein Wort miteinander gewechselt. Er hatte wichtigere (in keiner Weise bessere) Menschen, mit denen er seine Zeit verbrachte.

Meine Verbitterung war auf dem absoluten Höhepunkt angelangt, als ich aus meinem Englischkurs kam, um die Ecke bog und Levi mit Tim und Keith zusammenstehen sah. Sie trugen ihre Letterman-Jacken und liefen mit dieser speziellen Arroganz durch den Flur, die Sportler manchmal an den Tag legen und die ich nie begriffen habe. Okay, du kannst einen Ball werfen oder einen Ball fangen oder sonst was Tolles mit dem Ball anstellen, aber müssen wir dich deswegen gleich als Helden anbeten? Bandmitglieder zogen ja auch nicht herum und gaben mit ihrem musikalischen Talent an, als müssten wir uns alle geehrt fühlen, dass sie uns mit ihrer Anwesenheit beglückten.

Ich rief mir ins Bewusstsein, dass letztendlich nur ein kleiner Prozentsatz des Teams im College-Mannschaftssport landete und ein noch kleinerer Prozentsatz davon es in den Profisport schaffen würde. Wenn's hochkam, würde Keith in zwanzig Jahren fett und mit Glatze irgendwo herumsitzen und den glorreichen Tagen seiner Highschool-Football-Karriere hinterhertrauern.

Ich wollte gerne glauben oder wenigstens hoffen, dass meine besten Jahre noch vor mir lagen. Es wäre ja viel zu deprimierend, mit dem Gedanken zu leben, dass die Highschool das Beste war, was das Leben zu bieten hatte.

»Hey, Macallan«, flötete Keith.

Ich schnitt eine Grimasse, als ich an ihnen vorbeiging.

»Oha, da hat wohl jemand seine Tage«, kicherte Keith. »Das hast du dir bestimmt auf deinem Kalender vermerkt, oder Kalifornien? Kann mir nicht vorstellen, dass du dich zu der Zeit in ihrer Nähe aufhalten willst.«

Erstens: *Igitt*. Zweitens: War das der einzige Grund, der Keith einfiel, warum man sich nicht vor Freude überschlug, wenn man ihn traf? Es konnte ja unmöglich daran liegen, dass er einfach ein Vollidiot war, also musste eine weibliche Eigenschaft schuld sein.

Ich blieb mitten im Flur stehen. Ich hätte ihn ignorieren und einfach weitergehen sollen, aber heute war ich nicht in der Stimmung, mir diesen Müll anzuhören.

»Was Besseres hast du nicht auf Lager?«, fauchte ich.

Die drei blieben stehen und alle drehten sich um, bis

auf Levi. Der murmelte irgendetwas davon, dass sie mich nicht weiter beachten sollten.

Keith feixte. »Oh, ich hab noch sehr viel mehr auf Lager, aber ich glaube kaum, dass du das verkraftest.«

Keith war daran gewöhnt zu bekommen, was er wollte. Und in diesem Moment wollte ich ihn verletzen. Ich wollte, dass zur Abwechslung er sich mal blöd fühlte.

»Glaub mir, Keith, ich bin sicher, dass ich das ohne Probleme verkrafte, denn anscheinend hast du dein gesamtes Wissen über Frauen ja nur aus dem Sexualkundeunterricht. Wetten?«

Tim gab dieses typische »Oh« von sich, das Jungs benutzen, wenn sie noch einen draufsetzen wollten. »Das hat sie eben nicht wirklich gesagt, oder?« Er lachte. Levi rührte sich nicht vom Fleck.

Keith fand das überhaupt nicht lustig. »Mal ganz im Ernst, Macallan, was Intelligenz anbelangt, bin ich dir haushoch überlegen.«

Das war nun wirklich zum Lachen.

Sein arroganter Gesichtsausdruck machte mich rasend. Er hatte mir Levi genommen und diesmal sollte er mir nicht so leicht davonkommen.

Ich beugte mich zu ihm vor. »Ein F in einer Hausarbeit steht nicht für *fantastisch, yo,* das kapierst du doch, oder?«

Keith musterte mich verächtlich und dann breitete sich langsam ein Lächeln über seinem Gesicht aus, als wüsste er, wie er mich kriegen könnte. Aber da hatte er keine Chance. Weder bei einer Verabredung, noch bei einem Streit, nirgendwo.

»Na gut.« Dann fing er an zu lallen. »Immerhin bin *ich* ja kein Halbspasti.«

Für eine Sekunde verschlug es mir die Sprache.

Ich trat ein paar Schritte auf ihn zu. Levi wich ein paar Schritte zurück. »Entschuldige, aber könntest du das bitte noch einmal wiederholen?« Ich war überzeugt, dass selbst Keith nicht so tief sinken würde.

Er winkelte seine Arme bis ans Schlüsselbein an und ließ seine Handgelenke erschlaffen, sodass seine Hände herunterbaumelten. Er machte X-Beine und fing an zu laufen, als hätte er eine Behinderung. »Weiß nicht, kann ich auch nicht, oder? Was heißt *wiederholen?*«

Bevor ich mich kontrollieren konnte, gab ich Keith einen Stoß. Grob. Er wich ein paar Zentimeter zurück. Dann lachte er. Was mich noch wütender machte.

»Macallan.« Levi packte mich am Arm. »Beruhige dich!«

Ich schob ihn aus dem Weg. »Nein, ich beruhige mich *nicht*. Und wie kannst du hier tatenlos herumstehen, während er sich über meinen Onkel lustig macht, der, wenn ich dich daran erinnern darf, immer nur nett zu dir gewesen ist? Der nie über irgendjemanden ein schlechtes Wort fallen lässt? Der mit Sicherheit nie so gemein sein würde, sich über andere lustig zu machen?« Meine Stimme überschlug sich. Ich konnte spüren, wie ich am ganzen Körper zu zittern begann.

»Himmel.« Meine Reaktion machte Keith fassungslos. »Tut mir leid, Macallan. Ich dachte, du verstehst Spaß.«

»Findest du das lustig?«, fragte ich mit kalter Stimme. Ich wollte nicht vor Keith weinen. Ich durfte ihm nicht zeigen, dass er mich tatsächlich getroffen hatte. »Du bist so erbärmlich. Ich kann's kaum erwarten, dich in zehn Jahren zu sehen, wenn dich das echte Leben außerhalb dieser Schulwände eingeholt hat.«

Sein Gesichtsausdruck wurde genauso eisig wie meine Stimme. »Du glaubst, du bist knallhart und stehst über allem, oder? Aber weißt du, was? Dass deine Mom tot ist, gibt dir noch lange nicht das Recht, hier die Zicke raushängen zu lassen.«

Eine unbeschreibliche Wut, eine Wut, die ich seit Jahren nicht mehr verspürt hatte, übernahm die Kontrolle. Auch wenn ich sehen konnte, dass er die Worte in der Sekunde bereute, in der sie aus seinem Mund kamen, war es zu spät. Keith konnte von mir aus über mich sagen, was er wollte, aber er sollte meine Mutter aus dem Spiel lassen!

Ich wollte ihn zum Schweigen bringen. Und das tat ich auf die einzige Art, die mir in dem Moment einfiel.

So viel Glück wie Levi hatte er nicht, er bekam keinen Kuss von mir. Stattdessen ballte ich meine Faust und verpasste ihm einen Schlag direkt auf seinen Kussmund.

Keith, Mr Ober-Sportskanone, flog auf seinen Hintern.

Ich beugte mich drohend über ihn. »Wenn du jemals wieder ein Wort über meine Familie verlierst, werde ich nicht mehr so schonend mit dir umgehen.«

Ich machte auf dem Absatz kehrt und stand unserem Sportlehrer, Mr Matthews, gegenüber.

»Miss Dietz, ich fürchte, Sie müssen mit mir ins Schulbüro kommen, und dasselbe gilt auch für die Herren.«

»*Sie* hat *mich* angegriffen!«, rief Keith.

»Das reicht, Mr Simon.« Mr Matthews trat zwischen uns. »Glauben Sie nicht, ich hätte nicht gehört, was Sie gesagt haben.«

Wir vier folgten Mr Matthews ins Schulbüro. Ich wurde in einen anderen Raum als die Jungs gebracht. Ich wusste, dass ich in Schwierigkeiten war. Meine bisher makellose Schülerakte stand auf dem Spiel. Aber das war mir egal. Ich war wütend. Ich war stinksauer auf die ganze Welt. Und warum auch nicht. Mir war ohne Erklärung der wichtigste Mensch genommen worden. Es gab Zeiten, in denen ich es schaffte, stark zu sein. Viele Momente, in denen ich so tun konnte, als sei alles bestens.

Aber manchmal brauchte ein Mädchen eben seine Mutter.

Die Wartezeit im Büro des Schulleiters schien sich Ewigkeiten hinzuziehen und währenddessen konnte ich darüber nachdenken, wie ich reagiert hatte. Ich erinnerte mich an einen Jungen in der vierten Klasse, der mich andauernd in den Pausen gehänselt hatte. Er rief mir Schimpfwörter hinterher und bewarf mich manchmal mit Stöcken.

Irgendwann erzählte ich meiner Mom davon. Ich sagte, dass ich den Jungen hasste und ihn verprügeln wollte.

Mom erklärte mir, dass ich nie jemanden schlagen dürfe, denn Gewalt sei keine Lösung. Wenn man jemanden schlug, zeigte man, dass man verletzt worden war. Und man sollte nie einem Menschen diese Art von Macht über einen verleihen.

Aber es war ja nicht Keith, auf den ich wütend war. Oder der mich verletzt hatte.

Endlich ging die Tür auf und ich sah meinen Vater. Ich fühlte mich schrecklich schuldig, dass er meinetwegen hierherkommen musste. Ich hatte nie gewollt, dass er mal einen solchen Anruf bekam.

»Hey, Calley«, sagte Dad mit weicher Stimme. So nannte er mich nur, wenn er sich um sein »kleines Mädchen« Sorgen machte.

Direktorin Boockmeier gab ihm mit einer Handbewegung zu verstehen, dass er Platz nehmen sollte. Ich konnte meinem Vater nicht einmal in die Augen schauen, so entsetzt war ich über mein eigenes Verhalten.

»Also gut, ich habe deinen Vater darüber informiert, was passiert ist. Es sieht so aus, als stimmten Levis und Tims Aussagen überein. Keiths Sicht auf das Ganze schien ein wenig dramatischer.« Direktorin Broockmeier spitzte ihre Lippen, als müsste sie sich das Lachen verkneifen. »Obwohl ich verstehen kann, dass er dich provoziert hat, berechtigt dich das noch nicht, auf diese Weise zu reagieren, so leid es mir tut. Wir haben an dieser Schule sehr strikte Richtlinien, was Gewalt betrifft, und du hast ihn geschlagen. Du bist für den Rest der Woche vom Unterricht suspendiert und musst zwei Wochen nachsitzen. Wenn das nicht wieder passiert, wird der Vorfall auch nicht in deiner Akte vermerkt.«

Ich war wie vor den Kopf geschlagen und gleichzeitig erleichtert. Diese Woche war *Thanksgiving,* ich verpasste also bloß zwei Schultage. Und die Chancen standen gut, dass meine Akte sauber blieb.

Ich stand eilig auf und folgte meinem Dad aus der Schule. Auf der Fahrt nach Hause hüllte er sich in Schweigen. Ich schaute nach unten auf meine schmerzende, leicht gerötete Hand.

Das Auto hielt und Dad machte den Motor aus. Ich schaute auf und stellte fest, dass wir uns auf dem Parkplatz vor *Culver's* befanden.

»Was …«, murmelte ich.

Dad drehte sich zu mir, Tränen standen ihm in den Augen. »Ich kann nicht gerade behaupten, dass es Spaß macht, einen Anruf von der Direktorin zu bekommen, Macallan. Aber dann habe ich von Frau Boockmeier und Levi gehört, was passiert ist, und, na ja … deine Mutter war einer der sanftmütigsten Menschen auf Erden. Sie hätte keiner Fliege etwas zuleide getan.«

Tränen stiegen mir in die Augen. Ich hatte meinen Vater enttäuscht und schlimmer noch, ich hatte meine Mutter enttäuscht.

»Aber« – er legte seine Hand auf meine – »sie hätte es nie geduldet, dass jemand über ihre Familie herzieht. *Das* hätte kein gutes Ende genommen. Deine Mutter hätte sich ganz genauso verhalten, Süße. Du erinnerst mich jeden Tag mehr und mehr an sie, und auch, wenn ich dir vielleicht nicht in allem helfen kann, wie sie es gekonnt hätte, bin ich wahnsinnig stolz auf dich. Sie wäre es auch gewesen.«

»Wirklich?« Die Tränen wurden mehr.

»Natürlich.« Dad umschloss meine Hand mit festem Griff. »Und ich weiß, dass sie genau in diesem Moment auf dich herabschaut, vermutlich mit einem kleinen

Lachen, und wünscht, sie könnte hier bei dir sein. Sie möchte, dass ich dir ein Eis spendiere, weil du so tapfer bist und dich für deinen Onkel und dich selber eingesetzt hast.«

Ich stellte mir Mom vor, wie Dad sie eben beschrieben hatte, und wusste, dass es stimmte. Sie hätte nie zugelassen, dass jemand Adam nicht als normal angesehen hätte. Mein Dad hatte mir erzählt, dass eine ihrer Eigenschaften, in die er sich bei ihrem Kennenlernen verliebt hatte, die Tatsache war, dass Mom ihren jüngeren Bruder immer wie einen normalen Erwachsenen behandelte. Genauso wie jeden anderen. Mit Sicherheit hätte sie es nie geduldet, dass jemand sich ihm oder mir gegenüber anders verhielt.

»Sehe ich da etwa ein Lächeln?«, fragte Dad.

Ich nickte. »Du hast recht. Ich weiß, dass Mom stolz gewesen wäre. Sie wäre auf uns beide stolz gewesen, Dad.« Meine Worte schienen ihn zu überraschen, aber ich war ja nicht die Einzige, die jemanden verloren hatte. »Lass uns Eis essen gehen.«

Es tut mir ja so leid, Macallan. Du weißt, was für ein schrecklich schlechtes Gewissen ich deswegen habe. Ich hätte eingreifen sollen, *ich* hätte ihn verprügeln sollen. Ich kann nicht glauben, dass ich so ein Schwächling gewesen bin. Es ist echt ein Wunder, dass du danach überhaupt noch mal mit mir gesprochen hast. Und ich bin dankbar, dass ich deinen rechten Haken nie zu spüren gekriegt habe.

Es tut mir wahnsinnig leid, ich weiß, ich hätte darüber jetzt keinen Witz machen sollen.

Ich bin so ein Idiot.

Himmelkreuzdonnerwetter, dafür verdiene ich glatt eine Ohrfeige.

Es tut mir ja so leid.

Vergessen wir das einfach.

14.

Ich musste einen klaren Kopf bekommen.
Also machte ich das Einzige, was mir in den Sinn kam, damit ich mich wieder besser fühlte: Ich ging laufen.

Da die Football-Saison zu Ende war, brauchte ich mir keine Gedanken zu machen, wie lange ich rannte und ob ich zu viele Kalorien verbrannte. Ich brauchte mich nicht darum zu kümmern, mein Gewicht zu halten. Ich musste überhaupt nicht nachdenken.

Ich konnte einfach nur laufen.

Ich muss zugeben, dass es ein großartiges Gefühl gewesen war, den Ball zu fangen und den Applaus zu hören. Ich kann verstehen, wie solch ein Moment zu einem Fallstrick werden kann. Wenn man einen Augenblick, in dem man sich unbesiegbar gefühlt hat, immer wieder erleben möchte.

Mein Dad hat einen Freund, der ihn ständig dazu bringt, diese alte Geschichte – es geht um ein Baseball-Spiel aus ihrer Schulzeit – zu erzählen. Jedes Mal, wenn der Typ zu Besuch ist, gibt mein Dad sie zum Besten. Und wir sitzen dann alle da, als hätten wir sie nicht schon zum millionsten Mal gehört. Ich fand es immer erbärmlich, wie man auf so etwas Unbedeutendes wie ein Spiel, einen einzigen Spielzug, zurückblicken und es für den wichtigsten Moment seines Lebens halten konnte.

Aber dann kapierte ich.

Ich war der Star. Der Held. Der wertvollste Spieler der Mannschaft. Und dafür hatte ich nur den Ball fangen müssen. Den Jacob mir präzise zugeworfen hatte. Hatte man ihm die Anerkennung gezollt, die er verdiente? Nicht so wie mir.

Ich befand mich also in einem totalen Ego-High und dann musste Macallan auf der Bildfläche erscheinen und mir einfach so alles ruinieren.

Und was tut der Star, der Held, der wertvollste Spieler der Mannschaft? Fassungslos danebenstehen und sonst nichts.

GAR NICHTS.

Ich ging noch einmal alles durch, was passiert war, nicht nur für die Direktorin, sondern auch für Macallans Dad. Er hatte so bestürzt ausgesehen, als er in die Schule kam, und dann musste er sich von mir anhören, wie mutig seine Tochter gewesen war.

Während ich einfach nur danebengestanden hatte.

Ich musste ihm all die Gemeinheiten sagen, die Keith ihr an den Kopf geworfen hatte.

Während ich einfach nur danebengestanden hatte.

Noch nie zuvor in meinem Leben hatte ich mich so erbärmlich gefühlt.

Bevor mir klar wurde, wo ich hinlief, landete ich im Riverside Park. Ich war so schnell gelaufen, dass ich den Atem, der stoßweise aus meinem Mund kam, sehen konnte. Ich ging ein paar Schritte, um mich abzukühlen, auch wenn die Kälte schon ihr Übriges tat.

Normalerweise rannte ich zu Beginn des Winters nicht so

schnell, aber ich musste Abstand gewinnen von dem, was sich am Vortag abgespielt hatte.

Auf dem Weg zu den Schaukeln sah ich, wie sich jemand bei den Picknicktischen dehnte. Ich blieb wie angewurzelt stehen, als mir klar wurde, dass es Macallan war. Sie hatte ihr rechtes Bein auf den Tisch gelegt und beugte sich darüber, um ihren Oberschenkel zu dehnen.

Hin- und hergerissen fragte ich mich, ob ich zu ihr gehen oder lieber abhauen sollte, bevor sie mich sah.

Ich machte einen Schritt nach vorne. Es wurde Zeit, mich als der Held zu benehmen, der ich in den letzten Wochen vorgegeben hatte zu sein. Oder genauer gesagt, in den letzten paar Monaten.

»Hey!«, rief ich ihr zu.

Sie wirbelte herum. »Oh, hey.« Sie zögerte kurz, bevor sie sich weiter dehnte.

»Fängst du gerade erst an?«

»Nein, ich bin fertig.«

Das wusste ich. Ich kannte den Ablauf. Sie ging gerne alleine joggen. Um einen klaren Kopf zu bekommen. Sie brauchte kein Publikum oder eine Mannschaft als Alibi.

Ich wusste nicht, was ich machen sollte. Ich wollte zwischen uns alles wieder in Ordnung bringen, aber ich war mir nicht sicher, was ich dafür tun musste. Ich würde also mit dem anfangen, was ich schon seit Monaten hätte tun sollen: mich entschuldigen.

»Macallan, wegen ...«

Sie schnitt mir das Wort ab. »Ich möchte nicht darüber sprechen.«

»Er ist ein Arschloch«, sagte ich.

Leicht verächtlich verzog sie ihren Mund. »Er ist doch dein bester Freund.«

Ich wollte sagen, *nein, das ist er nicht, das bist du.* Aber ich hatte mich ihr gegenüber nicht wie ein Freund benommen und schon gar nicht wie ein bester Freund.

Ich öffnete den Mund und versuchte angestrengt, mir etwas einfallen zu lassen, um die Spannung zwischen uns zu überbrücken. Das waren die Worte, die dabei herauskamen: »Dann bis *Thanksgiving*.«

Dann bis Thanksgiving? Ich hätte sie gleich bitten sollen, mich an Ort und Stelle zu vermöbeln. Vielleicht hätte sie mir ja ein bisschen Vernunft eingehämmert.

»Richtig.« Sie machte sich auf den Weg.

»Hey, Macallan«, rief ich ihr hinterher. »Ist es überhaupt noch okay, wenn wir kommen?«

Sie zögerte kurz. »Natürlich.«

Auch wenn das Zögern nur ein paar Sekunden gedauert hatte, war es für mich lang genug, um zu wissen, dass ich echten Schaden angerichtet hatte.

Meine Eltern erlaubten mir, mit meinem neuen Auto zum *Thanksgiving*-Dinner zu fahren. Eigentlich hätte ich mich darauf freuen, mich wie ein Erwachsener fühlen sollen, aber ich war nervös. Zum ersten Mal, seit ich die Dietzes kannte, war ich mir nicht sicher, wie ich mich verhalten sollte. Dieses *Thanksgiving* musste für Macallan großartig werden. Ich wollte auf keinen Fall etwas tun oder sagen, was sie verärgern würde.

Stattdessen wollte ich einen Weg finden, dass zwischen uns alles wieder wie früher würde. Wie zu Bevor-Levi-anfingsich-wie-ein-Idiot-zu-benehmen-Zeiten. Noch Vor-Irland-Zeiten. Vielleicht sogar noch Vor-Emily-Zeiten.

Adam öffnete die Haustür mit einem breiten Lächeln. »Happy *Thanksgiving!*«

Die Schuld erdrückte mich fast, als ich daran dachte, was Keith gesagt hatte.

Wir tauschten *Thanksgiving*-Wünsche aus und legten unsere dicken Wintermäntel und Geschenke ab. Wir hatten ein Tischgesteck mitgebracht, Kürbiskuchen, Garnelen als Vorspeise und Alkohol für die Erwachsenen.

Ein wundervoller Geruch, typisch für dieses Fest, zog durch das Haus, als wir ins Wohnzimmer traten.

Mom stellte den Garnelen-Cocktail neben Macallans Auswahl an Vorspeisen auf den Sofatisch: gebrannte Pekannüsse, Speckröllchen und – wovon ich extrem begeistert war – ihre Käsekugel.

»Yes!«, ich setzte mich und nahm mir einen Cracker.

»Bedien dich!« Adam stieß mich freundschaftlich in die Seite, als wir beide anfingen, uns über die Speisen herzumachen. Wenn *Thanksgiving* doch bloß im Sommer wäre, dann hätte ich nie ein Problem damit, für die Football-Saison Gewicht zuzulegen.

»Macallan!« Als Macallan ins Wohnzimmer kam, begrüßte Mom sie mit einer stürmischen Umarmung. »Das sieht alles absolut köstlich aus. Wie kann ich dir helfen?«

»Im Moment gar nicht.« Sie warf einen Blick auf ihre Uhr. »Ich brauche mir mindestens eine halbe Stunde lang um nichts Sorgen zu machen.«

»Soll ich mich um den Truthahn kümmern?«, bot Mom an.

»Der Truthahn ist fertig. Den habe ich gestern gebraten.«

Macallan steckte sich ein Speckröllchen in den Mund. »Letztes Jahr gab's den komplizierten Truthahn. Dieses Jahr wollte ich das Rezept meiner Tante Jane ausprobieren. Ich hab den Truthahn gestern gebraten und ihn dann über Nacht in der Sauce marinieren lassen.«

»Schmeckt das lecker«, sagte Adam und nahm mir das Messer aus der Hand, um sich noch mehr von der Käsekugel zu nehmen.

»Iss nicht die ganze Kugel auf! Du weißt doch, dass es gleich noch jede Menge gibt: Truthahnfüllung, wilden Reis, überbackene Makkaroni, Süßkartoffeln, glasierte Möhren ... Und sollte es dazwischen nicht auch noch etwas Grünes geben? Bin mir nicht sicher, ist ja ein Feiertag!«

»Das klingt alles fabelhaft.« Mom streichelte Macallans Arm. »Du siehst ganz toll aus, Süße.« Das stimmte. Sie trug ein grünes Kleid, das ihre roten Haare betonte. »Wir haben dich wirklich vermisst. Von Levi hören wir immer nur, wie beschäftigt du bist.«

Der Käse blieb mir im Hals stecken. Ich wollte auf keinen Fall, dass das Fest damit begann, dass ich bei einer Lüge ertappt wurde. Ich wollte, dass unser gemeinsames Essen entspannt und lustig werden würde, so wie früher immer, auch wenn mir klar war, dass meine bloße Anwesenheit ausreichte, um das zu verhindern. Besorgt schaute ich Macallan an. Würde sie den anderen erzählen, dass ich eine Ausrede nach der anderen benutzt hatte, warum sie angeblich nie zu uns kommen konnte? Warum wir sonntags nicht mehr zusammen essen konnten? Ständig behauptete ich, dass Macallan irgendeine Koch- oder Schulveranstaltung hatte.

Der wahre Grund jedoch war mein Egoismus. Ich hatte

nicht gewollt, dass mir Zeit mit den Jungs verloren ging. Ich wollte nicht an Macallan gebunden sein. Als wäre sie so eine Art Haltestrick, der mich zurückzog. Aber genau dieser Egoismus war es gewesen, diese Unsicherheit, zu wem ich wirklich gehörte, der dafür verantwortlich war, dass ich mich blöd verhalten hatte.

Macallan lächelte. »Ja, die letzten paar Monate waren schlimm.« Sie nahm sich eine Handvoll Pekannüsse und ging in Richtung Küche.

»Äh, ich schaue mal eben nach, ob sie Hilfe braucht«, sagte ich und stand auf. Ich ignorierte die ironischen Kommentare meines Dads, denn es war ziemlich offensichtlich, dass die einzige Hilfe, die ich irgendjemandem in der Küche anbieten konnte, darin bestand, sie schleunigst wieder zu verlassen.

Macallan wusch gerade einen Topf ab. Sie stand mit dem Rücken zu mir und ich konnte nicht erkennen, ob sie wütend war.

»Kann ich dir irgendwie helfen?«, bot ich an.

Ihre Schultern verspannten sich. »Nein, alles bestens.«

»Bist du sicher?« Ich trat an die Spüle und nahm mir ein Handtuch.

»Wie du willst.« Sie reichte mir den tropfenden Topf. Macallan setzte sich auf die Küchenanrichte, während ich begann abzutrocknen.

»Hast du Stacey zum Nachtisch eingeladen?«, fragte sie.

Als Mom mit Macallan besprochen hatte, was wir mitbringen sollten, hatte Macallan Stacey eingeladen, später nach dem Dinner bei ihrer Familie zu uns rüberzukommen.

»Nein. Ich dachte, es wäre gut, wenn die Familie heute unter sich wäre.« Ich zögerte. »Um ehrlich zu sein, ich weiß nicht, wie lange wir noch zusammenbleiben.« Was stimmte. Stacey war toll, aber ich war nur deshalb mit ihr zusammen, weil ich dachte, ein Cheerleader als Partnerin gehöre dazu. Zumindest machten das die meisten Mannschaftssportler so. Auch Keith. Außerdem dachte ich, es wäre leichter, meine Gefühle für Macallan zu unterdrücken, wenn ich eine Freundin hätte. Es war Stacey gegenüber nicht fair. Und mir gegenüber auch nicht.

»Wie schade«, antwortete Macallan. Ihr Gesichtsausdruck ließ absolut keine Gefühlsregungen erkennen. Ich konnte ihr nicht ansehen, ob sie es ehrlich oder ironisch gemeint hatte. Normalerweise wusste ich, wenn sie sarkastisch wurde, denn es geschah ja hauptsächlich auf meine Kosten.

Ein Lächeln begann, sich langsam auf meinen Lippen auszubreiten, als ich daran zurückdachte, was wir uns früher für Schlagabtäusche geliefert hatten. Typen denken ja oft, dass sie schlagfertig sind, aber in Sachen Witz und Schnelligkeit konnte keiner Macallan das Wasser reichen.

Sie sah verwirrt aus. »Lächelst du, weil eure Beziehung vorbei ist?«

»Nein, nein.« Sie sollte ja nicht noch schlechter von mir denken, als sie es wahrscheinlich ohnehin schon tat. »Ich musste gerade an das eine Mal denken, als wir bei diesem *Brewers*-Spiel waren ...«

»Und du deinen Hotdog fallen gelassen hast«, beendete sie den Satz für mich.

»Genau! Und du hast dafür gesorgt, dass ich das auch ja nicht vergesse, weil ...«

»... du ihn *trotzdem* noch gegessen hast!«

»Ja!«, sagte ich ein bisschen lauter, als ich vorgehabt hatte, hauptsächlich, weil ich so erleichtert war, sie an gute Zeiten zu erinnern. »Aber!«

»Kein Aber. Das war einfach widerlich.«

»Er lag ja nur ...«

»›... fünf Sekunden auf dem Fußboden.‹« Sie zitierte meine damaligen Worte, mit dieser tiefen Stimme, die sie immer benutzte, wenn sie mich nachmachte. Normalerweise ärgerte mich das. Jetzt war ich völlig hin und weg davon.

»Du darfst nicht vergessen, dass ich noch keine Soße auf den Hotdog gemacht hatte.«

»Was besser gewesen wäre, denn dann hättest du wenigstens den dreckigen Ketchup abwischen können.«

»Ja, was dich aber nicht davon abgehalten hätte, mich damit aufzuziehen.«

»Weil es widerlich war.« Sie sprach langsam, als würde sie mit einem Kleinkind reden.

Ich fing an zu lachen. Während des ganzen Spiels, jedes Mal, wenn irgendetwas passierte, die *Brewers* oder das andere Team punkteten, beugte sich Macallan zu mir vor und sagte: »Na ja, wahrscheinlich verlieren sie, aber wenigstens haben sie keinen Hotdog *vom Boden* gegessen.« Oder: »Daran haben die bestimmt schwer zu schlucken, aber nicht so schwer wie an einem Hotdog *vom Boden.*«

Macallan musterte mich. »Und, was ist nun damit gewesen?«

»Womit?«

Sie zog die Nase kraus. »Mit dem Spiel?«

»Oh«, sagte ich und fühlte die Enttäuschung. »Das war lustig.«

»Ja«, stimmte sie zu. Einer ihrer Küchentimer fing an zu

piepen. »Na gut, ich fürchte, ich muss dich bitten, die Küche zu verlassen. Ich serviere nämlich kein Essen, das auf den Fußboden gefallen ist, und mit deinem Glück ...« Sie ließ die Worte im Raum stehen, aber ich war dankbar, dass sie mich hochnahm. Macallan verschwendete weder ihre Zeit noch ihre verbalen Spitzen an jemanden, den sie nicht mochte.

Wenn ich jetzt so darüber nachdenke, hatte mich Macallan als beste Freundin in gewisser Weise auf all die Lästereien, die in der Umkleidekabine und im Krafttraining üblich sind, vorbereitet.

»Das nennst du genügend Wiederholungen?«, verhöhnte Keith Tim, der Gewichte stemmte. Es war die Woche nach *Thanksgiving*. Tim stand auf und setzte sich auf die Matte neben mich, während ich Beinlifts machte.

»Lass mich mal zeigen, wie das geht.« Keith legte sich auf die Hantelbank und fing an, mühelos die Stange mit den Gewichten auf- und abzustemmen.

»Alter, du wiegst ja auch bloß fünfundzwanzig Kilo mehr als ich«, erinnerte ihn Tim.

»Alter, ich kann ja nichts dafür, dass bei mir alles super aussieht.«

Ich schwieg, während ich mich auf das Krafttraining konzentrierte. Tim fing an, Dehnübungen zu machen, und fragte: »Hast du Lust auf ein paar Pendellinienläufe in der Turnhalle?«

Weihnachten rückte näher und das Wetter war noch kälter geworden. Wir zogen es deswegen vor, drinnen zu trainieren. Nach Tims Basketballtraining waren wir in den Kraftraum über der Turnhalle gegangen.

»Klar, Mann, klingt gut.« Ich stand auf und schnappte mir mein Handtuch.

»Genau, euch Hänflingen ist das zu viel Druck hier, also raus aus der Küche«, grunzte Keith, während er sein letztes Set beendete.

»Das ergibt noch nicht mal irgendeinen Sinn«, lachte Tim.

»Hey, ich stemme hier jede Menge. Muss mir alle anderen Reserven fürs Spiel aufheben.«

»Gute Ausrede«, schnaubte ich.

»Was hast du denn für ein Problem, Kalifornien?« Keith stand auf und kam auf mich zu. »In letzter Zeit bist du komisch drauf.«

Ich war überhaupt nicht komisch drauf. Ich hatte bloß aufgehört, über Keiths Scherze zu lachen, wenn sie nicht witzig waren.

Keith fuhr fort. »Als hättest du den Geschmack des süßen Lebens kennengelernt und nun kommst du nicht damit klar. Aber keine Sorge, das Schuljahr wird dahinfliegen und dann sind wir wieder auf dem Spielfeld. Die zwölfte Klasse wird der Hit. Du wirst mit Sicherheit eingesetzt und das Publikum wird uns zu Füßen liegen. Keine Frage.«

Ich zuckte mit den Schultern. Das klang verheißungsvoll, aber ich hatte keine Ahnung, was für einen Preis ich dafür zahlen musste. Zum ersten Mal war ich mir nicht mehr so sicher, ob es das wert sein würde.

»Ich sag's dir« – Keith warf mir eine Wasserflasche zu – »Leichtathletik wird sich wie eine kalte Dusche anfühlen. Du hast bereits vor Hunderten gespielt, die deinen Namen gebrüllt haben, und dann? Na was? Fünf Zuschauer auf den Bänken bei den Leichtathletik-Wettkämpfen?«

Ja, aber alle, die dort auftauchen würden, wären Menschen, an denen mir etwas lag.

In diesem Moment kam mir der Gedanke, dass Macallan im nächsten Schuljahr vielleicht nicht mehr zuschauen würde. Ich könnte ihr es nicht wirklich übel nehmen. Aber ich hatte mich daran gewöhnt, dass sie dabei war und mich anfeuerte.

Sie war immer da für mich, wenn ich sie brauchte. Ich wünschte nur, ich könnte dasselbe von mir behaupten.

»Ich glaube, ich weiß, was los ist.« Keith setzte sich und bedeutete mir, auf der gegenüberliegenden Hantelbank Platz zu nehmen. Ich gehorchte, so war ich nun mal. »Schau, es tut mir ja leid, was mit deiner Süßen passiert ist.«

»Macallan«, korrigierte ich ihn.

»Macallan.« Er seufzte, als er ihren Namen sagte. »Ich habe mich bei ihr entschuldigt, aber ich bin mir sicher, dass sie mir das nicht abgenommen hat, auch wenn ich es ernst gemeint habe. Ich habe die Boockmeier buchstäblich angefleht, Macallan nicht vom Unterricht zu suspendieren. Ich bin halt durchgedreht – das ist mir klar geworden. Ich weiß nicht, wie sie das macht, aber sie kann einen echt auf die Palme bringen. Als wäre es ihr völlig egal, was andere über sie denken.«

Nein, dachte ich. *Ihr ist bloß völlig egal, was du über sie denkst.*

»Keine Ahnung.« Keith sah für einen kurzen Moment nachdenklich aus, dann schlug er sich mit der Hand auf die Knie. »Mädchen halt, du weißt schon.«

Nein, wusste ich nicht. Ganz offensichtlich hatte ich keine Ahnung.

Aber ich hielt den Mund. Ich blieb schweigend sitzen, bis

wir nach unten in die Turnhalle gingen, um unsere Läufe zu absolvieren.

Tim und ich stellten uns an der Grundlinie unter dem Basketballkorb auf. Keith hatte seine Stoppuhr in der Hand und brüllte uns das Startsignal zu.

Ich sprintete zur Freiwurflinie, dann wieder zurück zur Grundlinie, dann zur Mittellinie, wieder zurück zur Grundlinie, zur Freiwurflinie auf der anderen Seite des Spielfelds und wieder zurück zur Grundlinie. Jedes Mal berührte ich an den Linien den Boden. Ich konnte es kaum erwarten, die ganze Länge des Spielfeldes durchzusprinten. Dabei übertraf ich mich immer wieder selbst. Tim war bloß ein paar Schritte hinter mir, aber auf den langen Strecken würde ich den Abstand zwischen uns vergrößern.

Ich konnte weder hören, was Keith brüllte, noch sonst etwas. Ich konzentrierte mich nur auf die nächste Ziellinie, den nächsten Punkt, an dem ich den Boden berühren, mich umdrehen und wieder von vorne anfangen musste.

Als ich auf die Grundlinie der Gegengerade zurannte, wusste ich, dass ich Tim geschlagen hatte. Ich musste mich nur noch einmal umdrehen und wieder zurück. Ich beugte mich zum Touchdown nach vorne, aber als ich kehrtmachte, verdrehte sich mein Bein. Ich spürte ein Knacken, und bevor mir klar wurde, was passiert war, gaben meine Beine unter meinem eigenen Gewicht nach und ich brach auf dem Spielfeld zusammen. Ein unerträglicher Schmerz durchzuckte mein Knie. Ich griff danach und schrie, fiel auf meinen Rücken und hielt mir mein Bein.

»Nicht bewegen, Levi!« Keith kniete sich neben mich. »Versuche, dich zu entspannen. Tim holt den Coach.«

Ich konnte nicht stillhalten. Es tat zu sehr weh, um ruhig liegen zu bleiben. Mein ganzer Körper begann zu zittern.

Irgendetwas stimmte nicht.

Irgendetwas stimmte ganz und gar nicht.

Wie kommt es eigentlich, dass Jungs beim Sport andere immer übertrumpfen müssen? Warum artet alles gleich in Wettkampf aus?

Keine Ahnung – Testosterone?

Das ist deine Standardausrede, mit der du alles entschuldigst.

Tatsächlich? Funktioniert sie wenigstens?

Nein.

Okay. Und was ist mit euch Mädchen?

Was ist mit uns Mädchen, dem euch zweifelsohne überlegenen Geschlecht?

Du bist kein bisschen parteiisch.

Natürlich nicht. Wir Frauen sind eine klar denkende, unvoreingenommene Gattung.

Meinst du das jetzt eigentlich ernst?

Was denkst denn du?

Weißt du, manchmal hab ich keine Ahnung, ob du Dinge ernst meinst oder nicht.

Das ist einer der Schwachpunkte eurer Spezies.

Ja, denn Mädchen sind ja immer so eindeutig!

Da stimme ich dir hundert Prozent zu. Erstmalig.

Manchmal frage ich mich, warum ich mich überhaupt bemühe.

Siehst du, Jungen geben eben schnell auf.

Tun wir nicht.

Oh, echt jetzt? Muss ich dich daran erinnern, wieso wir überhaupt miteinander reden? Wer war hier der Klügere?

Äh, stimmt.

Ich weiß.

Mädchen.

Ja, wir sind halt pure Vollendung.

15.

Irgendwann stellte ich mich meinem Gegner und sah ihm ins Auge. Und diesmal hatte ich mir fest vorgenommen, als Sieger hervorzugehen.

Vorsichtig nahm ich das Auflaufförmchen aus dem Backofen. Das Soufflé war schön hoch aufgegangen und die Konsistenz schien zu stimmen. Ich legte meine Hände um das Förmchen und trug es vorsichtig zum Platz hinüber, an dem mein Dad saß.

»Sieht perfekt aus«, kommentierte er, als ich es ihm vorsetzte.

»Probiere es«, forderte ich ihn auf. Es war das vierte Soufflé, mit dem ich mich abmühte. Meine ersten beiden Versuche waren nicht aufgegangen, ich hatte das Eiweiß nicht genug geschlagen. Beim dritten Mal hatte ich es zu früh aus dem Ofen genommen. Bevor ich es noch auf die Arbeitsplatte stellen konnte, war es schon in sich zusammengefallen.

Dad lächelte, als er seine Gabel hineinstieß. Ich beobachtete gespannt, wie er den ersten Bissen zum Mund führte. Mein Handy klingelte. Ich ließ den Anrufbeantworter drangehen.

»Richtig gut«, sagte Dad mit vollem Mund. Er nahm sich noch eine große Gabel voll.

Sein Handy klingelte und wir beide starrten es an.

»Wer ist es?«, fragte ich voller Sorge, dass Onkel Adam etwas passiert sein könnte. Ich schnappte mir mein Handy und in dem Moment, als mein Dad mir sagte, es wäre Levis Mom, sah ich, dass sie auch bei mir angerufen hatte.

»Hallo?«, Dad hatte abgehoben. Sein Gesicht verdüsterte sich sofort. »Oh Gott – was ist passiert?«

Mein Magen drehte sich um. Ich versuchte, aus Dads Gesichtsausdruck und seinen Zwischenrufen – »Oh nein!« und »Aber sicher!« – zu entschlüsseln, was los war. Irgendwann sagte er: »Wir sind gleich da.«

»Was ist denn?«, fragte ich.

»Levi hat sich beim Training einen Kreuzbandriss zugezogen.« Dad schüttelte den Kopf. »Sie sind eben aus dem Krankenhaus zurück und er ist ziemlich mit den Nerven runter. Der Arme. Wir müssen sofort hin.«

»Oh.« Levi war immer so vorsichtig, wenn es darum ging, sich aufzuwärmen, und er achtete darauf, sich nicht zu überanstrengen. Ich konnte kaum glauben, dass er sich verletzt hatte. Und so ein Kreuzbandriss brauchte ewig, um zu heilen. »Muss er sich nicht ausruhen?«

»Ja, aber er hat nach dir gefragt.« Dad stand auf und griff nach seinen Schlüsseln.

»Tatsächlich?«

Dad drehte sich um und sah mich an. »Natürlich hat er das, Macallan. Du bist seine beste Freundin.« Er schüttelte den Kopf, als benähme ich mich kindisch. Bevor ich wieder klar denken konnte, war er schon in der Garage. Ich holte schnell eine Tüte mit Brownies aus dem Gefrierfach. Mom hatte immer gesagt, es würde zum guten Ton gehören, bei einem Besuch etwas mitzubringen. Ich war schon so lange nicht mehr bei Levi gewesen, dass ich mich fast wie Besuch fühlte.

Von wegen beste Freundin.

Levis Dad sah furchtbar müde aus, als er uns die Tür aufmachte.

»Ich bin ja so froh, dass du hier bist.« Er schloss mich fest in die Arme. »Du bist die Erste, nach der er gefragt hat.«

Ich hätte beinahe »Danke« gesagt, merkte aber noch, dass das vielleicht keine so passende Antwort war. Stattdessen fragte ich, wie es Levi ging.

Dr. Rodgers seufzte und man konnte ihm ansehen, wie besorgt er war. »Ist ja klar, dass er fix und fertig ist. Sie werden ihn in einer Woche noch einmal untersuchen, aber höchstwahrscheinlich muss er operiert werden. Der Riss befindet sich im vorderen Kreuzband ...« Er unterbrach sich. »Tut mir leid, aber es fällt mir schwer, in solchen Momenten den Arzt mal beiseitezulassen. Generell bedeutet das, dass er für eine Weile aus dem Verkehr gezogen sein wird. Allein die Krankengymnastik dauert Monate. Nach der Operation wird er mindestens sechs Monate brauchen, bis alles wieder beim Alten ist.«

Ich begann, im Kopf nachzurechnen. Im Frühjahr würde er die Leichtathletik-Wettkämpfe verpassen. Ob er nächstes Jahr Football spielen könnte, war fraglich. So viel hing für ihn davon ab, in der Mannschaft zu spielen. Wenigstens dürfte die Leichtathletik im letzten Schuljahr kein Problem sein.

Wir gingen in die Küche und sahen Mrs Rodgers mit Keith und Tim am Tisch sitzen. Keith lächelte mich an, erstarrte aber, sobald er meinen Dad entdeckte.

»Hey, alle zusammen«, sagte ich, um die Stimmung aufzulockern.

Dad stand schweigend neben mir. »Alles okay«, flüsterte ich ihm zu. Es war ziemlich offensichtlich, dass ich gelernt hatte, mich in Keiths Gegenwart zu beherrschen. Wenn sich irgendjemand Sorgen um falsches Verhalten machen sollte, dann er.

Keith stand verlegen auf. »Das war ganz schön schlimm«, sagte er. Tim nickte zustimmend. »Und ich schwöre dir, Macallan, es war nicht meine Schuld.«

»Warum sollte ich das denken?«, fragte ich. Obwohl mir der Gedanke tatsächlich gekommen war.

Er brummelte leise. »Na, weiß ja wohl jeder, dass du mich nicht leiden kannst.«

»Was hat dir denn diesen Eindruck vermittelt?«, sagte ich trocken.

»Macallan«, unterbrach Levis Dad. »Levi ist oben und möchte dich gerne sehen.«

Ich ging langsam die Treppe hoch und war mir nicht sicher, was mich in Levis Zimmer erwarten würde. Obwohl die Tür offen stand, klopfte ich für alle Fälle. Er saß aufrecht im Bett, sein rechtes Bein in einem Verband, hochgebettet und mit einem Eisbeutel versehen.

»Wie fühlst du dich?«, fragte ich, auch wenn ihm sein Elend ins Gesicht geschrieben stand.

»Nicht zu fassen, wie sehr ich das vermurkst habe.« Er lehnte seinen Kopf zurück und schloss die Augen.

»Das wird schon wieder.« Ich griff nach seinem Schreibtischstuhl und stellte ihn neben sein Bett. »Was dich nicht umbringt, macht dich stärker.«

»Sechs Monate. Mindestens.« Seine Stimme ließ erkennen, dass er selbst Schwierigkeiten hatte, das zu glauben. Er schaute zur Seite. »Was ist das?« Er zeigte auf die Tüte mit Brownies, die ich ganz vergessen hatte. Ich hielt sie umklammert, als hinge mein Leben davon ab.

»Ach so, äh, möchtest du ein paar Brownies? Sie müssen allerdings noch auftauen.« In meinem ganzen Leben war ich mir noch nicht wie ein größerer Vollidiot vorgekommen.

Er lachte. »Gut zu wissen, dass es ein paar Dinge gibt, die sich nie ändern werden.« Er stöhnte leise auf und ich fuhr hoch.

»Alles in Ordnung? Brauchst du irgendetwas?« Ich hatte solche Angst, dass er zusammenbrechen würde, während ich hier war.

»Nein.« Er schaute auf sein Bein hinunter. »Na ja, eigentlich bräuchte ich eine ganze Menge. Du hast nicht zufällig noch irgendwo ein extra Kreuzband herumliegen?«

Ich war erleichtert, dass er Witze riss. Nicht, dass ich das hier irgendwie komisch fand, aber es war schön, dass es nicht so schlecht um ihn bestellt war, dass er seinen Sinn für Humor verloren hatte.

Für ein paar Minuten saßen wir beide schweigend da. Ich hatte wirklich keine Ahnung, was ich sagen sollte. Um ehrlich zu sein, wartete ich schon seit Monaten auf eine Entschuldigung von ihm. Und beinahe hätte ich ihm an Ort und Stelle gesagt, dass er nichts weiter zu tun bräuchte, als mir zu sagen, dass es ihm ehrlich leidtäte. Aber mir war klar, dass das nicht der richtige Zeitpunkt war.

Ich merkte, dass es spät geworden war. Ich nutzte das als Ausrede, um das Schweigen zu brechen, und stand auf. »Ich denke, du solltest dich ein bisschen …«

Er griff nach meinem Arm. »Es tut mir leid, Macallan.«

In meiner Vorstellung hatte ich all die Gründe aufgelistet, warum es ihm leidtun sollte. Ich hatte ihn an all die Male erinnern wollen, an denen ich für ihn da gewesen war. Ich hatte ihm sagen wollen, wie sehr mich seine Worte und das, was er getan hatte, verletzt hatten. Wie viel Schmerz er mir zugefügt hatte. Aber ich musste nichts davon sagen.

Denn er wusste es bereits.

Stattdessen gab ich ihm die Antwort, die wir beide brauchten.

»Kein Problem.« Ich beugte mich vor und küsste ihn auf die Stirn.

»Das stimmt nicht«, sagte er. »Was ich getan …«

Ich unterbrach ihn. »Ich weiß, und du hast dich entschuldigt. Und mir tut es auch leid. Ich glaube, wir müssen dorthin zurück, wo wir früher waren.«

»Das ist alles, was ich mir wünsche.« Er lächelte mich an. Dieses vertraute Lächeln, das ich schon seit Monaten nicht mehr in seinem Gesicht gesehen hatte. »Du weißt, dass ich dich eigentlich gar nicht verdiene.«

»Oh, das weiß ich.« Ich zwinkerte ihm zu. Dann drehte ich mich um und ging nach unten. Ich hatte das Gefühl, dass die Dinge zwischen uns wieder in Ordnung kommen würden.

Wir hatten beide Fehler gemacht und unseren eigenen Dickkopf gehabt, zugegebenermaßen, aber wir mussten darüber hinwegkommen – und zwar gemeinsam und nicht getrennt.

»Hey!« Dads Gesicht leuchtete auf, als er mich sah. »Du lächelst. Dann gehe ich davon aus, dass da oben alles in Ordnung ist.«

Mir war klar, dass ich unter den gegebenen Umständen meine Freude ein bisschen mehr hätte dämpfen müssen, aber ich konnte nicht anders.

Levi war wieder in meinem Leben.

In den Wochen vor Weihnachten hatte ich noch mehr um die Ohren als sonst. Ich musste für Prüfungen lernen, Weihnachtseinkäufe machen, extra Babysitting-Stunden einlegen, um besagte Weihnachtseinkäufe zu finanzieren, und darüber hinaus war ich auch noch in der Schule Levis Betreuerin. Mir wurden die Schlüssel für sein Auto ausgehändigt, damit ich Levis Mom bei seinem Transport in die Schule und wieder zurück unterstützen konnte. Ich trug seine Taschen für ihn, was ihn tatsächlich noch mehr nervte als die Krücken, die er bis zu seiner Operation benutzen musste, die zwei Tage nach Neujahr angesetzt war.

Keith, Tim und die anderen Jungen aus der Mannschaft halfen in den ersten Tagen noch mit, aber entweder ließen dann ihre Schuldgefühle nach oder der Einsatz für ihren Teamkameraden hatte etwas von seinem heldenhaften Glanz verloren, denn sie desertierten nach und nach. Klar, sie feuerten ihn mit »Kalifornien!« an, wenn sie Levi durch den Flur humpeln sahen, aber damit war es auch schon getan.

Natürlich waren Stacey und die Cheerleader (sogar Emily) mehr als gewillt mitzuhelfen. Nichts schien romantischer, als Florence Nightingale zu spielen.

Dummerweise war Levi kein sehr dankbarer Patient. Er hasste es, die Jungs um Hilfe zu bitten, und wollte von keinem Mädchen bemitleidet werden. Ganz besonders furchtbar fand er es, wenn seine Mom ihn bis ins Klassenzimmer brachte, es gab ihm das Gefühl, als wäre er wieder in der ersten Klasse.

Also blieb nur noch ich übrig. Ich war mir sicher, er war nicht gerade begeistert, dass er in vielem so auf mich angewiesen war, aber ich ging darauf gar nicht ein. Wir kamen also gut miteinander zurecht.

»Das kann ich selber«, sagte er eines Tages vor der Mittagspause, als ich sein Schließfach öffnen wollte.

»Wie du willst.« Ich trat zurück und beobachtete, wie er die Krücken zur Seite stellte und auf einem Bein balancierte, um seinen Spind aufzuschließen. Als er das Schloss offen hatte, musste er ein Stück zurückhüpfen, damit die Tür genug Raum hatte aufzuschwingen. Eine seiner Krücken fiel um, als er versuchte, nach seinem Lunchpaket zu greifen.

Glücklicherweise hatte ich das vorausgesehen und schnappte sie mir, bevor sie auf den Boden fiel.

»Weißt du, ich kann dir was zum Mittagessen machen und mitbringen – ist keine große Sache«, bot ich ihm an.

»Ich schaffe das«, murmelte er.

Ich zog ihn auf. »Ach, du Armer, ich biete dir an, für dich Mittagessen zu kochen. Du liebst meine Küche.«

Danielle kam auf uns zu. »Moment, du bietest gerade an, etwas zu kochen? Was muss man tun, um ein bisschen von deinem Hühnchensalat zu ergattern?«

»Sich eine Verletzung zuziehen«, fauchte Levi.

Ich schaute Danielle an und schüttelte den Kopf. »Es ist mal wieder einer dieser Tage.«

»Sprich nicht über mich, als wäre ich nicht hier«, stöhnte Levi.

»Na, komm schon.« Ich nahm seinen Lunch und wir gingen zu dritt in die Cafeteria. »Wenn du vorhast, den ganzen Tag so zu sein, können wir dich auch gern woandershin setzen.«

»Tut mir leid«, sagte er leise. »Ich wollte nicht …«

Gnädig beendete ich den Satz für ihn: »... dickköpfig und undankbar sein. Schlechte Laune haben. Euch auf die Nerven gehen.«

»Richtig.« Ein Lächeln erwärmte seine Züge. »Das alles und noch mehr.«

Ich stellte sein Essen vor ihm ab, nahm die Krücken entgegen und lehnte sie an die Wand. »Wenigstens siehst du es ein. Und gibst zu, dass ich die Beste bin.«

»Natürlich.« Er lächelte, während er sein Lunchpaket öffnete. »Wie konnte ich das bloß vergessen?«

»Ganz ehrlich, das weiß ich nicht.« Ich legte mein Kinn auf meine Hand. »Wie konntest du nur?«

Danielle stöhnte. »Es ist unfassbar, wie schnell ihr beide wieder in euere alten Gewohnheiten verfallt. Da kann einem schon fast schlecht werden, wirklich.«

»Levi muss eben ununterbrochen daran erinnert werden, wie sehr er mich braucht.« Ich wusste, dass das Levi stets auf die Palme brachte, auch wenn es irgendwie stimmte. Ich zog ihn nur deshalb damit auf, weil er es offenbar mochte, wenn ich mich über ihn lustig machte.

Typisch Junge.

»Na, und was habt ihr in den Weihnachtsferien vor?«, fragte Danielle. Es waren nur noch ein paar Tage bis Weihnachten.

»Ich denke an Müßiggang, kombiniert mit Völlerei.« Ich war erschöpft von all der Lernerei und davon, Levi herumzukutschieren. Ich freute mich auf zehn Tage Nichtstun, ausgenommen fernsehen, lesen und mir den Bauch vollschlagen. Ich hatte mir von Dad ein paar neue Kochbücher gewünscht und wollte versuchen, selber Sushi herzustellen. (Den Anfang wollte ich mit vegetarischen California Rolls machen – es war ja nicht nötig, die Feiertage mit einer Lebensmittelvergiftung zu verbringen.)

»Ah, Müßiggang und Völlerei.« Danielle lächelte. »Zwei der wichtigsten Vokabeln der englischen Sprache.«

Ich drehte mich zu Levi. »Du hast Stacey zu Silvester eingeladen, richtig?« Da Levi nicht in der Stimmung war, auf irgendwelche Partys zu gehen, hatte ich mich bereit erklärt, für den Silvesterabend ein großes Essen zu kochen. Danielle wollte kommen, musste aber schon eher gehen, weil ihre Band auch eine Party feierte.

Er nickte. »Ja, obwohl sich meinetwegen niemand langweilen soll.«

»Hey!« Ich schlug mit der Hand auf den Tisch. »Das mag vielleicht auf dich zutreffen, aber ich bin ja wohl alles andere als langweilig.«

»Richtig«, stimmte Danielle zu, »lies nur mal die Kabinenwände in den Jungentoiletten.«

»Sehr witzig.« Ich schoss ihr einen zweideutigen Blick zu.

Levis Beziehung zu Stacey kapierte ich nicht wirklich. Ich hatte gedacht, dass sie Schluss machen wollten, aber sie waren immer noch zusammen. Und ich konnte ihm das nicht übel nehmen. Sie war eines dieser hinreißenden, lebhaften Mädchen, die ständig lächelten und Komplimente machten. Eine simple, nette Beziehung für Levi, ohne viele Komplikationen. Und ich war Expertin, was Levi und Komplikationen betraf. Ich hatte also ehrlich gesagt keine Ahnung, warum er nicht mehr Zeit mit ihr verbringen wollte, auch wenn er behauptete, dass es nur zu ihrem Besten wäre. Man hatte den Eindruck, dass er sich ständig Ausreden einfallen ließ, um sich nicht mit ihr zu treffen. Und warum um alles in der Welt wollte er sie Silvester nicht dabeihaben? Seine Erfolgsgeschichte mit Freundinnen, die ihm an diesem Abend treu blieben, war nicht gerade berauschend. Aber daran brauchte ich ihn ja wohl kaum zu erinnern.

Außerdem hatte ich meine Lektion gelernt. Ich hütete mich, meine Nase in Levis Beziehungen zu stecken.

Wenn er mit mir darüber sprechen wollte, war das kein Problem. Aber ich würde mich nicht einmischen.

Wenn ich es tat, lief immer alles schief.

In Anbetracht des ganzen Wirbels, der dem Fest vorangegangen war, war Weihnachten ziemlich ereignislos. Was mir nur mehr als recht war.

Da sowohl Stacey als auch Danielle unser Silvester-Essen vorzeitig verlassen mussten, um auf andere Partys zu gehen, sah es so aus, als würden Levi und ich das neue Jahr ganz ruhig einläuten.

Stacey trug ein elegantes Minikleid zu schwarzen Leggins mit Silberglitzer. Ihre Haare hatte sie mit einem silbernen Stirnband zurückgebunden. Levi trug Jeans und ein Sweatshirt. Selbst Danielle, die sich nach unserer Feier mit ein paar Freunden treffen wollte, hatte einen Rock an. Ich hatte mir *ein bisschen* Mühe gegeben und trug schöne schwarze Jeans und eine schwarze Wickeljacke mit lila Paillettenbesatz.

»Hey, Adam!«, begrüßte Levi meinen Onkel, der auf dem Sofa saß. »Ich habe gar nicht gewusst, dass wir eine Aufsicht haben. Vielleicht sollten wir das Bierfass lieber abbestellen!«

Adam lachte. »Ja, richtig.«

»Überrascht mich, dass du heute Abend keine Herzen brichst, Adam!«, neckte ihn Levi.

Adam wurde rot. Die Frauen mochten ihn in der Tat; er war halt sehr charmant.

»Er bleibt zum Essen, danach zieht er weiter«, sagte ich. Anscheinend hatten alle noch etwas vor. Selbst Dad war drüben auf der Party von Levis Eltern. Ich hatte auch ein paar Einladungen bekommen, sie jedoch alle ausgeschlagen. Levi wollte in seinem Zustand nicht so weit fahren, aber zu Hause bleiben und miterleben, wie die Freunde seiner Eltern einen großen Terz um ihn machten, dazu hatte er auch keine Lust. In ein paar Tagen sollte er operiert werden; er war also verständlicherweise nicht in Feierlaune.

Wir setzten uns zu fünft an den Esszimmertisch. Ich hatte heute Abend nichts zu Ausgefallenes kochen wollen, denn ich wusste nicht, was Stacey gerne aß, und Levi war keine große Hilfe gewesen. Also gab es einen ganz normalen Hühnchensalat, Ricotta-Gnocchi mit Pesto-Sahnesauce, Bruschetta und zum Nachtisch ein Überraschungssoufflee.

»Oh, wow!«, rief Stacey mit vollem Mund aus. »Das schmeckt ja SO gut.«

Okay, vielleicht hatte ich sie ja doch ein ganz kleines bisschen beeindrucken wollen.

»Tja«, sagte Danielle und rieb sich den Bauch, »ich glaube, ich muss dir die Freundschaft kündigen, wenn ich noch in mein Kleid für den Winterball passen will.«

»Der ist erst in sechs Wochen«, erinnerte ich sie.

»Oh, ich mach bloß eine Pause.« Sie beäugte das restliche Stück Überraschungssoufflee. »Ich habe vor, mir den Bauch noch weiter vollzuschlagen. Über den Ball kann ich mir nächstes Jahr Gedanken machen.« Sie warf einen Blick auf ihre Uhr. »Noch knapp vier Stunden.«

»Weißt du schon, mit wem du hingehst?«, fragte Stacey Danielle.

Danielle zog ihre Augenbrauen in die Höhe. »Es gibt einen gewissen Schlagzeuger, auf den ich ein Auge geworfen habe.«

»Oh, oh«, neckte ich sie. »Du weißt ja, was man von Schlagzeugern sagt?«

»Dass sie ein ausgezeichnetes Taktgefühl haben«, antwortete Danielle, ohne die Miene zu verziehen.

»Nein.« Levi sah mich an. »Das ist es nicht. Könntest du mir auf die Sprünge helfen, Macallan?«

»Oi, die freuen sich wie die Schneekönige, weil sie auf eine Trommel schlagen können ...«, fing ich an.

Levi übernahm: »Seit ich ein kleiner Bub war, hab ich auf dem Tisch herumgetrommelt. Wo sind meine Groupies?«

»Windige Gesellen, diese Schlagzeuger.«

Dann setzte Levi die Pointe. »Himmelkreuzdonnerwetter, was musste ich mir an den Kopf schlagen, weil ich dir so viel zugehört habe.«

Danielle sah uns beide an. »Hat irgendjemand eigentlich jemals die geringste Ahnung, was ihr beiden da von euch gebt?«

»Ich«, antworteten Levi und ich gleichzeitig.

Danielle schaute Stacey an. »Wir sollten machen, dass wir hier rauskommen, bevor *ich* noch anfange, mir an den Kopf zu schlagen.«

Wie geplant fuhren Danielle und Stacey also zu ihren jeweiligen Partys. Adam wusch mit mir ab, weil Levi noch sein Bein schonen musste, und er half auch dabei, Levi nach unten zu verfrachten, damit er sich dort auf die Couch legen konnte.

»Brauchst du sonst noch irgendetwas?«, fragte Adam.

»Ich glaube, wir haben alles.« Ich umarmte ihn liebevoll. Er schlug mit Levi ein und ließ uns dann alleine.

»Nun, gibt es sonst noch irgendetwas, was ich Euch bringen könnte?« Ich verbeugte mich, als wäre er mein Gebieter.

»Wurde ja auch mal Zeit, dass du ein bisschen Respekt zeigst.« Dann gab er mir mit einem Handzeichen zu verstehen, dass ich mich vor ihm drehen sollte.

»Davon träumst du wohl.«

»Hey, fragen schadet ja nicht.«

»Treib's nicht auf die Spitze!« Ich nahm mir ein Kissen und tat so, als wollte ich ihn damit schlagen.

»Du wirst doch wohl kaum einem Mann in solch einem Zustand etwas zuleide tun, oder?« Er machte einen Schmollmund.

»Da kennst du mich aber schlecht.«

Seine Augen leuchteten auf. »Tatsächlich kenn ich dich sogar ganz gut. Kannst du mir meine Tasche geben?«

Ich kam seinem Wunsch nach.

Levi wühlte in seinem Beutel. »Ich hab eine Überraschung für dich.« Dann überreichte er mir die DVD mit dem *Buggy and Floyd*-Christmas Special.

»Wie hast du die denn aufgetrieben?« Ich wusste, dass die Folge vor ein paar Wochen in England im Fernsehen ausgestrahlt worden war, hatte aber keine Ahnung, wann sie in den Staaten erscheinen würde.

»Ich habe da meine Beziehungen.«

Ich riss die Umhüllung ab und legte sofort die DVD ein. »Hast du sie schon gesehen?«

»Natürlich nicht! Nicht ohne dich.«

Ich wusste nicht, ob ich das geschafft hätte.

Ich setzte mich auf die Couch neben Levi und zog die Beine an. Dann sangen wir beide lauthals den *Buggy and Floyd*-Titelsong mit.

»Himmel! Ich bin so aufgeregt!« Ich holte aus, um Levi spielerisch in die Seite zu knuffen, bremste mich aber, denn ich wollte ja tatsächlich keinen Mann schlagen, der bereits am Boden lag.

Die Sonderfolge dauerte eine Stunde lang, wir bekamen also eine Doppeldosis *Buggy*. Die Episode war überraschend rührend. Normalerweise rettete Floyd Buggy immer aus allen erdenklichen wilden Fiaskos, in die er hineingeraten war. Aber schon in den ersten fünf Minuten, trennte sich Floyd von Buggy. »Deine Faxen kann ja kein Mensch mehr ertragen!«, rief er.

»Du hast ein Fax bekommen?«, fragte Buggy, während das Publikum im Hintergrund lachte.

»Du bist ein erwachsener Mann, Theodore.« Zum ersten Mal, seit ich mich erinnern konnte, benutzte Floyd Buggys richtigen Namen. »Es wird Zeit, dass du dich auch wie ein solcher benimmst.« Und er verließ das Zimmer.

»Wow«, rief ich. »Ich kann nicht glauben, dass Floyd das getan hat.« Mir war klar, dass es fiktive Figuren waren, aber das passte so gar nicht zu den beiden. Ich war mir nicht sicher, ob ich überhaupt weitergucken wollte. Ich mochte sie, wie sie waren, als todkomisches, ständig streitendes Pärchen.

»Ich weiß«, sagte Levi leise. »Ich meine, ist es nicht eigentlich ein Wunder, dass Floyd das nicht schon früher gemacht hat? Er kann so was von knatschig sein.«

Ich drückte auf die Pausentaste. »Hast du eben wirklich *knatschig* gesagt?«

»Äh, ja.« Er sah mich argwöhnisch an. »Floyd beschwert sich doch ununterbrochen über Buggy und so ziemlich die ganze Gesellschaft. Er jammert ständig, dass er nicht verstehen kann, warum gewisse Dinge nun mal so sind. Klar ist das komisch, aber die Tatsache, dass ihm der Kragen geplatzt ist, ist nicht sonderlich überraschend.«

»Aber du musst zugeben, dass Floyd meistens recht hat.«

Levi fing an zu lachen. »Oh Gott. Stimmt! Wieso fällt mir das jetzt erst auf?«

»Fällt dir was auf?«

Er zeigte auf mich. »Du bist Floyd!«

»Ich bin *was?«* Mir blieb der Mund offen stehen. Ich konnte nicht fassen, dass Levi mich mit einem *knatschigen* alten Briten verglich.

»Ständig machst du solche Bemerkungen wie: ›Warum denkt Keith, er sei etwas Besseres, bloß weil er einen Typen niederrennen kann?‹«

»Das ist eine begründete Feststellung«, verteidigte ich mich.

»Und: ›Wieso sagen eigentlich alle LOL – wäre es nicht besser, sie würden wirklich lachen? Sind wir eine dermaßen faule Gesellschaft geworden?‹«

»Als wenn dich das nicht auch total nerven würde.«

Jetzt lachte Levi richtig. »Vollkommen klar, warum du die Serie so toll findest.«

»Demzufolge bist du also Buggy?«, gab ich zurück.

»Na ja, der *ist* umwerfend komisch.«

»Darüber hinaus ist er ein total schusseliger Tollpatsch, also vermutlich …« Ich ließ mich auf dem Sofa nach hinten sinken.

»Okay, okay.« Levi nahm mir die Fernbedienung aus der Hand. »Lass uns wieder anmachen. Nicht, dass du dich unnötig aufregst und noch aus einer Mücke einen Elefanten machst.«

Diesmal schlug ich ihn wirklich.

»Aua.« Er rieb sich die Schulter.

»Himmelkreuzdonnerwetter, ich kann ja nichts dafür.« Ich sah ihn mit einem dümmlichen Grinsen an, bevor ich mich wieder zum Fernseher drehte.

Wir schauten zu, wie Buggy und Floyd sich allein durchschlugen. Auf gewisse Weise traf die Folge ziemlich ins Schwarze. Buggy geriet in einen Regenguss, während im Hintergrund ein Depri-Song spielte und er ziellos durch die Gegend wanderte. Ich merkte, wie mir Tränen in die Augen traten. Ich konnte nicht fassen, dass eine *Buggy and Floyd*-Folge mich zum Weinen brachte.

Floyd kam mit einem großen goldenen Regenschirm um die Ecke. Er blieb kurz stehen, als er seinen ehemaligen besten Freund sah. Dann ging er langsam auf ihn zu.

Levi griff nach meiner Hand.

Floyd hielt den Regenschirm über Buggy.

»Wir sind in London«, sagte Floyd. »Du weißt doch, dass man hier das ganze Jahr über einen Schirm braucht.«

Buggy lächelte ihm schüchtern zu. »Da hast du recht. Himmelkreuzdonnerwetter …« Er unterbrach sich.

War das schon die ganze Buggy-Pointe gewesen? Levi und ich tauschten einen Blick aus.

Buggy fuhr fort. »Nein, was ich im Moment *gerne hätte,* wäre ein Schirm, der mich vor dem Regen schützt. Aber was ich *brauche,* ist mein bester Freund.«

Floyd legte seinen Arm um Buggy. »Himmelkreuzdonnerwetter, das hätte selbst ich nicht besser sagen können.«

Sie gingen zurück in ihre Wohnung und packten Weihnachtsgeschenke aus. Es folgten noch ein paar weitere komische Momente, aber die ganze Folge hatte mich nachdenklich gestimmt und ich grübelte über den Unterschied zwischen dem, was man *gerne hätte* und was man *brauchte*.

Levi und ich blieben ein paar Minuten schweigend sitzen, während der Nachspann lief.

»Tja«, sagte Levi irgendwann. »Das kam unerwartet. Irgendwie tiefsinnig.«

»Ja«, stimmte ich ihm zu. »War aber gut.«

»Es war …« Levi richtete seinen Blick in die Ferne.

Ich schaltete den Fernseher ein, damit wir uns den Countdown ins neue Jahr anschauen konnten. Wir kommentierten oberflächlich die verschiedenen Sänger und Schauspieler im Fernsehen. Dann kam der Countdown. Levi und ich hielten Gläser mit Apfelschorle in die Höhe und stießen an, während es in New York Konfetti regnete.

»Frohes neues Jahr!« Ich beugte mich vor und umarmte ihn.

»Frohes neues Jahr!« Sein Lächeln verschwand plötzlich. »Hey, Macallan?«

Irgendetwas in seiner Stimme machte mich nervös. »Ja?«

»Möchtest du – ich meine, brauchst du mich als Tanzpartner für den Winterball?«

Das kam jetzt unerwartet. Obwohl ich nicht wirklich wusste, was ich hätte erwarten sollen.

»Du weißt ja, was ich von Schulbällen halte.«

Er lächelte. »Klar weiß ich das, Floyd.«

Ich funkelte ihn an. »Von mir aus *brauche* ich da nicht hinzugehen.«

»Okay, aber *möchtest* du gerne hin?«

Ich nickte. »Klar, aber ich gehe nicht aus blindem Aktionismus. Wenn ich jemanden finde, mit dem ich hingehen möchte, gehe ich hin. Wenn nicht, wird die Sonne am nächsten Tag immer noch aufgehen.«

»Aber ich habe dir doch das Versprechen gegeben«, erinnerte er mich.

Das Versprechen. Das Versprechen, das wir uns vor Beginn der Highschool gegeben hatten, dass wir keinen von uns beiden allein zu irgendeiner offiziellen Veranstaltung gehen lassen würden. Das war das erste Halbjahr über noch so geblieben. Dann war ich mit Ian zusammengekommen und Levi traf sich mit Carrie. Schließlich folgte die Phase, in der wir kaum noch miteinander gesprochen hatten. Und jetzt war Levi mit Stacey zusammen.

»Kein Problem«, sagte ich. Denn es war wirklich keins. Würden Levi und ich zusammen auf dem Ball unseren Spaß haben? Na klar. Aber das wäre nicht fair Stacey gegenüber.

»Macallan?« Levi beugte sich zu mir. »Was möchtest du wirklich?«

Die Frage schien einfach, aber das war sie nicht. Angesichts unserer Vergangenheit enthielt sie Dynamit. Eine falsche Bewegung und *BOOM* – unsere Freundschaft würde in Stücke zerrissen.

Sollten wir wirklich dieses Gespräch führen, wo er doch so angeschlagen war und ich so …? Ich hatte keine Ahnung, was ich war, außer verwirrt.

»Ich weiß, was ich möchte.« Ich stand auf. Levi schaute mich erwartungsvoll an. »Kuchen. Ich möchte ein Stück Kuchen haben.«

Ich ging nach oben. Kritisch betrachtete ich mein Spiegelbild im Küchenfenster. Ich wusste es besser. Wir beide wussten es besser.

Aber wir hatten uns beide bereits verbrannt. Mit dem Feuer würde ich mit Sicherheit nicht mehr spielen.

Weißt du, warum ich dich um Mitternacht nicht geküsst habe?

Weil dir dein Leben zu kostbar war?

Das auch. Und ich wusste nicht, wie du darauf reagiert hättest. Wahrscheinlich wärst du in die Arktis geflohen.

Diese Sache wirst du mich nie vergessen lassen, oder?

Lass mich nachdenken ... Nein.

War ja klar.

Na ja, wenigstens habe ich diese eine Sache, die ich dir vorhalten kann.

Stimmt.

Und du hast so vieles, was du mir vorhalten kannst.

Daran bist du selbst schuld, nicht ich.

Wie auch immer, Floyd.

Oh, dafür wirst du büßen müssen.

Daran habe ich keine Zweifel.

16.

Seltsamerweise war es doch kein so schlechtes Omen, wie ich befürchtet hatte, das neue Jahr mit einer Knieoperation zu beginnen. Ich durfte die erste Schulwoche nach den Ferien zu Hause bleiben, also kein Grund zur Beschwerde.

Na klar, ich war die Pest nach meiner Verletzung, weil *meine Schmerzen* die reinste Pest waren. Ich machte die fünf Trauerphasen durch: Ich war wütend, dann durcheinander, zornig, übergehend in frustriert, schließlich landete ich in einer Depression.

Aber dann erschien Macallan auf der Bildfläche, wie schon so oft, und ließ sich nicht einschüchtern. Wenn ich jammerte, gab sie nicht auf, bis ich mich entweder wieder im Griff hatte oder lachen musste. Sie kutschierte mich in die Schule und wieder zurück. Half mir beim Tragen meiner Bücher, kochte für mich, kümmerte sich um alles, was ich brauchte, und beschwerte sich dabei nicht ein einziges Mal. Außer natürlich, wenn *ich mich* beschwerte. Was ziemlich häufig vorkam.

Etwas in der Art, wie sie mir half, fand ich beruhigend. Ich mochte es nicht, wenn meine Mom sich meinetwegen die ganze Zeit Sorgen machte. Ich wollte nicht, dass Dad mich für einen Weichling hielt, obwohl er wesentlich besser als alle anderen begriff, wie schwer ich mich verletzt hatte. Und ich hasste den Gedanken, dass sich die Jungs verpflichtet fühlten, mir helfen zu müssen.

Ach ja, und Stacey. Ich hatte sie gerne um mich, aber mit Macallan war es etwas anderes.

Für einen Moment, an Silvester, hatte ich gedacht, sie würde es sagen. Dass ich es wäre, den sie wollte. Dass sie mich küssen wollte. Ihr Zögern dauerte nur ein paar Sekunden, aber in dieser kurzen Zeitspanne schaffte ich es, mir geradezu lächerlich große Hoffnungen zu machen.

Sie war eine der Letzten gewesen, die ich sah, bevor ich die Narkose bekam, und eine der Ersten, die da war, als ich wieder aufwachte. Sie ließ sich vom Unterricht befreien, damit sie den Tag mit mir und meinen Eltern verbringen konnte. Sie brachte mir die ganze Woche lang meine Hausaufgaben vorbei und spielte grandios all die Schulgeschichten nach, an denen meine Freunde beteiligt gewesen waren.

Sie brachte mich sogar zur Krankengymnastik. Dafür war ich ihr dankbar, denn Krankengymnastik war das Letzte. Es tat weh. Es war mehr als frustrierend. Ich musste neu lernen, wie man sein Knie benutzt. Selbst etwas so Triviales, wie es zu beugen, war schwierig und tat weh. Wenn Mom mitgekommen wäre, hätte sie sich bestimmt gesorgt wegen der Schmerzen, die ich dort durchlitt.

Aber Macallan war zur Stelle und half mir, wenn ich sie brauchte. Während die Therapeutin mit mir arbeitete, machte sie Hausaufgaben. Und sie gab mir Kraft, durchzuhalten, keinen Wutanfall zu bekommen oder loszuheulen. Was ich am liebsten jeden Tag getan hätte.

Nach einer besonders schmerzvollen Trainingseinheit setzte sich Macallan während meiner Kälte- und Reizstromtherapie neben mich.

»Wie fühlst du dich?«, fragte sie.

»Besser«, log ich.

Kim, meine Therapeutin, legte die Elektroden für die Reizstromtherapie an. »Heute hatte er einen guten Tag. Ich glaube ganz sicher, dass er in ein paar Wochen zum Ball nur noch seine Schiene tragen muss.«

»Das ist großartig!« Macallan lächelte mich strahlend an.

Kim tätschelte ihre Schulter. »Kann sein, dass er sich beim Tanzen mehr auf dich stützen muss, aber unter Liebsten ist das ja kein Problem.«

Macallan sah Kim irritiert an. »Äh, ja, aber Levi und ich sind nicht ...«

»Oh!« Kim sah uns beide an. »Ich dachte, tja, ich wollte nicht ...«

Wie viele Male war uns das schon passiert? Zu viele, um sie zu zählen. Es war völlig verständlich, dass Kim Macallan für meine Freundin hielt. Ich hatte ihr erzählt, dass ich eine Freundin hatte, ich redete viel von Macallan. Macallan kam immer mit mir her. Aber ich zerbrach mir den Kopf, als ich mich zu erinnern versuchte, ob ich Staceys Namen mal erwähnt hatte. Es konnte doch bestimmt nicht sein, dass ich ihren Namen niemals genannt hatte?

»Tut mir leid«, entschuldigte ich mich bei Macallan. Als wäre es meine Schuld, dass alle immer davon ausgingen, wir beide wären zusammen. Aber vielleicht war es das ja wirklich.

Sie tat die Sache mit einem Schulterzucken ab. »Kein Problem. Wenn du Stacey mitnehmen würdest ...«

Ich wusste, dass ich ein furchtbarer Freund war, weil ich mir nicht von Stacey helfen ließ. Aber ich genoss die Zeit mit Macallan.

»Egal« – sie richtete sich auf – »heute war die Mittagpause wieder sagenhaft. Keith gab ständig etwas von sich wie ›Ich essen haben müssen, Schulessen so scheiße, ich besser verdienen.‹« Immer, wenn Macallan Keith nachäffte, tat sie so, als wäre er ein Neandertaler, was vielleicht gar nicht so weit von der Wahrheit entfernt war. Sie machte einen Buckel und streckte ihr Kinn vor. »Dann kam Emily so nach dem Motto: ›Oh. Mein. Gott. Du bist irgendwie ganz schön wählerisch für jemanden, der Pizza für Gemüse hält.‹« Immer, wenn sie so tat, als wäre sie Emily – oder irgendein anderes Mädchen –, verfiel sie in diesen Hollywood-Akzent, wickelte eine Haarsträhne um den Finger und riss ihre Augen weit auf.

Es war unglaublich unterhaltsam und machte die albernsten Highschool-Vorkommnisse unfassbar komisch. Tatsächlich war es sogar unterhaltsamer, als dabei gewesen zu sein.

»Du bist wirklich fies«, neckte ich sie.

»Hey, ich erzähl dir ja bloß, wie's war.«

»Und, was ist heute sonst noch so passiert?«, fragte ich. Ich musste Montag wieder zurück in die Schule und freute mich nicht wirklich darauf, auch wenn es mir vermutlich guttun würde, wieder zu einem etwas normaleren Leben zurückzukehren. Ich konnte nicht ewig in meiner Macallan-Wolke weiterleben, so sehr ich mir das auch wünschte.

Sie zögerte. »Na ja, ob du's glaubst oder nicht ...« Sie biss sich die Lippe; sie wirkte ein bisschen nervös. »Du kennst doch Alex Curtis?«

Alex Curtis? Er hatte letztes Jahr seinen Highschool-Abschluss gemacht. Er war in der Basketballmannschaft gewesen und er war richtig gut. Wir hatten uns ein paar Mal im Sommer getroffen, bevor er auf die *Marquette* ging.

»Ja«, sagte ich barscher, als ich hatte klingen wollen. Alex war in Ordnung, aber es passte mir nicht, dass Macallan das auch fand.

»Na ja, vor ein paar Tagen sind wir uns zufällig begegnet und haben uns unterhalten und, äh, unsere Moms waren gute Freundinnen.« Man konnte ihr anmerken, wie Macallan ins Stocken geriet. »Na ja, zum Ball wird er hier sein und hat mir angeboten, mit mir hinzugehen.«

Macallan wollte mit einem Student zum Winterball gehen? Ein Student, mit dem sie scheinbar eine gemeinsame Vergangenheit hatte? Ein Student, mit dem sie sich vor ein paar Tagen unterhalten hatte, ohne mir davon zu erzählen?

»Cool«, war die einzige, armselige Antwort, die mir einfiel.

Sie sah erleichtert aus. »Ja, er ist echt nett. Und ich hatte überhaupt nicht an den Ball gedacht, als wir uns unterhalten haben, er hat es selbst angesprochen. Er hat mich gefragt, mit wem ich hingehe, und als ich sagte, mit niemandem ...« Ihre Wangen liefen rot an. »Er meinte, das wäre ein ungeheuerliches Verbrechen, und hielt es für nötig, den Missstand zu beheben.«

Sie kicherte.

Ich hatte das Gefühl, ich müsste mich übergeben.

»Du magst ihn doch, oder?«, fragte sie.

Hielt ich Alex Curtis für einen netten Kerl? Na klar.

Hätte ich Alex Curtis genau in diesem Moment am liebsten in die Fresse geschlagen? Jede Wette.

Warum konnte ich ihr das nicht sagen? Warum konnte ich

ihr nicht sagen, was ich empfand? Warum wehrte ich mich so sehr gegen etwas, das ich wollte – nein, etwas was ich so nötig *brauchte?*

Aber dann erinnerte ich mich, wie Macallan das Weite gesucht hatte, nachdem ich ihr gestanden hatte, was ich fühlte. Wie merkwürdig sie sich verhalten hatte, als sie aus Irland wiedergekommen war. Ich wollte sie nicht erneut vergraulen.

Aber vielleicht hatte sich ja jetzt etwas geändert?

Ich machte den Mund auf, wollte endlich zu allem stehen. »Macallan.«

»Ja?«

Der Zeitschalter des Reizstromgeräts klingelte. Kim kam, um die Eisbeutel und die Elektroden abzunehmen.

»Levi?« Macallan schaute mich besorgt an. »Wolltest du etwas?«

»Ach egal.«

Die Zeit war abgelaufen.

Ich konzentrierte mich auf das, was ich hatte: Eine fabelhafte Familie. Eine großartige beste Freundin. Eine Reihe von Kumpel. Und eine Freundin.

Darauf musste ich alle Aufmerksamkeit legen.

Stacey bestand darauf, am Samstagabend vor meiner, wie Keith es ausdrückte, »legendären Rückkehr an die South Lake Highschool« ein paar Freunde zu mir nach Hause einzuladen.

»Hey, Bro«, begrüßte mich Keith und nahm mich vorsichtig in den Schwitzkasten. »Alter, wir haben dich ganz schön vermisst an der Schule. Von wem soll ich denn sonst in Trigonometrie abschreiben?«

Ich lächelte und spielte meine Rolle als glücklicher Ehrengast. Nachdem ich mich mit meinen Krücken und meiner Schiene zur nächsten Couch geschleppt hatte, setzte sich Stacey neben mich.

»Was kann ich dir bringen?«, fragte sie. »Möchtest du etwas zu essen oder zu trinken?«

»Nur ein Glas Wasser, bitte.« Ich wusste, wie schlecht gelaunt ich klang, aber ich hatte ziemlich starke Schmerzmittel bekommen und selbst von Cola wurde mir schlecht.

Stacey stand auf, um mir ein Glas Wasser zu holen. Ich sah ihr zu, wie sie sich durchs Zimmer bewegte, alle begrüßte, die perfekte Gastgeberin.

Mir wurde bewusst, dass sich eine Schlange von Leuten gebildet hatte, die mit mir sprechen wollten. Mir kam es vor, als würde ich mich auf der Beerdigung meiner Football-Karriere befinden und alle wollte mir ihr Beileid wünschen. Auch wenn die Jungs mir ununterbrochen versicherten, dass ich wieder ganz in Ordnung käme, war ich derjenige, der mit den Ärzten sprach. Sie hatten mir bestätigt, dass es mehrere Monate dauern würde, bis ich mich wieder einigermaßen normal bewegen konnte, und selbst dann würde es mir noch schwerfallen, mich ohne Anstrengung zu drehen und die Richtung zu wechseln. Die größte Hoffnung, die ich mir für die zwölfte Klasse machen durfte, war Leichtathletik. Geradeaus rennen *sollte* mir keine Probleme bereiten. Wenigstens erhoffte ich mir das.

Ich sehnte mich so danach, laufen zu gehen, um wieder einen klaren Kopf zu bekommen. Wenn es eine Zeit in meinem Leben gegeben hatte, in der es darum ging, sich zu konzentrieren, Schwerpunkte zu setzen, dann jetzt.

Ich lächelte höflich und bedankte mich bei allen, die mir gute Besserung wünschten und mir versicherten, dass ich bald wieder laufen könnte.

Und ich konnte einfach nur dasitzen. Stacey war verschwunden, wahrscheinlich unterhielt sie sich mit jemandem in der Küche.

Ich brauchte dringend dieses Glas Wasser.

»Hey«, sagte Macallan und stellte ein Glas Wasser und einen Teller mit Brownies auf den Beistelltisch. Sie setzte sich neben mich. »Genießt du dein Publikum?«

»Mann, was bin ich froh, dich zu sehen.«

»Du freust dich, meine Brownies zu sehen.«

Ich hatte Bedenken gehabt, als Stacey die Idee mit der Party aufgebracht hatte. Mitten in meiner Aufzählung, warum ich das für keine so gute Idee hielt (ich wäre noch nicht so weit, ich wollte nicht von Leuten bemitleidet werden, sie würden mich eh in ein paar Tagen sehen, ich wollte kein großes Aufheben darum machen), unterbrach sie mich mit den Worten: »Macallan kommt auch. Sie findet die Idee toll.« Sie sagte das überhaupt nicht so, als hätte sie in irgendeiner Weise ein Problem mit Macallan. Sie hatte immer Verständnis für unsere Freundschaft gehabt. Sie wusste, was für ein Verhältnis wir zueinander hatten.

Na gut, sie wusste nicht *alles* über uns.

Aber Macallan wusste, dass Stacey ihre Buttertoffee-Brownies mochte.

»Macht Spaß hier.« Macallan versuchte, mich aufzumuntern.

»Vermutlich.«

»Ach, *verzeih mir!*« Sie seufzte übertrieben. »Jeder will mit dir feiern, dass deine Operation gut gelaufen ist, und alle freuen sich, dich zu sehen. Es muss echt schwer für dich sein, morgens aufzustehen.«

»Es ist *tatsächlich* schwer für mich, morgens aufzustehen.« Ich zeigte auf meine Schiene.

Sie stand auf. »Ich denke, ich unterhalte mich mal mit irgendjemand Optimistischeren. Die Wand da drüben sieht vielversprechend aus.«

Ich streckte meine Hand aus. »Bitte geh nicht.«

Stacey kam auf die Couch zu. »Du hast es ja doch noch geschafft!«, sagte sie zu Macallan.

»Ja, die habe ich für dich mitgebracht.« Macallan zeigte auf die Brownies. Ich griff mir schnell noch zwei, bevor Stacey sich den Teller nahm.

»Leck-er!«, rief sie. »Danke!«

»Gern geschehen.«

Sie sahen sich an und keine von beiden wusste so recht, was sie sagen sollte.

»Hmm …«, stammelte ich.

»Hey!«, sagte Stacey strahlend zu Macallan. »Ich hab gehört, du gehst mit Alex zum Ball. Das ist toll!«

»Ja, das wird lustig«, meinte Macallan.

»Fabelhaft!« Stacey sah aus, als würde sie gleich entweder vor lauter Glück oder vor lauter Nervosität explodieren. Ich konnte bei ihr nie sagen, was es war.

»Ist das was zum Futtern?« Keith kam zu uns rüber, blieb dann aber wie angewurzelt stehen, als er Macallan sah.

»Macallan hat Brownies gebacken!«, rief Stacey. Sie hielt Keith den Teller hin, der ganz klar nicht wusste, wie er sich verhalten sollte.

»Entspann dich«, sagte Macallan. »Ich hab sie nicht vergiftet.«

Er nahm sich einen und biss hinein.

Macallan fuhr fort: »Obwohl ich wusste, dass du sie essen würdest, und deswegen habe ich eine Geheimzutat hineingetan ...«

Keith hörte auf zu kauen.

Macallan stand auf und schaute Keith ins Gesicht. Jeder einzelne Nerv in meinem Körper war zum Zerreißen gespannt.

Sie schüttelte den Kopf. »Keith, ich gebe mir zu viel Mühe mit meinen Gerichten, um sie an dir zu verschwenden. Außerdem« – sie beugte sich vor, sodass sie nur noch wenige Zentimeter von seinem Gesicht entfernt war – »wissen wir alle beide, dass ich nicht backen muss, um Schaden anzurichten.«

Sie machte auf dem Absatz kehrt und ging in die Küche.

Keith war fassungslos. »Mann, dieses Mädchen. Sie macht einen ... Ich glaube, ich wäre total verknallt in sie, wenn sie mir nicht so viel Angst einjagen würde. Aber das ist vielleicht der Grund, warum ich sie mag. Nicht, dass ich sie auf diese Art mag.« Keith gab den Versuch auf, die Bedeutung von dem, was eben passiert war, herauszufinden und ging erst in Richtung Küche, besann sich dann aber und verschwand in die entgegengesetzte Richtung.

Stacey lachte. »Würden die beiden nicht ein ulkiges Pärchen abgeben?«

Um ein Haar wäre ich mit einem WÜRDEN DIE BEIDEN WAS? herausgeplatzt, konnte mich aber gerade noch stoppen.

Anscheinend war auch so offensichtlich, wie angewidert ich war. »Beruhige dich!« Staceys Augen wurden groß. »Ich hab einen Witz gemacht.«

Es klingelte an der Tür. Stacey entschuldigte sich und ließ mich auf einer Party allein, die mir zu Ehren stattfand.

Ich dachte über das nach, was Keith gesagt hatte. Wie Macallan ihm Angst machte.

Ich wusste genau, was er meinte. Weil sie mir nämlich auch Angst machte.

Sie machte mir Angst, weil ich sie liebte.

Auf einer Skala von ein bis zehn, wie sehr bin ich dir nach meiner Verletzung auf die Nerven gegangen? Und sei bitte ehrlich.

Glaubst du etwa, ich würde dich verschonen?

Leider nein.

Auf einer Skala von eins bis zehn? Dreizehn.

Verständlich.

Jetzt habe ich eine Frage an dich. Auf einer Skala von eins bis zehn, wie sehr hat es dich gestört, dass ich mit einem anderen zum Ball gegangen bin?

Unendlich.

17.

Es ist komisch, wie schnell man seine Meinung über einen Ball ändern kann.

Allein die Idee eines Winterballs fand ich schon immer albern. Er fand nur drei Monate nach dem *Homecoming*-Ball statt und es fehlten noch drei Monate bis zum Abschluss – brauchten wir wirklich noch einen Grund, uns unseren Kopf über Ballpartner, Kleider und all das Theater, das solche Veranstaltungen so mit sich bringen, zu zerbrechen?

Aber als mich ein süßer Student einlud? Tja, wer war denn ich, mich einer solchen Tradition zu widersetzen? Außerdem wissen wir ja alle, wie sehr ich es mochte, mich abzulenken.

Alex lud mich am Wochenende vor dem Ball zum Essen ein. Es war mal eine nette Abwechslung, von einem Jungen abgeholt zu werden, anstatt Levi ununterbrochen durch die Gegend zu chauffieren. Auch wenn ich ihm wirklich gerne half, war es immer noch eine lästige Pflicht.

Ich warf über den Rand meiner Speisekarte immer wieder einen heimlichen Blick auf Alex. Er war nur wenige Zentimeter größer als ich, aber schlank mit breiten Schultern, dunklen Haaren und dunklen Augen – beinahe der absolute Gegensatz zu Levi. Ich konnte nicht begreifen, warum er mit mir, einer Schülerin, seine Zeit verbringen wollte.

»Hey.« Alex lächelte mich an. »Erinnerst du dich noch daran, als wir klein waren und mit unseren Müttern an den Michigansee gefahren sind?«

Bei der Erinnerung wurde mir warm ums Herz. Unsere Mütter hatten sich wirklich nahegestanden. Auf gewisse Weise war Alex also meine erste Jungs-Freundschaft. Sozusagen die Vorbereitung für Levi.

»Ja, aber soweit ich mich erinnern kann, warst du nicht so besonders begeistert, mit einem Mädchen unterwegs zu sein. Igitt!« Ich verzog mein Gesicht.

»Weil ich damals ein Idiot war.«

Ich konnte mich tatsächlich an die Woche am See erinnern. Ich war sechs gewesen und Alex acht. Wir waren schwimmen gegangen, zwischen den Kirschbäumen herumgewandert und hatten Kirschen gepflückt – unsere Hände und Münder waren vom Saft rot gefärbt und unsere Bäuche voll gewesen.

»Ich erinnere mich daran, dass deine Mom so einen *riesigen* Hut hatte.« Er streckte beide Arme aus. »Der Hut war echt unglaublich.«

Der Hut. Ich konnte sie immer noch mit diesem schwarz-weiß gestreiften Hut vor mir sehen. Er reichte ihr beinahe über die Schultern.

»Na ja, Mom und ich waren so käseweiß. Erinnerst du dich noch daran, was für einen Sonnenbrand ich hatte?«

»Ja!« Er schüttelte den Kopf. »Deine Mom hat dich nach draußen verfrachtet und mit Essig eingesprüht.«

»Das hat so gebrannt! Aber am nächsten Tag war's besser.« Ich hatte eine Weile gestunken, aber als der Essig erst einmal verdunstet war, hatte es nicht mehr so wehgetan. »Mom hatte schon ein paar schräge Hausrezepte, aber sie wirkten.«

Alex sah mich nachdenklich an. »Ist es in Ordnung, wenn wir über sie sprechen?«

»Natürlich.« Ich wusste, dass ich ihr keinen Gefallen damit tun würde, wenn ich mich nicht gern an die Zeit erinnerte, die ich mit ihr gehabt hatte.

Wenigstens bemühte ich mich darum. Es gab immer noch Augenblicke, in denen ich traurig wurde. Aber ich hätte mir Sorgen gemacht, wenn dem nicht so gewesen wäre.

Alex wurde still. »Es tut mir leid, dass wir uns danach nicht mehr oft getroffen haben.«

Alex' Mom hatte sich nach der Beerdigung in die Schlange derjenigen eingereiht, die Dad und mir anfangs Aufläufe nach Hause brachten. Hin und wieder war sie vorbeigekommen, um nach mir zu sehen, aber dann war das Leben weitergegangen. Menschen hatten eben viel um die Ohren.

Ein Lächeln breitete sich auf seinem Gesicht aus. »Ich kann mich erinnern, wie schockiert ich war, als ich dich in der Neunten gesehen habe. So nach dem Motto: ›Ist das die kleine Macallan Dietz? Sie ist ja richtig erwachsen geworden!‹«

Ich entsann mich, dass ich ein paar Mal im Flur an

Alex vorbeigelaufen war und wie wir uns angelächelt und gegrüßt hatten. Aber die erste richtige Unterhaltung seit Jahren hatte in der Schlange an der Supermarktkasse stattgefunden.

Alex fuhr fort. »Und dann konnte ich nicht fassen, dass du mit diesem Typen zusammen warst. Wie hieß er gleich noch mal – Lewis?«

»Levi?«

»Richtig, Levi. Ein begnadeter Läufer. Aber falls eure Beziehung mies geendet hat, ist er natürlich der Teufel.« Das musste man Alex lassen – mit Mädchen hatte er es richtig drauf.

»Nein, geendet hat nichts so richtig.« Über Alex' Gesicht huschte Enttäuschung. »Weil wir nie zusammen waren. Wir sind bloß Freunde. Na gut, nicht einfach nur Freunde. Er ist mein bester Freund. Seit fast fünf Jahren schon.« Plus/minus ein paar Monate, in denen wir kalte Füße bekommen und uns die kalte Schulter gezeigt hatten.

»Ach so.« Alex sah verwirrt aus.

Ehrlich gesagt hatte ich dieses Gesprächsthema so satt, dass ich in die Speisekarte sah und so tat, als interessierte ich mich wirklich für die Tagesspezialitäten.

»Weißt du schon, was du bestellen willst?«, fragte Alex, wahrscheinlich genauso dankbar, dass er das Thema wechseln konnte.

»Ja, klar. Möchtest du als Vorspeise Frischkäse?«

Angewidert zog er seine Nase kraus. »Igitt. Ich weiß, total Anti-Wisconsin von mir, aber so was mag ich überhaupt nicht.«

»Oh, okay.«

»Aber tu dir keinen Zwang an.«

Normalerweise teilten Levi und ich uns die Vorspeise, für mich alleine wäre es also zu viel. Auch wenn ich frittierten Käse wirklich liebte.

Alex angelte in seiner Hosentasche nach seinem Handy. »Entschuldige – ich bekomme ständig Nachrichten von meinen Kumpeln. Sie machen mir das Leben schwer, weil ich zu einem Ball auf meiner alten Highschool gehe.« Er scrollte sich durch seine Nachrichten und stöhnte gelegentlich auf. »Irgendetwas von wegen Windeln wechseln. Wie originell.«

Ich würde lügen, wenn ich behauptete, dass mir nicht auch der Gedanke gekommen war. Wieso wollte er unbedingt auf einen Highschool-Ball gehen? Aus Mitleid? Nostalgie? Ich hatte keine Ahnung. Vielleicht erwies sich das hier ja doch als komplizierter, als ich gedacht hatte. Ich wollte doch bloß mit einem gut aussehenden Jungen auf einen Ball gehen. Und nicht an Levi denken müssen.

Aber das Problem lag darin, dass Levi immer Thema war.

Ich versuchte, mir einzureden, dass dieser Ball völlig unbedeutend sei. Ich wollte mit jemandem hingehen, und hoffte, dass meine Gefühle für Levi verschwinden würden.

Aber sie verschwanden nicht. Sie wurden von Tag zu Tag stärker.

Und es gab nichts, womit ich sie hätte aufhalten können.

Ich war innerlich hin- und hergerissen. Mir war richtig schlecht davon.

Und ich wollte unbedingt diesen Frischkäse.

In der Woche vor dem Ball versuchte ich, alle Zweifel aus meinem Kopf zu verscheuchen.

Es war ja bloß ein Ball. Ich hatte ständig betont, wie albern ich Highschool-Bälle fand und dass sie dem immerwährend frauenfeindlichen Stereotyp von Mann-Frau-Beziehungen entsprächen (an dieser Stelle ließ ich tatsächlich den Floyd in mir raushängen). Und zum ersten Mal seit dem *Homecoming*-Ball im letzten Jahr würden sowohl Levi als auch ich mit einem eigenen Partner dort sein. Er mit seiner Freundin, mit der er seit sechs Monaten zusammen war. Allein der Gedanke, mit anzusehen, wie er seine Arme um sie legte …

Es war ziemlich offensichtlich, wer hier die Schlacht gewinnen würde.

Auch wenn es gar kein Wettbewerb war.

Aber ein Teil von mir fühlte sich, als wäre es einer. Wer von uns beiden könnte ohne den anderen überleben? Und auch wenn Levi meine Hilfe brauchte, um sich rein körperlich hin- und herzubewegen, brauchte er mich nicht wirklich im Sinne von *brauchen*.

Na ja, er brauchte mich, damit ich ihm beim Aussuchen einer Krawatte half.

Da stand ich nun in seinem Zimmer, ein paar Stunden vor dem Ball. Er hielt zwei Krawatten hoch, zwischen denen ich wählen sollte.

»Ich weiß, dass du sie langweilig finden wirst«, sagte

ich, »aber mir gefällt die schmale schwarze. Sie ist formeller.«

Er warf die andere zur Seite. »Danke.« Er nahm beide Arme zu Hilfe, um hochzukommen. Er wurde immer beweglicher, aber für ein paar Tage war er noch auf seine Schiene angewiesen.

»Kommst du auf der Hinfahrt zur Schule klar?«, fragte ich ihn. »Nicht, dass ich Keiths Körperkraft infrage stellen würde oder so, doch er muss vorsichtig sein.«

»Ich werde schon zurechtkommen, aber trotzdem danke.« Er humpelte zum Kleiderschrank. »Um wie viel Uhr musst du dich für deinen College-Boy bereithalten?«

Ich schaute auf meine Uhr. »Wahrscheinlich sollte ich bald mal gehen. Findest du es irgendwie merkwürdig, dass er mich eingeladen hat?«

Levi schüttelte den Kopf. »Ich fände es merkwürdig, wenn irgendjemand *nicht* mit dir dorthin gehen würde, wohin du gerne möchtest.«

Levis Antwort verblüffte mich. Sie war süß und genau das, was ich brauchte. Normalerweise zogen wir uns gegenseitig auf, ich wusste also gar nicht richtig, wie ich auf diese ernst gemeinte Aussage reagieren sollte.

Als hätte Alex meine Gedanken gelesen, rief er mich an, als ich mich gerade von Levi verabschieden wollte. »Oh, da muss ich eben drangehen«, sagte ich und ging in den Flur, um ungestört telefonieren zu können.

»Hey, ich bin so froh, dass ich dich noch erwischt habe.« Alex schien außer Atem zu sein. »Ich fühle mich ganz mies.«

»Alles in Ordnung?«, fragte ich.

»Nein, und es tut mir so wahnsinnig leid, aber ich kann heute Abend nicht.« Ich hörte laute Stimmen im Hintergrund rufen. »Meine Freunde drängen, dass ich mich beeilen soll. Die Studentenverbindung, der wir beitreten wollen, möchte, dass wir … okay, das kann ich jetzt nicht sagen, außer, dass wir das gesamte Wochenende nirgendwohin gehen können.«

Und ich hatte tatsächlich gedacht, dass ich noch ein paar Jahre warten müsste, bevor das Mitglied einer Studentenverbindung mir mein Herz brechen würde. Obwohl mein Herz nicht wirklich gebrochen war. Ich hatte mich darauf gefreut, mit Alex auf den Ball zu gehen, aber nicht ganz so, wie ich es eigentlich hätte tun sollen. Ich wusste, wie es sich anfühlte, wenn man jemanden richtig mochte. Und diese Gefühle hatte ich für Alex nicht.

»Kein Problem.« Ich machte noch ein paar weitere Kommentare, damit Alex sich besser fühlte, obwohl er doch eigentlich mich hätte trösten sollen. Ich konnte mich nicht mal mehr erinnern, wie wir unser Gespräch beendeten.

Aber ich erinnerte mich an Levis Blick durch die halb geöffnete Tür.

Ich lächelte ihm zu. »Tja, Alex kann nicht. Ich geh dann mal nach Hause, stopfe mich mit Bergen von Essen voll und schaue mir einen Kitschfilm an, wie man das unter den gegebenen Umständen zu tun pflegt.«

Levi sah mich eindringlich an. »Willst du mit mir gehen?«

Ich schüttelte den Kopf. »Ich werde nicht das dritte Rad am Wagen sein.«

Er hinkte näher. »Nein, das habe ich nicht gefragt. Macallan, möchtest du mit mir zum Ball gehen?«

Das ergab überhaupt keinen Sinn. »Und was ist mit Stacey?«

»Kannst du mal für eine Sekunde Stacey und alle anderen aus dem Spiel lassen? Ich hab dir eine ganz einfache Frage gestellt: Möchtest du mit mir gehen?«

Aber so einfach war die Frage nicht. Natürlich wollte ich mit Levi auf den Ball gehen. Ich tat liebend gern alles Erdenkliche mit Levi. Wir hatten immer Spaß, selbst wenn er über seine Verletzung jammerte.

Levi nahm meine Hand. »Macallan, du brauchst nur Ja oder Nein zu sagen.«

Ich spürte Tränen in meinen Augen, als ich mir das eine, was ich mir wirklich wünschte, verweigerte. Ich zog meine Hand zurück. »Hör mal, mach dir keine Sorgen um mich. Ich gehe jetzt besser. Du willst bestimmt die anderen nicht warten lassen.«

Ich drehte ihm den Rücken zu und eilte die Treppe hinunter. Ich wusste, dass er mich nicht einholen konnte. Aber als ich aus der Haustür ging, spulte ich im Kopf noch einmal ab, was ich eigentlich hatte sagen wollen. Wozu ich gern den Mut gehabt hätte.

Ja, Levi. Ich möchte mit dir zum Ball gehen. Ich möchte, dass du mich in die Arme nimmst. Ich möchte nicht mehr so tun, als wäre nichts zwischen dir und mir. Mein Leben ist schöner mit dir. Ich möchte mit dir zusammen sein. Weil ich dich liebe, Levi. Und nicht nur als beste Freundin.

Halleluja! Und da war es, das Licht am Ende des Tunnels!

Ich kann nicht einmal …

Nein, bitte, erlaub mir.

18.

Da ich Macallan so lange kannte, wusste ich genau, was in ihrem Inneren vor sich ging. Ich wusste zum Beispiel, dass sie höllische Angst hatte, als sie an jenem Abend aus meinem Zimmer rannte.

Es gab nicht viel, wovor sie sich fürchtete. Sie war der stärkste Mensch, den ich je kennengelernt hatte. Und ich rede nicht von der Art von Stärke, die man im Fitnessstudio messen kann.

Ich rede von jemandem, der furchtlos ist. Von jemandem, der sich für etwas einsetzt. Von jemandem, dem es egal ist, was andere über ihn denken.

Trotzdem jagte ihr irgendetwas Angst ein. Es gab einen Grund dafür, warum sie floh, ohne einen ihrer Scherze zu machen.

Aber ich konnte nicht genau sagen, was es war.

Oder, richtiger gesagt, ich wollte mir nicht zu viel Hoffnung machen.

»Kalifornien!« Keith klopfte mir beim Ball auf die Schulter. »Gib mir 'ne Vorwarnung, wenn du die Tanzfläche ansteuerst. Du weißt ja, dass ich mich beim Tanzen nicht bremsen kann.«

»Danke«, murmelte ich.

»Was hat er denn?«, fragte er Stacey.

Sie zuckte mit den Schultern. Ich wusste, ich hätte ihr zuliebe so tun sollen, als wäre ich überglücklich, hier zu sein. Ich wusste, ich hätte eine Menge Dinge tun sollen.

Während ich den Blick über meine Freunde schweifen ließ, musste ich daran denken, wie sehr ich mir das hier gewünscht hatte, als ich damals hergezogen war. Eine Gruppe von Freunden. Teil der angesagten Clique zu sein. Einer der Sportlerstars zu sein. Das war es, was ich wollte, oder jedenfalls hatte ich das gedacht.

Jetzt aber wusste ich, dass das, was ich wollte, und das, was ich brauchte, zwei grundverschiedene Dinge waren.

Ich musste mich nicht zwischen diesem Leben hier und Macallan zu entscheiden. Das wusste ich. Aber eine Entscheidung gab es, die ich treffen musste: Ich konnte sitzen bleiben und zuschauen, wie ich etwas, das mir sehr wichtig war, verpasste. Oder ich konnte zu Macallan gehen und ihr sagen, was ich für sie empfand. Sie dazu zu bringen, mir zuzuhören. Mir war klar, welches Risiko ich damit einging. Es bestand eine sehr hohe Wahrscheinlichkeit, dass sie verschwinden und die zwölfte Klasse auf der internationalen Raumstation verbringen würde.

Aber sie hatte gezögert, als ich sie gefragt hatte, ob sie mit mir zum Ball gehen wollte. Sie hatte gewusst, dass das nicht die wirkliche Frage gewesen war. Aber sie hatte nicht Nein gesagt. Sie hatte gezögert und in dieser kleinen Pause wurde mir klar, dass sie vielleicht, nur vielleicht, das Gleiche empfand wie ich.

Ich musste aufhören, allen etwas vorzuspielen, und endlich danach greifen, was ich wollte. Was ich brauchte.

»Stacey«, sagte ich, ohne lange nachzudenken. Das war wirklich mies. »Es tut mir wahnsinnig leid, aber ich muss los.«

Sie nickte, als hätte sie es erwartet. »Macallan?«

Sie wusste es. *Alle* wussten es. All die Male, die sie uns gefragt hatten, ob wir zusammen wären, oder uns damit aufgezogen hatten, dass wir uns wie ein altes Ehepaar benehmen würden. Jeder hatte gesehen, was wir in unserer Dickköpfigkeit selbst nicht sahen.

Ich öffnete den Mund, um zu antworten, aber mir fehlten die richtigen Worte. Wie konnte man einem Mädchen sagen, dass man sie ganz toll fand, aber sich in eine andere verliebt hatte?

»Kein Problem«, sagte Stacey. »Ich habe schon eine ganze Weile damit gerechnet.«

»Ich möchte nicht, dass du denkst, das hätte irgendetwas mit dir zu tun.« Mit jedem Wort fühlte ich mich schuldiger.

»Ich weiß. Ich meine, mal ganz im Ernst, Levi?« Sie schaffte es tatsächlich zu lächeln. »Wir wussten doch alle, dass du irgendwann mit Macallan zusammenkommen würdest. Eigentlich sollte ich jetzt wütend sein, aber vielleicht lese ich ja zu viele Liebesromane, um nicht für die beiden besten Freunde mitzufiebern. Und weißt du, wir hatten doch eine gute Zeit zusammen. Du warst nett zu mir.« Sie zuckte mit den Schultern.

Vermutlich zeigte das, wie viel diese Beziehung uns beiden bedeutet hatte: Man konnte sie mit einem Schulterzucken zusammenfassen.

»Ich geh dann mal zurück zu …« Sie zeigte auf ihre Freunde auf der Tanzfläche. »Viel Glück.«

»Danke.« Ich würde es brauchen.

Ich hinkte zum Ausgang und wünschte, dass ich mir die Schiene abreißen und zu ihr rennen könnte. Die kalte Februarluft schlug mir ins Gesicht, als mir bewusst wurde, dass ich niemanden hatte, der mich fahren konnte. Ich rief Macallan an, aber sie ging nicht an ihr Handy. Ich rief bei ihr zu Hause an und wieder erreichte ich niemanden. Ich wollte weder meine Mom noch meinen Dad bitten. Beinahe, als wäre das hier zu persönlich.

Ganz plötzlich wusste ich genau, wen ich anrufen konnte. Der eine Mensch, auf dessen Hilfe ich mich immer verlassen konnte, egal, worum es ging. Und der dabei auch noch lächeln würde.

Weniger als zehn Minuten nach meinem Anruf fuhr Adam vor. Er hatte mir keine großartigen Fragen gestellt. Ich hatte ihm bloß gesagt, dass ich jemanden bräuchte, der mich abholt, und er hatte gefragt, wo ich sei.

»Hey, Levi, wie geht's?« Er sprang aus dem Fahrersitz, um mir in sein Auto zu helfen.

»Super. Vielen, vielen Dank, Adam.« Er stellte sicher, dass ich auch ganz im Wagen war, bevor er die Tür schloss.

»Willst du nach Hause?«, fragte er.

»Ich muss unbedingt mit Macallan sprechen. Hast du eine Ahnung, ob sie zu Hause ist?«

Er schüttelte den Kopf und stellte den Automatikhebel auf *Drive*. »Das können wir nur auf eine Art herausfinden.«

Zum Glück schwieg Adam auf der kurzen Fahrt zu Macallans Haus. Wir fuhren die Einfahrt hoch und sahen, dass im Wohnzimmer mehrere Lichter brannten. Adam half mir aus dem Auto und schloss mit seinem eigenen Schlüssel auf.

»Macallan?«, rief er. Mein Herz schlug rasend schnell.

Keine Antwort.

Ich versuchte es noch einmal auf ihrem Handy und hörte, wie es klingelte. Ich folgte dem Klingeln bis zum Küchentisch. Dort lag ihr Handy ganz verlassen.

Adam kam zu mir in die Küche. »Oben ist sie nicht. Ich hab in der Garderobe nachgesehen, ihr Mantel ist weg. Soll ich ihren Dad anrufen? Er ist noch bei der Arbeit.«

»Nein.« Das Letzte, was ich jetzt noch gebrauchen konnte, war, dass Mr Dietz einen Anruf bekam, seine Tochter würde vermisst.

Alle anderen waren beim Ball. Es war also schon einmal unwahrscheinlich, dass sie sich mit Danielle getroffen hatte. Wo immer sie war, sie musste allein dort sein. Vielleicht hatte sie ein bisschen frische Luft schnappen und nachdenken wollen.

Da traf es mich aus heiterem Himmel: Ich wusste genau, wo ich sie finden konnte.

»Adam, kannst du mich zum Riverside Park fahren?«

Ich hielt es nicht aus, alleine zu Hause zu sitzen, während alle anderen auf dem Ball waren. Nicht, dass ich noch nie einen Samstagabend alleine verbracht hatte, aber irgendetwas an jenem Abend zerrte an meinen Nerven und ließ mir keine Ruhe.

Und dieses Etwas war Levi.

Ich brauchte einen klaren Kopf, also machte ich einen Spaziergang. Nichts half. Ich dachte, ich hätte meinen Weg zufällig gewählt, aber dann fand ich mich im Riverside Park wieder.

Ich setzte mich auf die Schaukel und schwang vor und zurück.

Ich hatte gehofft, dass mich das trösten würde, aber das Schaukeln machte es nur noch schlimmer. Ich fühlte mich einsamer denn je ohne Levi, der mir Schwung gab.

Ohne ihn in meiner Nähe fühlte ich mich eigentlich immer ein bisschen einsam.

Erst dachte ich, ich würde unter Sinnestäuschungen leiden, als ich sein vertrautes Schlurfen hörte. Meine Sehnsucht nach ihm musste dafür verantwortlich sein, dass ich mir nun schon das Geräusch seiner Schritte einbildete.

Dann hörte ich seine Stimme.

»Macallan?«

Sie zögerte eine Sekunde, bevor sie sich langsam umdrehte.

»Levi? Was machst du denn hier? Warum bist du nicht beim Ball? War das Adams Auto, das eben gerade weggefahren ist?«

»Ja.« Mir war klar, dass ich damit nur ihre letzte Frage

beantwortet hatte, weil ich keine Ahnung hatte, was ich zu ihr sagen sollte. »Können wir reden?«

Sie half mir zum Picknicktisch, es war derselbe, an dem wir uns vor ein paar Monaten getroffen hatten. Wir setzten uns und mein ganzer Körper zog sich sofort vor Kälte zusammen.

»Ich muss dir etwas sagen«, begann ich, »und du musst mich wirklich ausreden lassen, bevor du irgendetwas erwiderst ... oder nach Irland abhaust.«

Ich hatte einen bissigen Kommentar erwartet oder einen ängstlichen Gesichtsausdruck. Alles, was sie sagte, war: »Versprochen.«

An dieser Stelle wurde mir klar, dass es kein Zurück mehr gab.

Ich holte also tief Luft.

»Ich habe den Ball verlassen, weil du nicht bei mir warst. Wir wissen ja beide, was für ein Idiot ich in den letzten Monaten gewesen bin. Die ganze Zeit über hatte ich gedacht, dass ich mir für mein Highschool-Leben nichts anderes wünschte, als mich mit den Jungs zu treffen, eine Freundin zu haben und in einer Mannschaft zu spielen. Aber selbst als ich diese ganzen Dinge hatte, fühlte ich mich nicht vollständig. Und das liegt daran, weil ich ohne dich nicht ganz sein kann.«

Ich konnte es nicht mehr aushalten. »Levi, stopp. Bitte.« Ich wusste, dass ich versprochen hatte, ihn ausreden zu lassen, aber ich musste einfach loswerden, was ich zu sagen hatte.

»Ich weiß«, sagte ich. Ich schaute auf den Boden

– aus irgendeinem Grund glaubte ich nicht, dass ich es schaffen würde, alles zu sagen, wenn ich ihn dabei ansah. »Ich weiß, was du gleich sagen wirst, weil es mir genauso geht.«

Mein Herz blieb stehen. »Wirklich?«

Endlich schaute sie mich an. »Natürlich.«

»Aber was sollte das mit Irland?«

Sie lächelte mich an. Es ließ mein Herz in Millionen Stücke zerspringen. »Du bist nicht der Einzige, der Mist gebaut hat.«

Ich glaube, meine Beichte, dass ich eine Idiotin gewesen war, verschlug ihm die Sprache. Und ich gab ihm diesmal nicht die Schuld – was ich sonst nicht sonderlich oft hinbekam.

»Macallan?« Ich hatte entsetzliche Angst. Aber ich wusste, dass ich mir nie vergeben würde, wenn ich es nicht noch einmal versuchte.

»Ich liebe dich.«

Diese Gelegenheit würde ich nicht noch einmal ungenutzt an mir vorüberziehen lassen. Ich würde mich nicht verschrecken lassen. Ich würde nicht abhauen. Ich würde mich nicht herausreden.

Nachdem ich die Worte ausgesprochen hatte, blieb mir für ein paar Sekunden die Luft weg. Sie drehte sich zu mir und beugte sich vor. Ich machte eine Bewegung auf sie zu.

Wir waren nur noch Zentimeter voneinander entfernt. Mein gesamter Körper pulsierte vor gespannter Erwartung. Wir hatten uns schon einmal geküsst, gar nicht so weit entfernt von der Stelle, an der wir uns befanden, aber diesmal war es etwas anderes. Es war kein Scherz, ich hatte nicht vor, ihn zum Schweigen zu bringen, es war etwas, was wir beide taten, weil wir es wollten.

Ich küsste sie.

Ich küsste ihn.

Es. War.

Brilliant.

Im Gegensatz zu unserem ersten Kuss war ich diesmal darauf vorbereitet. Ich kostete ihre Lippen. Ihre Hand strich sanft durch meine Haare. Ich zog sie dichter an mich. Zwischen uns sollte niemals mehr etwas stehen.

Obwohl es draußen kalt war, spürte ich neben Levi nichts als Wärme. Er löste sich kurz von mir, um mich auf die Stirn zu küssen. »Du hast keine Ahnung, wie glücklich du mich eben gemacht hast.«

»Ich glaube, das weiß ich schon«, antwortete ich.

Wir blieben ein paar Minuten so sitzen, seine Lippen ruhten weiter auf meiner Stirn. Wir beide, aufeinandergestützt, wie immer.

Das hier änderte alles, aber ich wusste, dass es gut werden würde. Denn das, was zwischen uns war, hatte ich noch nie zuvor mit jemandem gehabt. Ich konnte mir nicht vorstellen, dass ich mich mit einem anderen Menschen so eng verbunden fühlen konnte wie mit Levi.

Ich hatte mich dagegen gewehrt, aber es ließ sich nicht leugnen, dass es sich richtig anfühlte.

Das hier war genau so, wie es zwischen uns sein sollte. Ich glaube, wir beide wussten das. Ich spürte, wie Macallan leicht zitterte. »Lass uns nach Hause gehen«, sagte ich und gab ihr noch einen Kuss.

Es machte nichts, dass ich nicht gesagt hatte, zu wem von uns beiden wir gehen sollten, denn es spielte keine Rolle. Die ganze Zeit über hatte ich mir den Kopf darüber zerbrochen, wo mein Zuhause war. Erst war es Kalifornien gewesen, dann Wisconsin. Aber in Wahrheit ist zu Hause nicht unbedingt dort, wo man nachts schläft.

Es ist dort, wo man sich wie man selber fühlt.

Wo man sich am wohlsten fühlt.

Wo man niemandem etwas vormachen muss, wo man einfach nur man selber sein kann.

Endlich war ich an diesem Ort angelangt, denn Macallan ist mein Zuhause.

Also, wie ich schon sagte, Jungen und Mädchen können Freunde sein.

Beste Freunde.

Und gibt es etwas Besseres, als sich in seine beste Freundin zu verlieben?

Nichts.

Du musst immer das letzte Wort haben, oder?

Das weißt du doch.

Klar, weiß ich das.

Genau.

Oh, Macallan ...

Ja, Levi?

Ich liebe dich.

Ich dich auch.

Und da haben wir's wieder – du musst einfach das letzte Wort haben.

Aber das macht dir nichts aus, glaube ich.

Überhaupt nicht.

Dann ist's ja gut.

Danksagung

Himmelkreuzdonnerwetter, ich wüsste nicht, wo ich ohne David Levithan geblieben wäre, der Floyd zu meinem Buggy (das ist ein Kompliment – ich schwör's!).

Ich bin ja so froh, dass Du zu mir gesagt hast: »Hey, wie wär's damit, ein Buch über ein Mädchen und einen Jungen zu schreiben, die beste Freunde sind ...« Ich fühle mich sehr geehrt, dass ich Dich habe – als Lektor, musikalischer Berater und Chauffeur.

Mit dem fabelhaften Team des Scholastic Verlags im Rücken geht es mir als Autorin bestens. Ich weiß, wie viel Mühe es kostet, ein Buch herauszugeben, und weiß, all die Anstrengungen, die Ihr damit hattet, zu schätzen. Vier Kugeln Eiscreme für Tracy van Straaten, Bas Braswell, Emily Morrow, Stacey Lellos, Alan Smagler, Leslie Garych, Lizette Serrano, Emily Henderson, Candace Greene, Antonio Gonzalez, Joy Simpkins, Elizabeth Starr Baer, Sue Flyy, Nikki Mutch und alle Handelsvertreter.

Ein Dankeschön an meine Agentin, Rosemary Stimola, dafür, dass sie immer und immer wieder mit mir irre Strecken im Wahnsinnstempo zurücklegt.

Ich schulde meiner Familie so viel, besonders meinen Eltern, die sich der Folter aussetzten, mit mir im *Culver's* zu recherchieren, genau wie in den Fischrestaurants. Und meine Geschwister: Eileen, Meg und WJ, weil sie ständig ihre kleine Schwester angefeuert haben. Das bedeutet mir so viel.

Ich bin so dankbar, dass ich fabelhafte Freundinnen habe, die gleichzeitig geniale Leserinnen abgeben: Rose Brock, Jen Calonita und Bethany Strout. Euer Einsatz hat dieses Buch um so vieles besser gemacht.

Um es in den Worten der begnadeten Kelly Clarkson auszudrücken: *My life would suck without* (ich wäre echt angeschmiert ohne): Chris Miller, der tapfer während unserer Irlandreise auf der falschen Straßenseite gefahren ist; Susan North und Amy Miller, bei denen ich einziehen durfte, wenn ich Ruhe und Frieden brauchte; Mark Dowd, Amy Royce, Justina Chen und meine Freunde auf Facebook, die meine Fragen zur Kreuzband-OP beantwortet haben; Macallan Durkin, deren Namen ich mir ausleihen durfte. Und natürlich meine unvergleichlichen Autorenfreunde, die aus dem, was schnell zu einem sehr einsamen Beruf werden kann, eine wunderbare Gemeinschaft gemacht haben.

Ich darf auf keinen Fall versäumen, die brillante Nora Ephron zu erwähnen, die die Welt nicht nur mit *Harry and Sally* bereichert hat, sondern auch mit zahlreichen anderen zeitlosen Figuren und Geschichten. Ich werde immer das Gleiche essen, was sie sich bestellt.

An alle Buchhandlungen, Bibliothekare, Lehrer und Blogger, die meine Bücher empfohlen haben, und alle Leser, die eins meiner Bücher gewählt haben: Ohne Euch hätte ich diesen Job nicht. Ich weiß jeden Tag, was für ein Glück ich habe, schreiben zu dürfen, und ich werde meinen Job (oder Euch) nie für selbstverständlich halten. DANKE!

Jaclyn Moriarty

978-3-401-50144-4

Der Tag der zuckersüßen Rache

Briefe schreiben? Im Zeitalter von E-Mail und SMS? Em, Lydia und Cassie wehren sich zunächst mit Händen und Füßen gegen dieses unglaubliche Schulprojekt. Doch schnell stellt sich heraus, dass die wilden Jungs der Brookfield High jede Zeile wert sind. Doch was kann man tun, wenn der Traumtyp zum Alptraum wird? Zuckersüße Rache nehmen natürlich!

978-3-401-50283-0

Ein Jahr voll genialer Pechsträhnen

Bindy ist die schlauste Schülerin an der Ashbury High – und die netteste. Trotzdem muss sie eines Tages feststellen, dass NIEMAND SIE MAG. Gleichzeitig brauen sich merkwürdige Ereignisse um Bindy zusammen. Jetzt können ihr nur noch ihre Freunde helfen – wenn da welche wären! Doch Bindy wäre nicht Bindy, wenn sie nicht auch dafür eine Lösung parat hätte!

978-3-401-50511-4

Ein Sommer der ungeschminkten Lügen

Irgendetwas stimmt nicht mit den zwei neuen Stipendiaten der Ashbury High. Mit ihrem mysteriösen Auftreten sorgen Amelia und Riley für viel Wirbel unter den Schülern der vornehmen Privatschule. Und dabei haben die mit ihren wilden Partys, verzwickten Beziehungen und anstehenden Prüfungen doch eigentlich schon mehr als genug zu tun. Als dann auch noch ein vermeintlicher Geist auftaucht, wird es wirklich gruselig.

Arena

Jeder Band:
Arena-Taschenbuch
www.arena-verlag.de